家政魔導士の異世界生活

～冒険中の家政婦業承ります！～ 4

文庫 妖

illustration なま

ICHIJINSHA IRIS NEO

CONTENTS

この作品はフィクションです。
実際の人物・団体・事件などには関係ありません。

第一話　溶け合う心

第一章　天界の女

1

　重苦しく垂れこめる雲。大きな綿のような雪が絶え間なく降り続け、結界周りには十数センチメテルの雪が積もっていた。空調魔法で溶かしきれない雪が結界内を少しずつ濡《ぬ》らしていく。

「この天気……俺《おれ》達だけならなんとかなるが、依頼人殿には少し厳しいかもしれんな」

「うん、そうだね……」

　起床して身支度を整えたアレクが思案顔で呟《つぶや》き、寝起きの一杯として与えた水魔法の水を飲んでいたルリィも足元でぷるんと震える。朝食の支度をする手を休めてシオリもまた空を見上げた。

（この世界に来たばかりの頃《ころ》もこんな感じだったな……）

　――仕事帰りに突然時空の歪《ゆが》みに呑《の》み込まれ、日本から見知らぬ世界に飛ばされてきてしまったあの頃も、ちょうどこんな季節だった。落とされたこの国に慣れようと必死で勉強していたあの頃、ふと見た窓の外はこんなふうに雪が降っていた。白一色に塗り潰《つぶ》されていく景色の中にたった一人取り残されてしまったようで、そんな孤独感を押し殺すようにしてただひたすらに言葉の勉強に打ち込んだあの日々は、決して遠い昔のことではない。たった四年前の出来事だ。

　身一つで異世界に飛ばされて、そのとき着ていた服以外に財産と呼べるものは何一つ持ってはいなかった。家族も友人も、それまで築いてきた立場や財産、そして想《おも》い出に至るまでの、これまでの人生の何もかも全《すべ》てを失った――糸くず一本ほどの縁すらもない場所。唯一の財産とも呼べる元の世界で蓄積した知識と経験すら、言葉が通じない状態では役立たせることもできなかった。

物語の主人公のように与えられた素晴らしい力も果たすべき使命もなく、ただ偶発的に生じた異常現象によって異世界に放り出された平凡なだけの女。それが自分、シオリ・イズミという女だった。

完全な無一文で、ギルドの雑用仕事で賃金をもらうようになるまでは、自分を保護してくれたザック・シエルの世話にならなければその日の食事どころか寝床すらない身分だった。だから必死でこの国の言葉を覚え、文化や歴史、教養――必要と思えるもの全てを手当たり次第に学んだ。生き延びるため、ただそれだけのために努力を重ねる日々は心身をひどく削った。

それだけ努力してどうにか独り立ちできるくらいにはなったけれど、ただでさえ近隣諸国では珍しい東方風の容姿だ。雇いたいと思う者がいるはずもない。結局堅気の仕事に就くことはできず、危険が多い冒険者という仕事を選ばざるを得なかった。辛うじて家事仕事に使える程度の微量な魔力を工夫し、戦闘職の同僚達の衣食住を世話するという細やかな仕事で少しずつ貯蓄を増やして、街の人々にも馴染《なじ》んでようやく居場所らしきものができた――そんな矢先に起きた事件は、僅《わず》かに芽生えていた希望を奪い去ってしまった。

パーティに誘ってくれたときは嬉《うれ》しかった。異邦人の自分にも良くしてくれた、気の良い仲間だった。仲間だと信じていた。だというのにいつしか彼らは身寄りのないシオリの弱みに付け込んで、それまでに築いてきた財産を数ヶ月掛けて徐々に奪っていった。ようやく得た居場所や少しずつ積み立てていた財産、手元に残していた唯一の日本との縁ともいえる衣服、そして自尊心に至るまでの何もかもを根こそぎ奪い尽くし、最後には口封じとばかりに迷宮の深部に置き去りにした――。

仲間と信じた人々に裏切られたあの事件は、心を閉ざすには十分な出来事だった。あれ以来、もしまた同じようなことになったらと、人間関係を築くことにひどく臆病《おくびょう》になってしまった。心配を掛けてしまったザック達にこれ以上迷惑を掛けたくはないと、頼ることもできなくなってしまった。

孤独だった。不安な心を慰める手段を何一つ持たず、常に心を強く保っていなければならないこの身は孤独だった。身を焦がすような郷愁と先の見えない不安感、そして底のない孤独感は、シオリの弱った心を徐々に蝕《むしば》んでいった。頼ることも疲れを見せることもできず、この心はずっと悲鳴を上げていた。いっそ心が壊れてしまえば楽だったかもしれないのに、それすらもできない中途半端な心を恨みさえもした。

（……でもね）

そっと隣に佇《たたず》むアレクを見上げる。柔らかな栗毛《くりげ》の下の、晴れた夜空のような紫紺色の瞳《ひとみ》がシオリを捉えた。アレク・ディア。仕事のパートナー、そして恋人でもある男だ。

彼と出会い、何度か一緒に仕事をして言葉を交わし、同じときを過ごす時間が増えるにつれて、いつしか惹《ひ》かれるようになっていた。凍《い》てついて頑《かたく》なだったこの心を解きほぐしてくれた彼に、想いを寄せるようになっていた。そしていつの間にか、あの郷愁と孤独感が薄れていたことに気付いたのだ。

出会ってからまだ半年にも満たない。でも、出会いの日からずっと寄り添ってくれたこの人にならば身も心も捧げても良いとさえ思っている。彼も同じだと言ってくれて、そして今のこの関係がある。

そんな彼は今、雪が降りしきる空を再び見上げて溜息《ためいき》を吐《つ》いた。

「この様子では当面は止《や》みそうにないな。アンネリエ殿にお伺いを立ててみるか」

「うん。そうだね」

――ストリィディア王国建国の頃より続く名門、ロヴネル家。芸術の一門として国内に名を轟《とどろ》かせているその伯爵家の現当主アンネリエ・ロヴネルは、女伯爵にして今を時めく女性画家だ。

そんな彼女からの指名依頼を受けて訪れたシルヴェリアの塔。新作のモチーフとなる風景を見たいというのが彼女の依頼だった。しかし目的はもう一つあった。というより恐らく本題はこちらの方だったのだろう。ロヴネル家に伝わる儀式に挑む――それこそが本来の目的であったようだ。

アンネリエが従者として連れてきていたデニス・フリュデン。領主である彼女の秘書官を務める男であり、そして想い人でもあったようだ。そしてデニスもまたアンネリエに主従の枠を超えた想いを抱いているようだった。

しかしながら彼の母親は貴族籍を抜けて帝国の血を引く男に嫁いだために、デニス自身はロヴネルの血を引きながらも平民、そして帝国人の末裔《まつえい》という極めて難しい立場にあるという。だからこそ彼がアンネリエの腹心であることを良く思わない者も多く、デニスもまた立場を弁《わきま》えて決して想いを伝えようとはしなかったのだ。

もっとも彼の事情はそれだけではなかったようだ。移民や冒険者に対する根強い偏見があるらしいデニスには、そうなるに至った大きな事件――冒険者だった父親の死に関する――があったという。

二人の想いとデニスが抱える傷に真剣に向き合うため、アンネリエは相当な覚悟を持ってこの塔を訪れたのだ。

――ロヴネル家に伝わる儀式とは、生涯の伴侶《はんりょ》として選んだ人物と一対一で向き合い、自らの偽らざる想いを告げ、二人の間に横たわる障害を乗り越え心を交わし合う――当代当主が想い人への自らの愛と覚悟を示すための試練だ。

そして随分と長い時間を掛けて語り合っていた二人は、遂に試練を乗り越えたのだ。

「――外を歩くのはさすがに大変そうね」

濡れないように天幕の中に作った食卓から空を眺めていたアンネリエが言った。

「日程に余裕はある。今日《きょう》無理に帰らなくてもいいんじゃないか」

彼女の秘書官兼従者にして昨日《きのう》晴れて恋人となったデニスも、アンネリエの肩越しに空を見上げて唸《うな》る。素人《しろうと》が歩くにはあまりにも視界が悪過ぎるのだ。

「どうする。ここでもう一泊するか？　とりあえず展望台まで戻るという手もあるが」

「うーん、そうねぇ……もう一度塔の中を見ておきたいし、下まで降りてから考えるわ」

アレクの問いに、デニス達と少しの間話し合ってから彼女は答えた。まだ食料は余裕がある。もう一晩滞在しても問題はない。

熱々のオニオングラタンスープと、アンネリエのもう一人の腹心バルトのリクエスト、棒付きソーセージパンで朝食を終えると、野営地を解体して手早く荷物を纏《まと》めた。一角兎《いっかくうさぎ》の肉を丁寧に保存袋に包んで背嚢《はいのう》にしまい込む。出発の準備を整え、装備に問題がないかを互いに確かめ合った。

「……それから、昨日の帝国人なんだが」

支度が終わるのを待ってアレクが切り出すと、アンネリエは苦笑した。

「ええ……まだいるのよね？」

「残念ながら……と言えばいいのかどうか分からんが。あれからずっと三階にいるようだ」

シルヴェリアの塔の探索中、一行は帝国人のパーティと遭遇していた。粗末な装備と少ない荷物でこの塔を訪れた彼らは既に食料が尽き、交渉するどころか力ずくで一行の荷物を奪おうとした。結局アレク一人の気迫に負け、分け与えた僅かな食料を持って去った彼らは、塔の三階に留《とど》まったまま動く気配はなかった。シオリの探索魔法で探ってはみたけれど、時折付近をうろつくだけで他《ほか》の階に移動する様子はない。もう退くことも進むこともできなくなったのだろうか。

脳裏にすっかり草臥《くたび》れてやつれた彼らの姿が過《よぎ》った。土下座して食料を乞《こ》うたあの剣士の姿も。

「途中で様子を見ていきましょう。歩けるなら連れていってもいいし、もし動けないようなら……」

彼女はそこで言葉を切った。

胸の奥になにかじわりと嫌なものが滲《にじ》み出たような気がして、シオリは無意識に胸元を押さえた。

――動けないなら、置いていく。迷宮で力尽きて、置いて――。

光さえ届かない真っ暗な迷宮の冷たい床の感触を思い出して足元が震えた。あれだけ頑張ってきたのに最後はこんな場所で死ぬのかと、薄れる意識の中でそう思ったあの日の記憶――。

アレクの手が肩に触れた。仲間の気遣うような視線。足元をルリィがそっと撫《な》でる。皆心配してくれている。

何度か大きく深呼吸してから、小さく微笑《ほほえ》んでみせた。

「……大丈夫」

囁《ささや》くと、アレクの眉尻《まゆじり》が少しだけ下がった。本当かとでも言いたげだ。

「大丈夫。だって、アレクがいるもの」

この人がいれば大丈夫。それにルリィも、クレメンスもナディアもいる。心強い仲間達だ。だからきっと、大丈夫。

じっとシオリを見下ろしていた彼は、やがて小さく息を吐いて頷《うなず》いてくれた。

「置いていく場合はあと少しだけ食料を分けてあげましょう。街に着いたら騎士隊に通報するわ」

後は騎士隊がいいように取り計らってくれるはずだ。もっとも、救助したあとは鉄格子付きの医療施設に押し込まれることにはなるだろうが。何しろシオリ達に対する傷害未遂だけではなく、塔までの林道の途中にあった展望台を損壊した罪もある。従っているだけらしい二人はどういう扱いになるか分からないが、少なくとも主導権を握っていた魔導士の男には何らかの罰が与えられるだろう。

「……よし。では出発しようか」

アレクの号令で昨日と同じ隊列を組み、階下へと続く階段を下りていく。塔の内部は昨日と変わるところは特になく、時折襲ってくる魔獣を片付けながら出口を目指した。

回収した素材の中でも特にアンネリエの興味を引いたものは、資料として持ち帰ることにしたようだ。いくつかを大切そうに保存袋に詰めていた。あまりに気味悪いものは保管に困るからとデニスが断固として持ち帰りを許可せず、アンネリエは渋々スケッチだけで済ますことにしたようだった。

「氷蛙《イス・グロダ》の毒腺《どくせん》欲しかったわ……あんなグロテスクなものはそうそう手に入らないわよ」

「どこに保管するんだそんなもの」

「厨房《ちゅうぼう》の保冷庫を借りるわよ。ナマモノだし」

「冗談でもやめてくれ。せめて専用のものを自室に用意しろ」

屋敷に戻るまでは砕けた口調でいることにしたらしいデニスとアンネリエの、恋人同士でするものとは到底思えない言い争いに皆で噴き出す。そうして時折他愛のない雑談をしながら先に進み、螺旋《らせん》階段を伝って三階に下りたまさにそのときだった。

「……あ」

魔素の揺らぎを察知してシオリは声を上げた。続いて衝撃音。

「魔法……」

「使ったな」

帝国人に動きがあった。魔法を使った気配。戦闘が始まったのだろうか。

「でもそれならその魔獣の気配がしてもいいはずだよ」

ナディアの指摘通り、大掛かりな結界が施されている三階には魔獣の気配は感じられない。無論、帝国人以外の人間の気配もだ。不穏な空気に緊張が走る。

「何？　何が起きているの？」

「まだ分からん。戦闘ではないようなんだが」

不安げなアンネリエの問いにアレクが簡潔に答えた。

と、今度は激しく何かを言い争う声が聞こえた。続いて再び衝撃音。回廊の方からだ。

「様子を見てくる。皆はここで待機していてくれ」

アレクがそう言ったそのとき。

ドォン！

激しい衝撃音が鳴り響いて塔が揺れる。男の絶叫と女の甲高い悲鳴が響いた。それと同時にザァ、という激しい水音。何か生臭い、そう思った瞬間回廊から大量の水が溢《あふ》れ出した。

「なんだっ⁉」

「きゃあああっ！」

見る間に迫りくる水流。

咄嗟《とっさ》に土魔法を展開して石材を成形した防御壁を作り、ナディアが氷魔法で水流の凍結を試みる。

「上だ！　上に急げ！」

アレクとクレメンスが身を竦《すく》めて硬直しているアンネリエ達を押し上げて階上に逃がそうとした。

しかし水量が思う以上に多く、防ぎきれなかった水流が防御壁を突破して一行に降り注ぐ。

「わああっ！」

「きゃあああっ」

水塊に押し流されると思った次の瞬間、アレクの力強い腕に引き寄せられ——そして視界が瑠璃《るり》色に染まった。


ふわふわと不規則に世界が揺れる。上下も分からない真《ま》っ青《さお》な世界の中、水に揺蕩《たゆた》うような微睡《まどろ》みにも似た不思議な感覚に身を委ねているうちに、一瞬意識が飛んでいたらしい。

「——オリ、シオリ！　シオリ!!」

身体を強く揺す振られて意識が浮上する。ゆるりと瞼《まぶた》を開くと、心配そうに覗《のぞ》き込んでいる仲間達の姿が目に入った。シオリを抱えていたアレクの表情が安堵《あんど》で緩む。その栗毛から水滴が滴り落ちてシオリの頬《ほお》を濡らし、曖昧《あいまい》だった意識がその冷たさに一気に覚醒《かくせい》する。抱きかかえられたままの身体《からだ》が冷たい。濡れた服が急速に体温を奪っていく。

確か回廊から溢れてきた水流を防ぎきれずに押し流されたはずだ。それから——。

「ルリィが助けてくれた。俺達を身体の中に包んで運んでくれたんだ」

「ルリィが!?」

身体を引き伸ばして二人を包み、そのまま階段まで運び上げてくれたのだ。

「ありがとうルリィ。大変だったでしょう」

床一面にだらりと広がったままの身体を擦って労《ねぎら》うと、気にするなとでもいうように触手を伸ばして左右に振ってみせた。けれどもさすがに疲れたらしく、饅頭《まんじゅう》型に戻らず弛緩《しかん》したままだ。

「皆さんにお怪我《けが》は」

「私達は大丈夫よ。アレク殿とクレメンス殿が階段の上に押し上げてくれたから、大したことは──っくしゅっ」

言い掛けたアンネリエが派手なくしゃみをした。その身体を支えるデニスとバルトも小刻みに震えている。流される前に避難はしたが、激しい水飛沫《みずしぶき》を浴びてずぶ濡れだった。

「ともかく身体を温めよう。これ以上冷やすのはまずい」

「うん。お風呂、すぐ支度するね！」

アレクに支えられて手近な小部屋に駆け込んだシオリは、急いで土魔法を展開した。床の石材を成形して浴槽を二つと目隠しの衝立《ついたて》を作り、浴槽全体に熱湯消毒を施してから身体の負担にならない温度の湯で満たす。その間にアレクとクレメンスが結界杭《くい》で魔除《まよ》けを施してくれた。後は空調魔法で室内を温めるだけだ。

身体はずぶ濡れだったが、背嚢の中身は幸いほとんど濡れていなかった。入浴道具を取り出して皆に手渡す。

「濡れた服は置いておいてください。すぐ洗濯しますから」

清潔ではない水が染みた衣類を早く洗濯してしまいたかった。妙な生臭さも気になる。皆が風呂で温まっている間にせめて外套《がいとう》だけでも洗って乾かしておきたい。先に入るように勧めると、アンネリエがシオリの腕を掴《つか》んだ。

「シオリさんとナディアさんも一緒に入って。これ以上身体を冷やしたら良くないわ。洗濯は後よ」

「え……でも」

躊躇《ためら》っていると、デニスからも声が掛かる。

「ここで貴女方《あなた》が体調を崩したらそれこそ問題だろう。誰《だれ》が街まで安全に連れていってくれるというんだ。いいから入ってくれ」

「デニス殿の言う通りだ。甘えさせてもらえ。俺とクレメンスは後で入る」

デニスに続いてアレクからも促されたけれど、つい躊躇《ちゅうちょ》してしまった。洗濯を先にと言ったのは半分は口実だったからだ。

――あの傷を見られたくない。

でも、空調の効いた室内でさえ身体が冷えていくのが分かる。早く温まらないと本当に身体に障りそうだ。それどころかあまり渋っていると、後で入るというアレク達まで冷え切ってしまう。

「……うん、分かった」

覚悟を決めて頷くと、アンネリエがほっと息を吐いた。傷痕《きずあと》を気にしていることを承知の上で誘ったのだ。気を使わせてしまった。

「先に入っていてください。アレク達の服だけでも乾かしたいんです」

「ええ、分かったわ」

彼女達が慌ただしく風呂支度を始めるのを尻目《しりめ》に、急いでアレクとクレメンスの服を乾燥させる。

待っている間に彼らの身体が冷え切ってしまうのではと心配だったからだ。魔法で熱めの温風を起こして急速乾燥すると、やはり寒かったのだろう、二人は強張《こわば》った表情を緩めてほっと息を吐いた。

「ありがとう。あとは適当に火を熾《おこ》して当たっているから、早く入ってこい」

「うん、ありがと」

背嚢から固形燃料を漁《あさ》るアレクに強く促されて風呂に急ぐ。一瞬躊躇ってから濡れた衣類を手早く脱ぎ、先に湯船に入っていた二人の横に身を沈めた。冷えた末端からじわじわと熱が浸透していく。

シオリは湯気越しにちらりとアンネリエを見た。温まって赤みが戻った顔の、その表情に変化はない。不快な思いをさせずに済んだようだ。湯気で視界が遮られて見えなかったのかもしれない。

ナディアが少しだけ眉尻を下げて微笑むのが見えた。それに薄く笑って返す。

しばらくは無言で湯に浸かった。浴槽の縁で撥《は》ねた湯が立てる水音だけが室内に響く。

大分温まった頃、アンネリエが口を開いた。

「……本当にシオリさんがいてくれて良かったわ」

そうでなければ危うく凍死するところだったわよ、と彼女は笑った。

「恐縮です」

賛辞が面映《おもは》ゆい。でも生活魔法を研究していて良かったと自分でも思う。単純に野営地を快適にするだけではない、こうして緊急時にも役立ったのだから。

遠征中はいつどんな理由で行動不能になるか分からない。

——雪原の戦闘で背嚢を破かれて携帯燃料を駄目にし、凍ってしまった食料を無理に食べて腹を壊しそのまま衰弱死した弓使い。裁縫道具を忘れて破けた服をそのままにし、解《ほつ》れを魔獣の角に引っ掛け体勢を崩して呆気《あっけ》なくやられた剣士。予想以上の大雨と強風に遭い、どうにか見つけた岩場の陰で凌《しの》ぐも体温の低下は防げず、真夏でありながらメンバーの半数が疲労凍死したパーティもあった。

手練れの冒険者でも、ほんの些細《ささい》な理由で命を落とした者もいるのだ。

自分の技術は地味で細やかなものだ。けれどもこうして生死を分ける局面でも役立つと知った。努力は、無駄ではなかった。

――十分に温まり、湯から上がる。手早く身体を拭《ふ》いて予備の服に着替え、急いでアレク達と交代した。皆の髪を乾かしてから、見張りはナディアとルリィに任せて洗濯を始める。冒険者用の衣類は丈夫で気楽に水洗いできるものばかりなのがありがたかった。外套だけは一応弱流水で洗い、その他の衣類は普段通り洗って水を切る。あとは温風魔法で一気に乾かすと、生臭さは綺麗《きれい》になくなった。

身体を温め清潔な服に着替え、それで皆はようやく落ち着いたようだ。ルリィもつやつやの饅頭型に戻っている。

「それにしてもやってくれたものだな、あの連中は」

水が入ってしまった腰のポーチを拭き取りながら、クレメンスは忌々しげに吐き捨てる。

「あの開かずの間を壊したってことだよね？」

「そうだろうな」

地上三階という場所であれだけの水が流れてきた理由は一つしかない。回廊沿いにあった四つの大部屋のうち、手付かずのままにしていた部屋。扉の隙間《すきま》から水漏れしていた開かずの間だ。扉の腐食具合から察するに、最低でも水深一メテルはあるだろう。あの部屋が他の大部屋と同じ大きさだとしたら、室内に溜まった水の量は相当なものだったはずだ。

よく観察すれば、部屋に入らずとも中の様子がある程度は予測できた。無理に開ければどういうことになるのかも。だというのに彼らは、何の対策も講じずに扉を魔法で破壊したのか。

彼らは無事なのだろうか。あの瞬間聞こえた凄《すさ》まじい悲鳴はただ事とは思えなかった。

「これからどうする。脱出口を作ってさっさと外に出てしまうか？　それとも大事を取ってここで一晩ゆっくり身体を休めておくか」

一時的にとはいえかなり身体を冷やしたことで大分体力を消耗してしまった。食料に余裕があるのだから、今日はこのままここでしっかり休息を取った方がいいかもしれない。

「そうね……じゃあ今日はもうここで切り上げましょう。正直、さすがにちょっと疲れたわ」

溌剌《はつらつ》としていたはずのアンネリエの声に張りがなく、表情が冴《さ》えない。興味深そうにあちこちによく動いていた視線は俯《うつむ》きがちに伏せられて、どこか気怠《けだる》げだ。

「昼食は先に済ませてもらって構わないから、仮眠を取らせてくれ。アニーを少し休ませたい」

デニスが恋人を気遣ってその肩を抱きながら言った。

「道中はしゃぎ過ぎた上にこの騒ぎだ。さすがに疲れたんだろう」

「はしゃぎ過ぎてって、人を子供みたいに……」

冗談めかして言うデニスにアンネリエはむくれた。その様子が微笑ましくて皆で軽く笑い合う。

「分かった。ゆっくり休んでくれ。俺は少し下の様子を見てくる。クレメンスとナディアは見張りを頼む。シオリは一緒に来てくれ。頼めるか」

「うん、勿論《もちろん》」

ゆっくり休めるように天幕を張り、個室を作った。三人が天幕に入るのを見届けてから、魔力回復薬を飲んで残り僅かだった魔力を回復する。それからクレメンスとナディアに留守を頼み、アレクと連れ立って階下に向かった。


「――アニー。どうした。何かあったのか」

天幕の中。床に敷いた温かい毛皮の上にアンネリエを座らせ、その肩をそっと抱いて囁く。

――アンネリエの様子がおかしい。

アレク達は疲労のせいだと思ったようだが、長い付き合いのデニスにはすぐ分かった。冴えない表情、少ない口数、伏せがちな目――これは疲れているのではない。何か思い悩むことがあるときによく見せる表情だ。

アンネリエの両手が自分自身を抱き締めるように二の腕を掴む。

「――見てしまったの。シオリさんの傷」

「傷？」

確か、身体に傷痕があると言っていた。

「あの傷――冒険で付いたなんて、そんな生易しいものじゃなかった。あんなの、あんなに両の腕と足にばっかり、不自然に沢山……」

あれじゃまるで拷問の痕《あと》だわ。そう言ってアンネリエは顔を覆ってしまった。

拷問の痕。何か恐ろしいことがあった痕跡《こんせき》。ああ、だからこそシオリの仲間達は過剰とも思えるほどに彼女を案じていたのか。

「あんな不自然な傷、お嬢様育ちの私にだって普通に付いたものではないことくらい分かるわよ。だからこそ彼女は私に見せたがらなかったのだわ。何かきっととても恐ろしい目に遭ったのよ。なのに彼女、いつもあんなふうに穏やかに笑って……」

抱き寄せた肩を宥《なだ》めるように撫でると、彼女は顔を上げて目元を拭《ぬぐ》った。

「私、やっぱり彼女を描きたい。しなやかで強い彼女を描いてみたいの。あんな傷を抱えていても真っすぐ立っている彼女は美しいわ。あの美しさを私の腕で描けるかどうか分からないけれど、でも」

「……そうか、なら」

もっと、彼女のことを知らないとな。そう言ってやると彼女は目を見開き、そして微笑んだ。

「ええ、そうね。もっと色々知るためにも私……あの人とお友達になりたいわ」

あれほど博識で高い技術を持ちながら、過去を証明するものを何一つ持たないという不思議な女。シオリ・イズミ。汚名を残して死んだ父と向き合おうと思う切っ掛けの一つをくれた彼女。この先もかかわり続けることで、手酷《てひど》い無礼を働いてしまった彼女への償いをいつか何かの形で果たすことができるかもしれない。それに、純粋に彼女に対する興味もあった。だから、自分もまた。

「そうだな。俺も――彼女と友人になりたい」

そう言って、デニスは笑った。

2

依頼人をクレメンス達に任せ、シオリとアレクは三階へと続く階段を見下ろした。大広間がすっかり水没している。しかし水深はそれほど深くはないようだ。

眺めているうちに違和感を覚え、シオリは首を傾《かし》げた。

「……あ。塔が傾いてる？」

「そうだな。傾いている」

床に対して水平な線を描いていた壁面の彫刻の一端は水面下に沈んでいるが、もう一端は水面より上にあった。階段のあるこちら側が深く、回廊側は浅い。

「それで水がこっちに流れてきたんだね」

「ああ。今まで気付かなかったが、こうして見ると随分傾いてるな」

水面近くまで階段を下りると、ルリィが水面を触手でつついた。

「まさかこれを全部飲むなんて言わないだろうな」

冗談めかしたアレクの言葉に、ルリィはそんなことできるかとでも言いたげに彼の足元をぺしりと叩《たた》いた。

その漫才めいたやり取りを見て笑い、水面に視線を戻した。水を抜くにはどこかに穴を開けなければならないが、その前に念のため探索魔法で三階の気配を探った。魔獣の気配はなさそうだ。その代わりに火の力を帯びた複数の魔力反応と、そして。

「……いるのか」

「……うん。二人だね」

水底に散らばる魔力反応はナディアの言っていた通りに火の魔法石だろう。水が溢れ出した回廊の奥の方には二つの気配が感じられた。そう、二つだけだ。

「二人分しかないということは……」

「もう一人は……ということだろうな」

アレクは敢《あ》えて口にはしなかったが、気配が消失したというのはそういうことだ。

「どうする。水を抜けばもしかしたら底から出てくるかもしれんが……やめておくか」

「ううん、抜くだけ抜いてみよう。向こうの二人も気になるから」

あの三人の帝国人のうちの一人が水底に沈んでいるかもしれない。三人のうちの誰なのかは分からないが、もし沈んでいるのだとしたら、そのままにしておくのはさすがに気の毒にも思えた。

「……そうか。じゃあ頼む」

「うん。でも結局水抜きすることになっちゃったね」

「そうだな……」

冒険中はよほどのことがない限り、よく分からないものには手を出さない方がよい。命あっての物種だ。だからこそ昨日はあの部屋を素通りしてきたのだったが。

大広間をぐるりと見回し、適当な場所を見定める。

「できそうか？」

「うん。でも時間掛かるかも。怖いからあんまり大きな穴開けたくないし」

建築方面は全くの素人だから思い切ったやり方はしない方が賢明だ。下手《へた》なことをして塔が崩落でもしたら目も当てられない。

「あの辺かなぁ」

一番水深が深いだろう場所の壁面に魔力の網を張り巡らして穿孔《せんこう》位置を決め、土魔法を展開して数センチメテル四方の穴をいくつか開けた。澱《よど》んでいた水が動き、少しずつ水位が下がっていく。

予想通り、しばらく時間が掛かりそうだ。どちらからともなく階段に腰を下ろし、ゆっくりと排水口に向かって動く水面を眺めて過ごす。ルリィは水面をぴしぴし叩いて遊び始めた。

外に流れ出た水は小さな池のようになるかもしれない。夏だったら他の冒険者の迷惑にもなるだろうが、今は滅多に人が来ない冬だ。このまま凍り、そして春には溶けて消えるだろう。

「――あの帝国人。なんでここに来たのかな」

ふと疑問に思ったことを口にすると、ルリィを見て笑っていたアレクは顔を上げた。

「うん？」

「あの帝国の三人組。無理してまでこんなところに来たのはなんでなのかなって」

使い古して傷みの目立った装備。少ない荷物を魔獣との戦いでさらに減らしてもなお、引き返さなかった彼ら。

アレクの視線が大広間の向こう側、回廊の奥に向けられた。

「……帝国が内乱中なのは知っているだろう」

「うん」

新聞の報道では、中央の圧政に耐えかねた辺境の貴族が結託し、民衆を束ねて蜂起《ほうき》したとあった。内乱勃発《ぼっぱつ》直後には「傀儡《かいらい》皇帝手も足も出ず」とか「帝国滅亡間近」とか、やたらとセンセーショナルな見出しの新聞が目立ったものだ。

「元々は大陸の何割かを占める巨大な国だったが、領土を広げ過ぎて軍事費が嵩《かさ》んでな。それで無理な税の取り立てを続けた結果、次々と属州国が反乱を起こしたんだ。士気の低い属州兵では抑え込めずに領土は次々と減って、すっかり国力が減退してしまった。ここ十数年は強引な徴兵で農地を耕す者が減ってさらに税収が少なくなったようでな。なのに豊かだった頃の暮らしが忘れられないのか、贅沢《ぜいたく》をやめられずに帝国貴族の家計はどこも火の車だ」

だから、かつて帝国の領土だった場所に残されたままの先祖の遺物を掻《か》き集めて、少しでも足しにしようとしているのだろうと彼は言った。きっとあの三人もそうなのだろう。この塔もかつては帝国貴族のものだった。塔の遺物を探しに来たのだろうか。

「目ぼしいものは取り尽くされて何も残っていないというのにな。それに仮にあったとしても、もう帝国には戻れない」

内乱直後から帝国との国境地帯は封鎖された。今国内にいるのは内乱前に入国した帝国人だ。戻れるのは内乱終結後。反乱軍の勝利に終わるだろうと言われている今、彼らが祖国に戻る頃にはもう全てが終わっているのだ。

憐《あわ》れなものだ。アレクはそう言って目を伏せた。

「そっか……」

彼らは前に進むしかなかったのだ。たとえそれが虚《むな》しいことだと分かっていても。

「……でも、同情はできないかなぁ」

因果応報。今までしてきたことの付けを支払うときがきただけのことだ。

「……そうだな」

アレクが言い、足元のルリィは同意するようにぷるんと震えた。

「――そろそろ良さそうだな」

それからしばらくして、アレクが立ち上がった。壁際にはまだ水が残されているけれど、床面はほとんど見えていて歩くには問題なさそうだ。

差し伸べられた手に腕を引かれて立ち上がり、シオリは大広間をぐるりと見渡した。不審なものはない。予想したような帝国人の姿も。内心安堵してほっと息を吐く。

濡れた床を慎重に歩き、流し切れずに壁際に残った水溜《みずた》まりを二人で覗き込む。強い魔力を感じるほんの少し濁った水の中。そこには赤く煌《きら》めく小さな石が沢山沈んでいる。火の魔法石だ。

「お。これは思った以上に量があるな」

「うん。凄《すご》いねぇ」

二人で両手いっぱいに持てるほどの数。

「わぁ……サーモンの卵みたい」

「ふ、はは……そうだな。確かにサーモンの卵のようだ」

直径一センチメテルほどの真紅の魔法石はまるで魚卵のようだ。全部拾って瓶に入れたら、魚卵の瓶詰のように見えるかもしれない。

「これ、触ったら熱い？」

あれだけの水量の凍結を防いでいたのだから熱くはないだろうか。しかしアレクは首を振った。

「熱くはないな。温かく感じる程度だ」

手袋を外したアレクは水中に手を入れ、魔法石をいくつか拾い上げた。そのうちの一つをシオリの手のひらに載せる。ほんのりとした熱。

「本当だ。あったかい……」

「一つ一つの力は微々たるものだが、互いに干渉し合って火の力を増幅していたんだろうな。だから凍るはずの水が凍らなかった」

「なるほど。そういうこともあるんだね。でも」

シオリは首を傾げた。真似《まね》をしたつもりなのか、ルリィの身体も同じ方向に傾ぐ。

「こんなに沢山、どうしたのかな。もしかしてこれが帝国人の探してた宝物？」

「いや、これだけのものが今まで手付かずで残されているはずがない。この大きさと量からすると多分偽鬼火《ファルスウィスプ》が残したものだろう」

「偽鬼火？　へえ……」

偽鬼火。深い森の沼地などに群れて棲息《せいそく》する小さな火の玉のような魔獣だ。実体を持たず、倒せばすぐに消滅するためにあまり生態の研究は進んでいないらしいが、知能を持たない精霊くずれのようなものと考えられているようだ。実体がなく魔法攻撃でなければ倒せないこの魔獣は、魔素を強く帯びた体内に魔法石を含んでいることが多いらしい。だから群れを倒せばひと財産できるのだ。

大変な目には遭ったが、代わりに偽鬼火の落とし物を手に入れることができたのは運が良い。

「塔に棲《す》み付いたものが何らかの理由で死んでこうなった……ということか」

「他の魔獣と戦って死んだとか？」

「それはどうだろうな。あの部屋を調べてみないことには分からんが」

ともかく、これだけの量の魔法石をこのままにしておくのは惜しい。一つ一つは小さなものだが、全て売り払えばかなりの金額になるはずだ。拾えるだけ拾っていきたい。

アレクと二人で水中の魔法石を拾っていく。水に入れた手は冷たかったが、拾い上げた魔法石を握っていれば体温が戻ってくる。

「袋に詰めたら温石代わりになりそうだね」

「ああ。人数分作って配るか。後で適当に分配しよう。アンネリエ殿も欲しがるんじゃないか」

いくつかを纏めて小さな保存袋に詰め、懐炉のようにする。一つを取って懐に入れると、ほんのりと温かくなった。残りの懐炉は腰のポーチに入れておく。

ルリィは拾った魔法石を触手の先でつついたり撫で回したりして遊んでいた。どうやら気に入ったらしい。

「欲しいのか？」

アレクが訊《き》くと、ぷるんと震える。

「大活躍だったからな。褒美に与えても誰も文句は言わんだろう」

拾った魔法石の中から特に粒が大きいものを選び、触手の先に置いてやった。ルリィは嬉しそうにぷるぷると震え、ひとしきり撫で回してから大事そうに体内に取り込む。時々取り出して遊ぶつもりなのだ。

瑠璃色の身体の中に小さな粒を浮かべて嬉しそうにぽよぽよ歩き回るルリィを見て二人で笑い合ってから、回廊に視線を向けた。

「さて……俺はこの先を確かめてくるが、お前はどうする？　戻って休んでいても構わないぞ。もしかしたらあまり愉快ではないものを見ることになるかもしれないからな」

――気配が消えた帝国人の。

アレクは気遣ってくれたのだろう。でも。

「足手纏《まと》いでなければ一緒に行くよ。二人で組んで仕事するって決めたんだもの」

彼は少しだけ目を見開いてから、すぐに小さな笑い声を立てた。

「……そうか。そうだな。お前の言う通りだ。じゃあ一緒に行こう」

「うん」

壁に開けた穴を塞《ふさ》ぎ、立ち上がる。どちらからともなく向けた視線の先。往路ではどうとも思わなかった一本道の長い回廊が、今はどことなく仄暗《ほのぐら》く見えた。

水気を残した床は寒さで既に薄く凍り始めていた。ブーツに滑り止めは付いてはいるが、それでもこのまま歩くと滑って危険だ。シオリは温風を起こし、回廊までの床面を乾燥させた。

「ありがとう。助かる」

「うん。どういたしまして」

乾いた通路を歩いて大広間を横切り回廊の入口に立つと、生臭い妙な臭いが鼻を掠《かす》めた。

「長い間溜《た》まったままだっただろうしな。水が腐っていたんだろう。夏でなくて良かった」

暑い季節だったら臭気はこんなものではなかったはずだ。

言いながらもアレクの視線は回廊のある一点を捉えていた。シオリも眉根《まゆね》を顰《ひそ》める。

「……なんだろうね」

「……なんだろうな」

十数メテルほど先、回廊の中ほどの床に何か大きな黒いものが見える。通路の半分を塞ぐようなそれは、昨日にはなかったはずだ。

「とりあえず、また溶かしておくね」

「ああ、頼む」

薄氷の張った床を温風魔法で溶かし、それから覚悟を決めて足を踏み出す。

「……これは……」

近付いた二人はそれの正体を知ってほっと息を吐き、顔を見合わせて苦笑した。

「……家具の残骸《ざんがい》か」

「大型魔獣の死体かと思った……」

「まったくだ。驚かしてくれる」

元は棚か何かだったのだろうか。大物家具だったらしいそれは、長期間水に浸かったせいか黒く変色していた。朽ちてばらばらになったものが押し流され、この場所に溜まったのだろう。

「あの開かずの間から流れてきたんだね」

「だろうな。ああ、これは……なるほど、これとやり合って相討ちになったのか」

残骸に引っかかっていた半透明の物体をアレクが指差す。水でぶよぶよとすっかり膨らんでしまってはいるが、傘状の頭部とそこから伸びた複数の触手には見覚えがあった。

「雪海月《ゆきくらげ》……」

火属性の偽鬼火とは逆の属性。何らかの理由で室内に入り込んだこの二種類の魔獣が、戦いの末に相討ちになったのだろう。そうして偽鬼火は魔法石を残して消滅し、雪海月は水中に落ちた。

残骸に絡んだ死骸がいくつか見える。ルリィがそれをつんつんとつついた。さすがにこの状態になった死骸《しがい》を食べる気にはなれなかったのか、ただつついているだけだ。

シオリは何気なく残骸の後ろに回り込み——その下敷きになっているものを見つけて短く息を呑《の》ん

だ。口元を押さえて立ち竦む。

「どうした――うっ」

駆け寄ったアレクもそれに気付いて呻《うめ》いた。彼は立ち竦んだままのシオリを胸元に抱き寄せる。

「これは……あの魔導士、だな」

アレクの胸元から恐る恐る顔を上げて、もう一度足元を見る。

――そこには昨日見た金髪の帝国人の男が、残骸に半身を挟まれて仰向けに倒れていた。蒼褪《あおざ》めた肌、見開いたままの瞳、木偶《でく》人形のように床に投げ出された両腕。じっとりと水気を含んだ金髪の下からは、僅かに赤い液体が滲み出している。

「……押し流されたときに頭を打ったんだろうな」

水流が押し寄せる直前、魔力の揺らぎと共に衝撃音を聞いた。扉を魔法で強引に破り、水塊をまともに食らったのだろうか。

アレクが優しくシオリの背を叩いてから、身体を離して男の傍らに屈《かが》み込む。手を男の口元にかざし、ややあってからその首筋に触れた。

「……間違いないな。凍り始めている。もう息はない」

「そっか……」

沈黙が下りた。しばらくの間黙って骸《むくろ》を見下ろしていたアレクはやがて小さく吐息を漏らし、男の瞼をそっと下ろしてやった。それから傍らで見守っていたルリィの身体を撫でる。

「悪いが手伝ってくれないか。こいつをここから出してやろう」

ルリィはぷるんと震え、粘液状に広がって骸の下に潜り込んだ。アレクが残骸に手を掛け、力を込めて持ち上げる。僅かに持ち上がった隙に、ルリィは骸を身体に乗せてしゅるりと移動した。

「ありがとう、ルリィ」

水球を出して労うと、それをつるりと飲み込んでからぷるぷると震える。

アレクが男の両腕を胸の上で組んでやった。そして「クレメンスならもっといい酒を持ってるんだがな」と呟きながら、腰元のポーチから取り出した気付けの酒を男の口に宛がい、軽く含ませた。死に水のようなものだろうか。

不愉快な男だったが、これは隠り世へ旅立つ者への最低限の礼儀だ。

二人で短い黙祷《もくとう》を捧げる。旅先で命尽きた者への弔いの儀式だ。

「……無謀な旅の末に異郷の地で果てるか。自業自得とはいえ、憐れなものだ」

生き延びるためなら人を犠牲にすることすら厭《いと》わない、傲慢《ごうまん》で不愉快な男だった。それでも必死だったのは分かる。彼なりに目指すものがあったのだ。しかしその旅の果てに、故国を再び目にすることなく異国の地で命を落とした。それはとても哀しいことだ。

――日本から遠く世界を隔てた場所、光すら届かない暗い場所で、まさに死にかけた――あの日の記憶が頭の片隅を過って消えた。

「シオリ」

愛《いと》しい人の気遣う声が耳を擽《くすぐ》る。大丈夫、そう返しながら彼の手を取った。

「……手、清めよう」

「ああ」

水魔法を唱えて清めの水を出す。その水で軽く手を洗い、温風を出して乾かしてから、ルリィにもぬるま湯を掛けて清めてやった。

「行くか」

「うん」

床に横たわる男に小さな目礼を送り、回廊の先に向かった。

いくらも歩かないうちに扉が弾《はじ》け飛んだ部屋の前に出る。開かずの間だった場所だ。

「うわぁ……随分派手にやったんだね」

「力任せにやったようだな、これは」

ひしゃげている両側の蝶番《ちょうつがい》にはかつて扉だった木片が申し訳程度にぶら下がり、その端が酷く焼け焦げていた。

「壊せば中の水が一気に溢れ出ることくらい分からない訳でもなかったろうにな」

「食事も休息も長いことちゃんと取れてなかったみたいだから……もうまともな思考はできなくなってたんじゃないかな」

「……なるほど、な」

アレクは何とも言えない表情を作りながらも慎重に室内に足を踏み入れた。

中は他の部屋と造りは変わらなかったが、長く水に浸かった影響で部屋の下部が黒ずんでいた。床には朽ちた木片や建材の瓦礫《がれき》が散乱している。そして窓があったのだろうと思《おぼ》しき場所には大穴があった。長年手入れもされずに放置された影響だろうか、石壁が崩落している。崩れ落ちたその断面を見る限りでは、崩落からそれほど時間は経《た》っていないように思われた。ギルドに提出された報告書には特に記載されていなかったから、最後にトリス支部の冒険者が訪れた後に崩落したのだろう。

「これだけ大きい穴なら雨も雪も吹き込み放題だね」

「外壁を伝った雨水が流れ込んだ形跡もあるな。染みが残っている」

夏以降、何度か大雨の日もあったはずだ。冬になれば毎日のように雪も降る。そして傾いた塔。この大穴は傾きの上側に位置する。内開きの扉は下側だ。水が溜まる条件は揃《そろ》っていたわけだ。あの男が壊さなくても、負荷が掛かった扉はいずれ決壊していただろう。

「いずれにしても、崩落していることはギルドと……あとは騎士隊にも伝えておこう。観光客が出入りすることはないとは思うが、一応な」

「そうだね。夏だったら来ようと思えば誰でも来られる場所だもの」

一部で崩落が始まっているとすれば、今後傷んで崩れる場所は他にも出てくるかもしれない。民間人だけではなく冒険者にも注意喚起は必要だ。

「……あ」

「あれは……」

何気なく部屋の片隅に目をやったシオリは小さく声を上げた。アレクも気付いたらしい。部屋の隅の壁が一部崩れ落ち、どうにか人一人が通れるだけの穴が開いていた。そこに何かが挟まっている。それは蓋《ふた》付きの木箱だった。いくつかが折り重なるようにして穴を塞いでいる。穴の幅よりも大きいその木箱は、引っ掛かったまま水に流されずにここに残ったのだろう。

アレクが剣の鞘《さや》でつつくと、がたん、と重い音を立てて木箱が崩れ落ちた。

「なんだか宝箱みたい」

興味深く眺めながらシオリは言った。上部が丸みを帯びている蓋が、長方形の箱に蝶番で留められている。冒険物語にでも出てきそうな意匠の木箱だ。

「実際そうだったんだろうな。箱自体にも価値はあったんじゃないか。見てみろ」

指摘されてよく見ると、水に浸かって変色した木箱の表面には、削って装飾を無理に剥《は》がしたと思しき跡がいくつも残されていた。

「中身も……当然なくなってるね。それとも最初から空っぽだったかな」

「どうだろうな。見たところこれは隠し部屋だ。空の箱を入れておいたりはしないと思うが」

ルリィがしゅるりと中に入った。それからぷるんと震える。問題ないと言いたいらしい。

二人して崩れた場所から中を覗き込んだ。二メテル四方ほどの小さな部屋だ。蓋の開いた木箱が散乱している以外に特に変わったところはない。

「……どの箱も空っぽだね」

「ああ。装飾も全部剥ぎ取られている。宝石か何かを台座ごと持っていったんだろうな」

木箱は持ち運ぶには重い。だから価値のありそうな装飾だけを持ち去ったのだ。

「本当に目ぼしいものは何から何まで取り尽くされてるんだね」

「領土奪還作戦の後に王国軍か――さもなくば民衆にあらかた持ち出されたんだろう。夏なら馬車で簡単に来られる場所なんだ。本気でやろうとすればいくらでもできただろうしな」

だからこそ実地訓練や腕試しに来るのでもなければ、敢えて訪れる冒険者はいないのだ。アンネリエはこの塔そのものに芸術的価値を見出していたようだったが、それは特殊な例だろう。こんな何もかも取り尽くされたような場所に、あの帝国人達は命の危険を冒してまで来たのだ。

他人事《ひとごと》ながら虚しさを感じて俯いた、そのときだった。アレクがぴくりと反応し、剣の柄に手を掛けた。ルリィもまたしゅるりとシオリの前に移動する。警戒色にはなっていないが、緊張感が漂う。

――足音。ゆっくりと踏み締めるような不規則なその足音は、徐々にこちらに近付いてくる。

探索魔法を掛けると、二人分の微弱な反応があった。

アレクが一歩前に出て身構える。程なくして男が戸口に姿を現した。帝国の三人組の一人だ。

(――幽鬼のような……ってこういうのを言うのかな)

生きて動いているのが不思議なほどに蒼白《そうはく》で虚《うつ》ろな顔。生気というものがまるで感じられないその剣士の男は、女を抱えたままゆっくりと視線を巡らした。男はこちらの姿を捉えた瞬間、気力が尽きたかのようにふらりと身体を揺らし、そのままその場に崩れ落ちた。それでも女をしっかりと抱きかかえたままなのは、よほど彼女が大切だからなのだろうか。

「――おい！　大丈夫か」

警戒は緩めないまま、しかし彼らに戦意はないと見て取ったアレクが駆け寄る。シオリとルリィも慌てて後を追った。

「……俺、は、大丈夫……ユーリャ、を」

男はひどく震えて歯の根が噛《か》み合わず、どうにか言葉を絞り出した。濡れた床に彼女を落とすまいと必死に腕を伸ばす彼から、アレクはユーリャと呼ばれた女を預かった。どうにか意識を保っている彼女は粗末な毛布でしっかり巻かれているけれど、恐らくその下は裸かそれに近い姿なのだろうということが察せられた。毛布の合わせ目から首筋や鎖骨が剥《む》き出しになっているのが見える。濡れた衣服は脱がされたのだろう。

それに対して男の方は、濡れたままの装備をそのまま着込んでいる。砂色の髪は先が凍ってしまっていた。あれから大分時間が経っているというのに、この状態でよく生きていられたものだ。

「大丈夫なものか。こんなに震えてるじゃないか。まるで死人のような顔色だぞ」

「アレク。乾かすよ。このままじゃ本当に――」

目の前の二人の気配は微弱だった。このままでは確実に死ぬだろう。

「ああ、そうだな。頼む。そうしてやってくれ」

「うん」

温風魔法を展開し、男の濡れそぼった服に触れて一気に乾燥させた。凍った頭髪も乾かす。

虚ろだった男の顔に僅かながらも生気が戻った。彼は驚いたようだったが、それには構わずに次はユーリャに触れた。頭から丁寧に毛布が巻かれてはいるけれど、それでも身体が冷えていることに変わりはない。温風魔法で毛布の中に温かい空気を満たしてやった。薄っすらと目を開いたユーリャの唇が微《かす》かに動いたが、掠《かす》れて声は出なかった。もしかしたら礼を言ったのかもしれない。けれどもこれだけではまだ不十分だ。

「アレク……」

相手は依頼主や自分達に危害を加えようとした男の仲間だ。でも。

アレクは頷いた。察してくれたというよりは、同じ気持ちでいるようだった。

「要救助対象だ。とりあえず野営地に連れていこう。アンネリエ殿なら多分反対はしないだろうが、何かあれば後の責任は俺が持つ」

「それなら私も同じように責任を負うよ」

シオリはアレクを見据えた。彼とはランクも力量も違うのだから、同じだけの責めを引き受け償うことはできないかもしれない。でも、それでも。

「二人で一緒に仕事をするんだから、同じ責任を私にも負わせて」

共に歩むと決めたからには、全てを分かち合いたい。都合が良いときだけの仲間でいたくはない。

「シオリ、お前……」

アレクはひどく驚いたようだった。

「……俺はお前をまだ見くびっていたのかもしれないな。お前は本当に――」

その先の言葉はなかった。けれども次の瞬間には力強い笑みを見せてくれた。

「分かった。じゃあ野営地へ急ごう」

シオリもまた笑みを返した。

「うん」

足元のルリィがぷるんと震えた。触手を伸ばして、アレクの腕の中の女をちょいちょいとつつく。

「どうした、ルリィ」

ルリィは二本伸ばした触手で女を抱え上げる仕草をした。

「え、まさか……運んでくれるの？」

ルリィはその通りだとでも言うようにぷるんと震えた。

「運べるのか――というのは愚問か」

そうだ。短時間とはいえ二人の人間を階上に運び上げたのだ。それにルリィは既に過去に一度、一人の人間を長距離運んだ実績がある。――死にかけていた、シオリをだ。

「……そうだね。ルリィも同じ仲間だもの。ありがとう、ルリィ。お願い」

任せろと言わんばかりにルリィは大きくぷるるんと震えた。それから床に大きく広がる。その上にアレクがそっと女を下ろすと、落ちないようにくるんと巻き込んだ。

二人で床に座り込んだままの男の腕を取って肩に担ぎ、ゆっくりと立ち上がる。

「少し歩きます。辛《つら》いでしょうが、頑張ってください」

男の頭が小さく揺らめく。頷いたようだった。

「よし。行くぞ」

野営地まではそれほど遠くはない距離だけれど、動くのもやっとの男には辛い距離だろう。でも、彼は生きようとしている。今ここで終わるつもりはないのだ。一歩一歩を踏み締めるように、それでも彼は歩いている。そんな彼を放っておくことなどどうしてできようか。自己責任だと言われても、捨て置けと言われても、まだ生きている者を本気で見捨てることができる人間は実際どれだけいるのだろうか。

それに、余力があるのにこの二人を見捨てたとしたら――記憶の奥底に居付いたままの、あの日の自分が救われない。あの昏《くら》い迷宮で倒れて動けないままでいるあの日の自分が、救われない。

――今でも時折夢に見るあの日の記憶。夢の中の自分はいつだってそのまま力尽きて終わる。そんな悪夢を見て目覚めたとき、今こうして生きて過ごしている日々は、本当はあの場所に倒れたままの自分が――死にゆく自分が見ている最期の夢なのではないかと錯覚してしまうのだ。

(でも私は生きてここにいる)

手を引いて抱き締めて、これは夢ではないと教えてくれる人がいる。ここにいるのは夢ではないと、確かに生きているのだと、温もりを与えて教えてくれる人がそばにいる。

（だから私は――あの日の自分を、助けたい）

あの悪夢はもう終わったのだ。受け入れて、前を向いて歩きたい。

「――もう少しだ。あの階段を上ればすぐだ。頑張れ」

一歩ずつ踏み締めるように歩く男を支え、ゆっくりと階段を上る。四階に入ってすぐの小部屋に戻ると、見張りをしていたクレメンスとナディアは驚いたようだった。それからルリィが抱えている毛布の包みの正体が人間だということにも気付いて目を丸くする。

「要救助対象を保護した。かなり身体を冷やしている。早く温めてやりたい」

「……ああ、分かった。二人だけか？」

男を支えるのを手伝いながら、クレメンスが目配せをする。その意味するところを察して小さく首を振った。それで彼は理解したようだった。

「ともかく温めてやらないとね。シオリ、温かい飲み物を用意しておくれ。甘いのがいいね」

「うん、わかった」

寒冷地育ちの彼らはこういった場合の処置を熟知しているようだ。ナディアが携帯燃料に火を付けて焚火《たきび》を作る。そのそばにクレメンスが敷布代わりの毛皮を広げ、男を毛布で包んで寝かせた。

濡れた衣服を捨て下着だけになっていたユーリャは、ナディアの予備の服に着替えさせた。それから清潔な毛布に包み、焚火のそばに寝かせてやる。

「シオリ。さっきの魔法石を出してくれるか。あれも使おう」

「あ、なるほど。ちょっと待って」

小さな火の魔法石を沢山詰め込んだ小袋を取り出して手渡すと、アレクは男の首筋や足元にそれを宛がった。同じようにしてユーリャの毛布にも小袋を入れてやる。

「温かくて甘い飲み物というと……やっぱり生姜湯《しょうが》かな」

生姜の砂糖漬けの瓶を取り出し、沸かした湯で割って即席の生姜湯を作った。

「飲めそうかい？　起きられるなら少しでも飲んでおきな」

ナディアが促すと、少し落ち着いたらしい二人は小さく頷いた。アレクとクレメンスの手を借りて身体を起こした二人は、目礼してから静かにそれを啜《すす》り始める。

「……水に浸かってから大分時間が経っていたはずだが、よく持ちこたえたな」

二人を眺めていたアレクが疑問を口にした。

保護したとき、男の方は既に髪が凍り始めていた。大分長いことずぶ濡れのままでいたはずだ。普通なら動くどころか意識を保っていることすら危ういほどに凍えていただろうに。

「……いくつか火の魔法石を拾っタ。それデ、どうにか……」

微かな訛《なま》りが残る言葉で、ぼそりと男が呟くように言った。

水に浸かった荷物はすっかり駄目になり、流された先で見つけた火の魔法石と、大部屋に残されていた古い毛布で僅かな暖を取っていたらしい。しかし濡れたままの服を乾かすまでには至らず、このままでは死を待つだけだと、どうにか気力を振り絞って助けを求めにきたということだった。

そのとき、外の騒ぎに気付いたアンネリエ達が天幕から顔を覗かせた。毛布に包まる二人の帝国人を見て目を丸くする。

「申し訳ない。勝手だとは思ったが連れてきた」

アレクの言葉にアンネリエは苦笑いした。

「いいえ。いいのよ。救助が必要だったのでしょう。どのみち状況によっては連れていくつもりだったのだし、見たところ敵意もなさそうだもの」

彼女がこの場の最上位者だと感じ取ったのだろうか。二人が居住まいを正した。けれどもアンネリエはそれを制止し、楽にするようにと柔らかく言った。

「お二人の名前は？」

「フロル・ラフマニン。彼女はユーリャ・ラフマニンです」

「あら、ご兄妹《きょうだい》なの？」

「いえ……俺達は従兄妹《いとこ》です。セルゲイ様も含めて……」

そこまで言ってフロルと名乗った男は一度言葉を切った。

「……セルゲイ様を見かけなかったタだろうか」

遠慮がちにフロルは訊いた。恩人に乱暴を働こうとした男の名を出すことに躊躇いがあったのかもしれない。しかしその表情には諦念《ていねん》のようなものが浮かんでいた。彼は気付いているのだろう。セルゲイと呼ばれた――あの魔導士の男が、既にこの世の者ではないことに。

果たしてアレクがその死を伝えると、彼は一瞬沈黙しただけで大きな動揺は見せなかった。

「頭を打ったようでな。見つけたときには既に息はなかった。さっきの回廊に寝かせてある」

簡素ではあるが弔いを済ませたことを伝えると、二人は目を閉じて頭を下げる。

「落ち着いているのね」

「……国を出た時点でいずれこうなることは覚悟しておりましタ。むしろここまで辿《たど》り付けたことが奇跡だった」

魔力量は多かったが、セルゲイの力量がランクに相応《ふさわ》しいものではないことは知っていた。だから恐らく本来の力量では勝っているだろう自分がどうにか護《まも》ってきたのだと彼は言った。

セルゲイは伯爵家の次男。フロルとユーリャはその傍流だという。帝国の冒険者ギルドの規定では、傍流が嫡流のランクを上回ってはならないと定められているらしい。家格や身分が極端なほどに重要視される帝国では、社会的な特権を維持するために取られている措置だということだった。

この話を聞いてアンネリエは肩を竦め、アレク達は盛大に眉《まゆ》を顰めた。デニスに至っては苦虫を噛み潰したような顔になっている。

「……でも、どうしてあの部屋を無理に開けたの？　開けたらどうなるか分からなかった訳ではないのでしょう？」

「それは、あの部屋に祖先の財宝が隠されているからです。この塔はかつてラフマニン家の所有物でした。伯爵家の財政を立て直すための財宝を持ち帰ることが我々の使命です。そのためには何としてもあの部屋を開ける必要があっタ」

「隠された財宝……」

居た堪《たま》れなくなったシオリはアレクを見上げた。彼もまた眉尻を下げて二人を見下ろしている。

「……隠し部屋の宝箱のことを言っているのなら……全て空になっていたぞ」

その言葉に二人は押し黙った。けれどもそれも束《つか》の間、フロルは笑った。眉尻を下げ口元を歪めて笑うその顔がまるで泣き笑いのようだとシオリは思った。

「ええ、多分そうではないかと思っていましタ。この塔を放棄してから百五十年以上経っている。街に近いこの場所がその間手付かずな訳はありません。この塔に入った瞬間に悟りましタよ」

――燭台《しょくだい》の灯《あか》りに使う魔法石ですら余すことなく取り尽くされていたのだから。

「俺は何度も進言しました。だが、あの部屋が固く閉ざされたままだと知ったときセルゲイ様は、ここは手付かずかもしれない、開けてみるだけの価値はあると食い下がって――」

「それで、無理に魔法で壊した、と？」

「……はい」

「水が溜まっていることには？」

「気付いていました。だが聞き入れてくださらなかっタ。必死だったのだと思います。財宝を持ち帰れば家を立て直せるどころか、跡継ぎにも指名されるかもしれないと……」

潤っているのは皇族と皇都住まいの特権階級のみ。土地が痩《や》せ農奴が減り、税収が激減して冷や飯食いを置いておく余裕すらなく、嫡子以外は平民落ちするしかない貴族家ばかりだ。帝国貴族にとって平民落ちは奴隷落ちにも等しい。国そのものに余力がない今、商才でもない限りは平民落ちすれば農奴になるか兵役に就くか、さもなくば冒険者となって凌ぐかのいずれかしかない。

「……だが、内乱が起き国境が封鎖された今――仮に財宝があったとしても、どうにもならなイ」

もしかしたらあれは、セルゲイの――祖先が遺した塔と末裔である自分達を道連れにした、壮大な心中だったのかもしれない――絞り出すようにしてそう言い、それきりフロルは俯いて押し黙った。

重苦しい沈黙が場を支配した。その沈黙を破ったのはアンネリエだ。

「……いずれにしても、貴方《あなた》達は連れていくわ。戻ったら騎士隊に預けるけれど、それでいいわね」

大人《おとな》しく頷いた二人をしばらく無言で見下ろし、そしてすぐ隣で険しい顔で何事か考え込んでいるデニスの背中を軽く叩くと、アンネリエは腹を擦《さす》りながらにこりと笑った。

「さすがにお腹《なか》すいちゃったわ。お願いできるかしら」

突然話を振られてシオリは目を丸くした。重くなった空気を振り払うための彼女なりの気遣いかもしれないが、確かに昼の時間は大分過ぎている。今から支度しても夕方近くになるかもしれない。

「それでは早めの夕ご飯にしましょうか。昨日の一角兎もありますし、今日はがっつりメニューにしましょう」

この台詞《せりふ》にそれまで静観していたバルトが真っ先に歓声を上げた。デニスが呆《あき》れたような視線を向け、それを見て皆がまた笑う。

いつもの空気が戻ってほっと息を吐くと、シオリは支度を始めるために背嚢を開けた。

「……寛大な依頼人で良かったな。あれを置いていけと言われたらさすがに心が痛む」

「そうだね……」

死人を悪く言いたくはないけれど、公共物を破壊し、他人に殺意を向けた挙句に一歩間違えば全滅していたかもしれない「水難事故」にまで巻き込んでくれたパーティの生き残りだ。あの二人の意思ではなかったにせよ、多大な迷惑を掛けられたことには違いない。そんなものは置いていけと言われても仕方のない状況ではあった。

（――それにしても……落ちてきたのがこの国で良かった）

シチューのための肉を切り分けながら、シオリは思った。帝国の噂《うわさ》を聞くたびに、迷宮に自分を捨てていくことに積極的に賛同していたあの帝国人を思い出すたびに、何度も思ったことだった。そして今回セルゲイという男に会い、フロルから帝国の内情を直に聞いて、心底思った。

トリスヴァル領は帝国との隣接地域だ。もし落とされた場所がずれていたら。国境の向こう側だったなら。ただでさえ珍しい東方系だ。奴隷どころかもっと恐ろしい目に遭っていたかもしれない。想像するだけでぞっとする。

「……私を拾ってくれたのが兄さんで良かった。落ちてきたのがこの国で良かった。もし落ちたのが帝国だったら、私は今頃死んでたか——そうでなければ奴隷にされてたと思うもの」

シオリは何の気なしに正直な思いを口にした。そしてそのまま作業に集中する。だから気付かなかった。隣で作業を手伝っていたアレクの手が止まったことに。武器の手入れをしていたクレメンスもまた顔を上げ、ナディアが意味深長に二人に目配せしたことに。

アレクが、ぽつりと呟く。

「——落ちてきた？」

3

じっくりと煮込まれた一角兎のシチューと、串焼きの香りが室内に満ちる。

「やっぱり兎肉なら串焼きだよな！　香草が独特の獣臭さを引き立てていて美味《うま》い」

「串焼きも確かに美味いが、兎肉と言ったらやはり煮込み料理だろう。独特のコクが野菜にもよく染み込んでいる。煮汁に溶け出した脂もくどくなくていい」

「一角兎の肉ってもっと獣臭いのかと思っていたけれど、思ったよりもずっと食べやすいのね。上品な味わいの中に微かに香る野性味がちょっとクセになりそう。獣舎で飼えないかしら……」

「アニー……」

野兎料理として街の料理屋で提供されるトリス兎は臭みが強く、王国人でも苦手とする者は多い。しかし一角兎は臭みがむしろ肉に独特のコクを与えて味わい深いものになっている。どうやらアンネリエの御眼鏡《おめがね》にもかなったようだ。

彼女達が一角兎料理に対する意見を戦わせる横で、フロルとユーリャも粥《かゆ》をゆっくりと咀嚼《そしゃく》しながら目を細めている。二人にはシオリの気遣いで特別メニューが提供されていた。器の中には別鍋で作った一角兎と根菜のパン粥が入れられている。舌の上で蕩《とろ》けるほどに具材を軟らかく煮込んだ粥は、彼らの体調を慮《おもんぱか》ってのものらしい。

アレクの横に座っているシオリは、賑《にぎ》やかな食卓を眺めて微笑んでいる。

「口に合ったみたいで良かった。兎料理ってこの国に来てから覚えたから、正直言うと今でもちょっと自信がないの」

意外な台詞にアレクは目を瞬《また》かせた。兎肉料理はそれほど珍しいものではないからだ。今ほど畜産が盛んではなかった時代には、鳥と並ぶ代表的な狩猟肉だったのだ。家畜化された現在でも食卓に上ることは多い。

「お前の国では兎を食べる習慣はないのか？」

「うーん……昔は食べることもあったみたいだけど、今はほとんど聞かないかな。どっちかっていうと愛玩《あいがん》動物だから、兎肉に抵抗がある人の方が多いと思うよ」

「……そうか。食文化も色々あるんだな」

言いながらもアレクは彼女の言葉に微かな違和感を覚え、その横顔を凝視した。

（亡国ではないのか……？）

彼女の故国はもう二度と手の届かない場所にあると言っていた。行ける場所にはないとも。だから亡国なのかとも思っていた。実際そう思っている者は多い。しかし、今の彼女の言葉はどうだ。過去形ではなかった。その国の人々の暮らしが現在もまだ続いているかのような物言い。それに――。

（――この国に落ちてきた……か）

妙な言い回しだと思った。まるで天から降ってきたかのようではないか。

訊いてみればいいのかもしれない。だがそうしたところで彼女を困らせるだけなのではないかとも思うのだ。いつかは教えてくれるのかもしれないが、今はまだきっとそのときではない。

過去の一切を明かすことがなかった彼女だったが、近頃は時折思い出話や故国の話をするようになった。そうするだけの心の余裕ができたのだということが分かる。だからこそ、無理にその内面に踏み込むことは避けたかった。強引にこじ開けて彼女の心の負担になるようなことはしたくはない。故郷にかかわる何かが彼女を苦しめているのだろうと察せられるだけに、なおさら。だが。

「……なぁに？　どうしたの？」

じっと見られていることに気付いたシオリが首を傾げる。その頬は焚火に照らされて赤く色付いていた。黒に見紛う瞳が焚火の灯りを映してきらきらと輝いている。

「……いや。なんでもない。可愛《かわい》いなと思って見ていただけだ」

「う。なにそれ……」

適当に揶揄《からか》う言葉で誤魔化してみれば、彼女は頬をますます赤くして狼狽《うろた》えた。その姿を見て笑いながら、アレクは知りたいという気持ちを強引に押し込んだ。

――夜半。最初の見張りを務めるアレクは、クレメンスと差し向かいで小瓶の酒を呷《あお》る。友人が勧める怪しげな銘柄の酒は丁重に辞退して、手持ちの蒸留酒を口に含んだ。芳しい果実の香りと共に喉《のど》を滑り落ちていく感覚を楽しんでいると、床に横になっていた人影の一つがもぞりと動いた。

「……ナディア」

普段は結い上げられている髪は、今は眠るために後ろに流して束ねただけになっている。その髪を背に払い除《よ》けながらナディアは歩み寄り、焚火のそばに腰を下ろした。

「やはり眠っていなかったか」

「まぁねぇ。やっぱりちょっと気になるものさ」

シオリが眠るまで待っていたらしい。

「――お前達はあいつのことをどこまで知っている？」

単刀直入にアレクは訊ねた。だが二人は苦笑すると首を横に振った。

「正直に言えば、何も分からん」

「そうか……」

「あんたはどうなんだい。ちょっとは何か聞いてないのかい？」

逆に訊かれたが、アレクとしても苦笑するしかなかった。

「暁の事件で何があったかということくらいだな。あとは――ああ、七つ違いの実の兄がいて、これが大変な心配性だと」

「へぇ。面白いねぇ。どっかで聞いたような人物像じゃないか」

「まったくだ」

三人で声を潜めて笑い合い、それからふと真顔に戻る。沈黙の後、アレクは再び口を開いた。

「……落ちてきたのがこの国で良かった――と。そう言っていたな、あいつは」

なんとも意味深長な言葉だ。

「そのことなんだが」

飲み切った小瓶の蓋を閉めて懐に戻しながらクレメンスが言った。

「ザックが妙なことを言っていた」

「妙なこと？」

「ああ。彼女を保護したときのことだ」

トリス近隣の森で魔獣討伐を終えて戻ろうとした矢先、ふと空間が揺らぐような奇妙な感覚に襲われたのだという。直後、付近に突如出現した気配と何か重いものが落ちる音に気付いてその場所に足を向けたところ、茂みの中に倒れているシオリを見つけたということだった。旅人らしからぬ姿に手荷物の一つも持たず、履いている靴は片方だけ。そんな女が突如として森の中に現れた。

「当然怪しく思って周辺を調べたが、人の出入りした形跡は何一つ見当たらなかったそうだ」

「何一つ？」

「ああそうだ。森にいたなら当然その場所に至るまでの痕跡が残されているはずだ。だが人間や馬の足跡、馬車の車輪痕に至るまで、そこに侵入した痕跡は全くなかったらしい」

まるで空から降ってきたかのようだったとザックは語ったという。

「……そんな馬鹿《ばか》な話があるものかいとも思ったけれどねぇ」

「ああ。第二王子付きの武官だったあいつが調べたんだ。間違いはないのだろうな」

市井に下らなければ、いずれは諜報《ちょうほう》活動を担う騎士団情報部を纏める立場に就いていたかもしれない男だ。そこらの酒酔いの戯言《ざれごと》とは訳が違う。アレクは唸った。

「——で、落ちてきた、か」

ザックの証言を裏付けるような、シオリの言葉。

「あの子自体にも気になることがいくつかあってね」

ナディアがちらりと毛布に包《くる》まって眠るシオリに目を向けた。

「着てた服がね、見たこともない素材でできてたのさ」

「見たこともない？　お前でも知らない素材だったのか？」

ナディアは繊維産業が盛んな旧リトアーニャ王国の出身だ。紡績工場や織物工場をいくつも経営していた家で育ち、その分野の知識に精通している彼女にも分からない素材。

「ぱっと見はシルクのようなんだけどね、光沢とか手触りがどうも違ったんだよねぇ。後で聞いたら人工繊維だとかなんとか言ってたけど」

その後、故郷との唯一の縁ともいえるその衣類は、かつての仲間によって無断で売り払われてしまったという。こうして彼女の身の上を示すものは全て失われてしまったのだ。

「あの子の手もね、今でこそ手荒れで痛々しいもんだけれど、初めて見たときは手荒れどころか爪《つめ》まで綺麗に手入れされててね。庶民の女の手とは思えないくらいに状態が良かったんだよ」

シルクに見紛う生地で作られた清楚《せいそ》な衣装を纏う、貴婦人のように綺麗な手を持つ女。それゆえに遠国の貴婦人の侍女か話相手を務めていたのではないかとも思われていた。

しかしこれらは全てシオリ自身によって否定されたようだ。故国では事務仕事に携わる職業婦人だったという。身に着けていた衣装も特別なものではなく、故国では一般的なものらしい。

結局分かったことは、豊かな文明国から来たのだろうということくらいだ。

問題はそれがどこにあるのか彼女自身が説明できないことだった。地図上のどこにも存在せず、そして二度と手の届かないところにあるという。そう、それはまるで。

「――本当に、天界から来たみたいじゃないか」

誰からともなしにシオリに視線を向けた。その彼女が微かな吐息とともに寝返りを打つ。艶《つや》やかな黒髪に縁どられた寝顔がこちらを向いた。穏やかな、寝顔。

「……お前が訊いてみたらどうだ。案外教えてくれるかもしれんぞ」

言いながらもクレメンスは苦笑いを浮かべている。自身の言葉を自分で信じていないのだ。

「なら逆に訊くが……お前なら訊けるか？」

どこから来た何者なのか、と。そう問えるのか。

彼も、ナディアも、苦みの濃い笑みを浮かべたまま静かに首を振った。

「……訊けないな。言いたくないのなら言えない事情があるのだろう。気にはなるが」

「無理に聞き出して、これ以上辛い思いはさせたくないからねぇ……」

愛する女のことをもっと知りたいという思いはある。だが、この穏やかな顔を悲しげなものに歪めたくはない。

そっと立ち上がったアレクは、眠る彼女のそばに歩み寄る。その場に膝《ひざ》を突き、そしてその柔らかで温かい頬に触れた。

強く優しくしなやかで、それでいてどこか儚《はかな》げで謎《なぞ》めいた、愛しい女。ただただ、これから先も彼女が穏やかでいられることを——願わずにはいられないのだ。

第二章　溶け合う心

1

「うーん……やっぱり冬の遠征は肩が凝るなぁ」

朝、交代の時刻に目を覚ましたシオリは伸びをしてから肩を揉《も》む。重い荷物を背負い、寒さで無意識に首を竦《すく》めているせいか、肩凝りが酷《ひど》い。

「帰ったらマッサージ行ってみようかなぁ」

「そうさねぇ……あたしも久しぶりに行こうかねぇ」

起き出してきたナディアもまた、肩や首筋を擦《さす》りながら言った。「歳《とし》は取りたくないもんだね」という彼女に苦笑いしながら、毛布を畳んで身支度を整える。

床でお馴《な》染《じ》みの伸縮運動をしていたルリィが、しゅるんと触手を伸ばして挨拶《あいさつ》した。

「おはようルリィ」

声を掛けると、ルリィはぷるんと震えてから饅頭《まんじゅう》型を模った。朝晩の伸縮運動を欠かさないルリィだったが、スライムでも身体《からだ》が凝ったりするのだろうか。凝る筋があるのかどうかも疑問だけれど、ルリィのことだからきっと何か意味があってそうしているのだろう。多分。

「朝ご飯は一角兎《いっかくうさぎ》の肉団子スープでいいかな。あとはパンケーキ」

小骨が多く食べ辛《づら》い部位を、魔法で骨ごと丁寧に砕いて肉団子を作る。これと根菜を煮込んだスープは身体が温まって腹持ちも良い。

　フロルとユーリャには今日《きょう》も粥《かゆ》がいいだろう。肉団子スープを取り分けて軟らかく煮込めばいい。昨日《きのう》の様子では胃の調子に問題はないようだから、もう少し歯応えを残してもいいかもしれない。

　ことことスープを煮込んでいくと、出汁の良い香りが室内に満ちていく。程良く煮えたスープを味見すると、微《かす》かな獣臭が鼻を抜けた。しかしその独特な風味が味に深みを与えている。

「トリス兎の肉は駄目だったけど、一角兎は美味《おい》しいな。アンネリエ様じゃないけど、ちょっと癖になりそう」

　スープの出来栄えに満足して目を細めた。

「……さて、どうしようかな」

　スープを作り終え、パンケーキの生地を作って焼くだけにしておけば、あとは皆の起床時間までは暇ができる。ナディアと一緒に見張りをしながら、携帯用魔獣図鑑に今回の旅で増やした知識を書き込みするか、それとも手帳を纏《まと》めるか。

　そんなことを考えながらふと寝床の方に視線を向けると、寝返りしたアレクの肩から毛布がずり落ちてしまっていた。あれでは寒いだろう。近寄って毛布を掛け直すと、無意識なのか彼の手がゆらりと空を彷徨《さまよ》い、シオリの手を掴《つか》んだ。

　眠っていても誰《だれ》の気配か分かるのだろうか。微笑《ほほえ》みながらアレクの手を撫《な》で、そっと外した。

　胸がじんわりと温かくなるのを感じながら静かに立ち上がり、何の気なしに焚火《たきび》の向こう側で眠る帝国人に視線を向けた。

（……あれ？）

二人の寝顔が苦しげなものに見えて、シオリは眉《まゆ》を顰《ひそ》めた。気のせいだろうか。毛布に包《くる》まって眠る彼らを覗《のぞ》き込む。青白い肌は汗ばみ、その頬《ほお》だけが不自然に赤い。寝息がひどく苦しそうだ。二人の額に恐る恐る触れた。

「どうかしたのかい？」

こちらに気付いて声を掛けるナディアを見た。

「姐《ねえ》さん……」

ただ事ではないと察したのか、駆け寄った彼女は同じように二人の頬に触れた。

「これは……厄介なことになったね。ひどい熱じゃないか」

ナディアの柳眉《りゅうび》が顰められる。

「どうしよう、姐さん」

「早く医者に診せないと――良くないよ、これは」

このままもし悪化すれば、体力が落ちている二人には致命的だ。

異変に気付いたのか、アレクとクレメンスが起き出してきた。二人の容態を確かめた彼らは、ナディアと同じように顔を険しくした。

「まずいな。依頼人を護衛しながら病人を二人も抱えていくのはさすがに難しいぞ」

抱えていくとしたら、それはアレクとクレメンスが担うことになる。ナディアや自分では体格的にも体力的にもまず無理だ。依頼人であるデニスやバルトに頼む訳にもいかない。

しかしそうなると、前衛職が二人とも両手を塞《ふさ》いでしまうことになる。それでは咄嗟《とっさ》の対応ができない。ナディアの魔法で時間稼ぎするにしても、その都度病人を地面に下ろして戦うのはあまり現実的ではない。それに、彼らの荷物を分担することも考えなければならない。いくつかの荷物は捨てていくことになる。いずれにせよ、旅の危険度は高くなる。

「誰かが先に行って騎士隊を呼んでくるか？」

「一番現実的かもしれんが、そうなると……」

視線がアレクに集中した。道中で雪熊《ゆきぐま》や雪海月《ゆきくらげ》に遭遇する可能性を考えれば、強力な物理攻撃と魔法攻撃が必要だ。必然的に先行するのは魔法剣士のアレクということになる。A級とはいえ物理攻撃専門のクレメンスや魔法攻撃のみのナディアでは、やや不安が残るからだ。

だからと言ってアレク一人で十分かと言えば、それも難しいところだ。丸一日雪の中をたった一人で行くのだ。雪の季節に高難易度の魔獣が出る地帯を一人で歩くことは、よほどのことがない限りはするべきではない。

「でも……仮にアレクが行ったとしても……」

シオリが落とした呟《つぶや》きに、三人は深い溜息《ためいき》を吐《つ》く。

どんなに急いでも騎士隊を連れて戻るまでに往復で二日、そして再び街を目指すのにもう一日。恐らくこの二人の体力は持たない。どの手段を取っても危険が伴う。誰かの命を失う危険だ。

「でも、アレクを行かせるのが一番現実的だろうねぇ」

ナディアの言う通り、現状は彼を先に行かせるのが一番危険が少ない。幸い食料は足りている。依頼人と仲間の命全《すべ》てを危険に晒《さら》すよりは、この場でもっとも強い彼が先行し、残りはこの場で待つのが一番現実的だ。その結果間に合わなかったとしても、責任は全てフロルとユーリャ自身が負うべきものだ。彼らは無謀な旅路になることを承知で危険地帯に踏み込んだのだから。どのみちシオリ達が助けなければ、昨日の時点で尽きていた命だ。

（でも……）

シオリは唇を噛《か》み締めた。

彼らを助けたいと思ったのは自分もアレクも同じだった。でも、今こんな状況になって、結局彼が一番危険な仕事を担うことになってしまった。彼と同じだけの責任を負いたいと思っていたのに、ランクも力量も彼の方が上なのだから、どうしたって彼が負う比重が多くなるに決まっているのに。それは分かっていたことなのに。

（いざこうして突き付けられると、歯痒《はがゆ》いなあ……）

アレクはしばらく思案し、シオリに視線を向けた。頷《うなず》くしかない。自分にもまた、依頼人と病人のために二日間温かく快適に保つという重要な仕事があるのだから。

「ともかく、アンネリエ殿にも相談しよう」

起床時間までには間があったが、早めに決断して彼女の承諾を得なければならない。

起き出してきたアンネリエは、二人の様子を見てすぐに頷いた。

「分かったわ。すぐに出発してちょうだい。でも一人で大丈夫なの？　もう一人くらい連れていった方が良いのではなくて？」

「そうしたいのは山々だが、何があるか分からんからな。戦力はこちらに残していく。俺《おれ》としても簡単に死ぬつもりはないが、もし二日経《た》っても戻らなかったら、悪いがそちらで決断してくれ」

――もし戻らなかったら。

ぎゅっと胸が締め付けられるような感覚に、シオリは小さく喘《あえ》いだ。二人での初めての仕事で別行動を余儀なくされ、それどころか――万一のことを考えなければならないなんて。

――置いていかないで。一緒に連れていって。

そう言って彼に縋《すが》り付きたくなる自分を叱咤《しった》し、溢《あふ》れる気持ちをどうにか抑え付けていると、苦しげに吐息を漏らすフロルが身動《みじろ》ぎした。

「……置いていけ」

掠《かす》れた声で、そう呟くように言う。

「お前達にはもう二度も助けられた。これ以上恩人に迷惑は掛けられなイ」

言ってから、苦しい息の下でそれでも笑った。自嘲《じちょう》気味に。

「仕えるべき主《あるじ》は死んだ。帝国も反乱軍に制圧されるのは時間の問題だろう。何をどうしたって、もう故国は助からなイ。どのみち滅びるのなら、この塔を墓標に、俺達もここでいっそ潔く――」

「……ふざけるな」

低く鋭い声がフロルの言葉を遮った。焚火の光を透かして苛烈《かれつ》な緋《ひ》に染まった赤毛を揺らしながらつかつかと前に進み出たデニスは、フロルの胸元に手を伸ばして途中で止めた。胸倉を掴み上げようとして病人相手と思い留《とど》まったのかもしれない。

代わりにその場に膝《ひざ》を付き、ぎろりとフロルを睨《ね》め付けた。

「ふざけるなよ」

燃えるような赤毛に縁取られたその顔の、勿忘草《わすれなぐさ》色の瞳《ひとみ》が激しく輝く。

「貴族としての務めも果たさず利益だけを享受しておいて、挙句に異国で他人を巻き込み死の危険に晒しておいて、何が墓標だ。何が潔くだ。逃げるのか。何の責任も果たさずに自分達だけ楽になるつもりか。昨日土下座してまで食料を乞《こ》うたのは何のためだ。生きたかったんだろう。異国人に無様に土下座してでも生き延びたかったんだろう。そこまでの気概があったのなら今ここで諦《あきら》めるな！」

フロルが息を呑《の》み、目を見開く。

「生き延びてみせろ。生き延びて責任を果たせ。今まで甘んじて享受してきたものを、死ぬ気で頑張って返してみせろ！　それがお前が帝国貴族としてできる最後の務めだ」

そこまで一息に言ってからデニスは息を吐き、そしてもう一度フロルを見据えた。

「……死んで逃げるなんて卑怯《ひきょう》だ。死んで果たせる責任なんて、何一つないんだ」

最後に落とした言葉は、どこか自分に言い聞かせるようでもあった。

——痛いほどの沈黙の後、フロルは小さく頷いた。

それを見たデニスはこちらを振り返る。

「アレク殿一人で先行しても、多分こいつらはもたない。男四人で交代しながら担げばどうにかならないか？」

「そうね。確かに彼の言う通りよ。天候によっては救助隊もすぐには出してもらえないわ。その間に力尽きる可能性が高い人間のために、あの道をアレク殿一人で行かせて何かあっても問題よ」

アレクが仲間に目配せする。依頼人自ら手を貸してくれるというのならありがたい話だ。

シオリはふと足元を見る。ルリィがぷるんと震えた。それからもう一度、ぷるんぷるんと何か言いたげに震えてみせる。

——頼れ、と。そう言われたような気がした。

膝を付いてルリィと向き合う。

「ルリィ……お願いしても、いい？　二人を運ぶの、手伝ってくれる？」

ルリィは力強くぷるんと震えた。勿論《もちろん》だと、そう言うのだ。

「ありがとう、ルリィ」

伸ばされた触手がシオリの手に触れた。撫でるように何度か往復してからしゅるりと離れていく。気にするなとでも言っているかのようだ。

「ルリィ、お前……」

アレク達は一瞬顔を見合わせてから、すぐに頷いた。

「よし、じゃあ五人で交代で担いでいこう。筋力増強の魔法を使えば大分違うはずだ。デニス殿とバルト殿は魔法慣れしていないから反動で後日ひどく疲れるかもしれないが……どうする」

「構わない。使ってくれ。戻ったらゆっくり休ませてもらうことにするさ」

「我らが女主人はお優しい方だからね。きっと気前よく一週間くらいは休暇をくださるはずだよ」

「貴方《あなた》達ねぇ……」

アンネリエは笑った。

「いいわ。私の我儘《わがまま》に付き合わせてここまで来たんだもの。奮発して特別ボーナスも出すわよ」

「やった、さすがアニー！　よし、それじゃあいっちょ頑張るかな！」

意気軒高とバルトが声を上げた。

「そうと決まれば、すぐにでも食事を済ませて出発しよう。シオリ、支度を頼む」

アレクの大きな手がシオリの肩を叩《たた》いた。ルリィもまた力強くぷるるんと震える。

シオリは目を細めて笑うと、それに応えて頷いた。

「――了解！」

復路の重労働に備えて温かく腹持ちの良い朝食を済ませる。食欲がないユーリャには温かいベリーシロップ水を飲ませ、多少なりとも食べる意思を見せたフロルには具を除いたスープを与えた。

朝食の後は、アレクとクレメンスの荷物をばらして分担する。

「今日中に戻れるように頑張ろう。街に近付くほど魔獣の出現率は低くなるから、多少の危険はあるが日が落ちても街を目指す。万一到着できなかった場合は、そこから俺が一人で先行して救助を呼ぶことにする。置いていく荷物はそのつもりで選んでくれ」

アレクの指示で処分する荷物をそれぞれ決めた。各人の行動食以外の食料は、この数日で消費して荷物に余裕のあるシオリの背嚢《はいのう》に纏めて詰めた。入浴道具などのなくてもあまり問題はないもの、買い替えが容易なものは全て置いていく。そうして作った空きに毛布や天幕などを分担して詰めた。

「仕方ない。気付けの酒以外は捨てていくか」

「是非捨てていってくれ。不吉過ぎてかなわん」

「家にまだあるしな」

「……帰ったらそれも処分しろ」

アレクとクレメンスの二人にしか分からない会話に首を傾《かし》げつつ、それぞれが荷物を纏めた。フロルとユーリャに厚着をさせ、その上から毛布をしっかり巻いて防寒対策を施す。最後に結界杭《くい》を抜いて野営地を解体した。

病人を運ぶ順番は、初めはアレクとルリィ。あとは一時間ごとに交代することで決まった。デニスとバルトは疲労対策のために、冒険者組よりは回数を減らしてある。

「よし、出発するぞ。脱出口を作って直接外に出よう。あの男は——すまないが諦めてくれ」

フロルは閉じていた瞼《まぶた》を薄っすらと開け、小さく頷いた。

「……いいんだ。置いていくのは身体だけダ。魂はもう、故郷に帰っているだろうからな」

二人の従弟《いとこ》で、幼い頃《ころ》は遊び相手でもあったというセルゲイ。土に還《かえ》ることはできないけれど、身軽になったその魂だけは想《おも》い出の地へ還るだろう。不愉快な男だったが、そんな彼でもこうして悼む人がいる。人と人の繋《つな》がりは理屈ではかれるものではない。複雑で哀しくて——でも、温かい。

「シオリ、脱出口を頼む。人一人が出入りできる程度の大きさでいい。疲れるとは思うが、小まめに回復して凌《しの》いでくれ。魔力回復薬の予備は十分にある。出し惜しみせずに使って、魔力切れでの疲労は溜《た》めないようにするんだ。いいな？」

「うん、分かった」

明かり取りの窓を起点に土魔法を展開して脱出口を作り、そこから下を見下ろした。地面を押し上げて昇降機のようにすれば降りられるだろう。

「魔力消費が大きくなるから二回に分けて下ろすけど、いいかな」

「ああ、お前が楽なやり方でやってくれ」

「了解。——大地隆起！」

塔の真下の石畳を土魔法で押し上げる。さすがに重量があって一回だけでは高さが足りず、もう一度魔法で干渉して四階の高さまで押し上げた。二メテル四方ほどのその場所に、クレメンスとナディア、そしてアンネリエ達が乗っていく。その間に魔力回復薬を飲んで回復し、五人が乗り終わったところで再度土魔法を展開した。ゆっくりと下ろしていく。

「――逃げずに責任を果たせ……か。耳が痛いな」

下を見下ろしていたアレクがぼそりと呟いた。

「デニス殿は……アンネリエ殿のそばで、逃げずに戦ってきたんだな」

その声色に自責の念のようなものを感じて、シオリは彼を見上げた。下に到着して順に昇降機から降りていく五人を眺めているはずのその瞳はしかし、ここではない遥《はる》か遠くを見つめているかのように、どこか儚《はかな》く頼りなげに揺らめている。

「……アレク？」

そっとその手に触れると、やんわりと握り返された。

「――成人したばかりの頃にな。何もかも投げ出して、逃げたことがあったんだ」

あまり聞いたことがない、彼の過去。

「弟に全ての面倒事を押し付けて、俺だけ逃げ出した。あのときはそれが最善だと思っていたが、逃げずに頑張っていればもしかしたら違う結果もあったんじゃないかと今でも思うことがある。弟は快く送り出してくれたが、きっと……心細かっただろう」

彼は小さく笑った。弱々しく、自嘲気味に。

「……そのときにもう一人、傷付けてしまった人がいるんだ。これ以上はないほど不誠実なことをした。お陰でひどく怒らせてとんでもない暴言を吐かれたが……あれは堪《こた》えたな。今でも夢に見る」

下のクレメンスから合図があった。魔法で脱出口の高さまで石畳を押し上げる。

「……とんでもない暴言？」

――以前寝込んだとき、悪夢にひどく魘《うな》されていた彼の姿が脳裏を過《よぎ》った。

アレクがフロルに肩を貸し、昇降機に乗った。肩を貸したことで少し前傾姿勢になった彼の前髪が紫紺の瞳を隠す。長めの前髪に隠れて口元だけしか見えない彼の表情はよく分からなかったが、ただその唇が微かな笑みの形を刻んだのが見えて、シオリは小さく息を呑んだ。それは笑みというにはあまりに悲しげで苦々しく、そして――その唇の端が震えたようにも見えたからだ。

彼は言った。

「俺との想い出も、それどころか俺自身にさえも何の価値もないと……そう言われたよ」

その人物と彼がどのような関係で、何を思ってそんな言葉を吐いたのかは分からない。けれどもそれは、怒りに任せて吐き捨てるにはあまりにも毒が強過ぎる言葉だ。

――彼と想い出を作れるほどの時間を過ごしたその人。彼の不誠実な行いに、ひどく怒った人。

アレクの横顔の向こうに何故《なぜ》かほんの一瞬知らない女の顔を見たような気がして、シオリは思わず顔を背けた。

ユーリャをくるりと巻き込んだルリィが昇降機に乗ったのを確かめてから、足元の石畳に集中してゆっくりと下に向かって下ろしていく。

「……辛かった？」

「ああ。弟と同じくらいに信用し、信頼していた人だった。あれが怒りに任せた言葉だったのか、それとも本心だったのかは今となってはもう分からないが……これは逃げた俺に対する罰なのかと随分悩んだな」

――信頼を寄せていた人間からの、存在否定。

（でも、アレクとの想い出に価値がないなんて、それじゃあ……まるで何か旨味《うまみ》があったからアレクのそばにいたみたいじゃない）

要らない、と。かつて自分も言われたことがあるからこそ、その痛みと辛さは分かる。

――誰のためでもなかった。誰かの欲を満たすために生きてきたのでは決してない。全力で生き抜いてきたのは、ただただ自分が生きたかったからだ。他の誰のためでもなく、自分のために生きる。自分のために生きてこそ、その生に意味がある。その上で誰かの助けになるのなら、それは喜ばしいことなのだとシオリは思う。

「どんな理由があっても、存在を否定するようなことだけは絶対人に言ってはいけないことだと思うよ。その人のためにある命じゃないんだもの。価値があるとかないとかそういうのじゃなくて、私はアレクがアレクだから、好――」

勢いに任せてつい自分の想いを告げそうになり、アレクに支えられているフロルとふと目が合い、続いて足元のユーリャにまで目を丸くして見られていることに気付いてシオリは口を噤《つぐ》んだ。

「す……なんだ？」

「う、ううん、なんでもない」

慌てて誤魔化すと、アレクは少し残念そうな顔をした。

「何か良い言葉を聞かせてもらえそうな気がしたが……」

「なんでもないってば！」

フロルとユーリャが小さな笑い声を立てた。

「……身体が熱いのはどうも熱のせいばかりでもなさそうダな」

「そうね。なんだかますます熱が上がった気がすルわ」

高熱に喘ぎながらも二人は楽しげにくすくすと笑う。そんな彼らをじっとりと睨《にら》み付けた。

「元気そうですね！　人を揶揄《からか》う元気があるなら置いていきますよ！」

「悪かっタ。連れていってくれ。俺は生きると決めたんだ」

アレクに支えられたまま、フロルは言った。

「俺は領民が身を削って納めた税で育った。この身体は彼らの血税でできている。この命は俺のものであると同時に、彼らのものでもあるんダ。だから、ここで無駄死にする訳にはいかない」

下から吹き上げた雪交じりの風が毛布の端を捲《まく》り上げ、彼の砂色の前髪を巻き上げる。毛布を引き上げて包み直すと、彼は小さく目礼してから前を見据えた。

「……ストリィディアは良い国だな。ドルガストとはそれほど環境は変わらないはずなのに、国は豊かだ。長い年月を掛けて荒地を開墾し、土地や作物を改良して豊かなものにしタ。きっと王が……上に立つ者が、優れているのだろうな」

王やそれに連なる者が愚かだったばかりに、帝国は衰退の一途を辿《たど》った。貧困に喘ぐ民と痩《や》せた土地から目を背け、それを改善するどころか豊かな隣国の土地を奪うことで不足分を補おうとした。そのために強引な徴兵を行い、それで農奴が減ってますます税収が減り、衰退が加速した――。

「このままでは駄目だと改善に乗り出した領主は多かったが、遅きに失した。状況が悪過ぎて一領主が努力しただけではもうどうにもならなかっタ。だが中央政府への陳情は全て無視された。だからどの家も腕の立つ者を集めて、資金確保のために過去の遺物を漁《あさ》って……」

しかし、その遺物を手に帰還したのはごく一握りだ。ほとんどが既に誰かに持ち去られた後で回収できず、国に戻る資金も底を尽き、そうこうしているうちに内乱が起きて戻れなくなった。

「この国は王侯貴族の在り方が健全だ。為政者が自らの立場と責任を理解している。王国に来て各地を見るうちに、そのことがよく分かっタ。民は貴族のために在るのではなイ。貴族が民のために在るんだ。俺達は民に生かされていた。何故──何故もっと早く気付かなかったんだろうな。セルゲイの奴だってもうとっくに現実に気付いていただろうに、あいつは帝国貴族のプライドを捨てきれずに、あんな──民の命どころか、自分の命まで粗末にして──」

「……もうよせ。あまり激すると身体に障る」

アレクの静かな声が彼の言葉を止めた。

「帝国は終わるかもしれないが、お前はまだ生きている。生きてそれに気付けたんだ。身体を治したら難民キャンプに行くといい。そこで民と共に暮らしながら、これからどう生きるか決めるんだ」

──その道は決して楽なものではないだろうけれど。

「……ああ、そのつもりだ。もっとも、貴族として安穏と生きてきた俺達が受け入れてもらえるかは分からないが」

「それはお前達次第だな。キャンプには領民を率いて一緒に逃げてきた貴族もいるらしい。彼らのように民に寄り添おうという気持ちがあるならいずれは……と願っているよ」

「……ああ。ありがとう」

昇降機が下に着く。アレクは筋力増強の魔法を唱え、クレメンスの手を借りてフロルを背負った。

「よし、出発するぞ」

彼の言葉に皆が頷く。ルリィがぷるんと──包み込んだユーリャを気遣ってか、いつもより小さく震えた。

2

ナディアが作った雪道はたった二日で再び雪が積もり、その跡さえすっかり消えていた。

「二日で随分積もったね。さすが北欧……」

「ホクオウ？」

「あ……ええと。私の国では大陸北西部の辺りをそうやって呼ぶの」

「ほう？　ホクオウ、か」

アレクは興味深そうに呟いた。

冬が長く一年の半分近くは雪に覆われ、夏でも夜間は防寒着が必要なほどに冷涼な気候。日照時間は六時間から十九時間前後と季節によって大幅に異なる。地図上では極地方に近い地域だ。元の世界の地図と同じ見方をしていいのかは分からないが、向こうの世界でいえば恐らく北欧の辺りに位置するのだろうと勝手に思っている。

ナディアが火の魔法で雪を溶かして道を作り、一行は彼女を先頭にして歩き始めた。その次にアレクとルリィ、シオリが続き、その後ろに伯爵家の三人が歩く。殿《しんがり》はクレメンスだ。

主戦力の一人であるアレクの両手が塞がっているから、魔獣の気配を早く察知できるように探索魔法を周囲に広げた。通常人間が気配を察知できる範囲は熟練の冒険者でも半径およそ二、三十メテルといったところだから、それより広い七、八十メテルまで広げた。

「あまり無理はするなよ」

「うん。すぐ魔力切れにならない範囲で休み休みやってるから大丈夫」

この程度なら、休憩の都度魔力回復薬を飲めば十分間に合いそうだ。

「アレクこそ無理しないでね。大丈夫？」

彼はフロルを担ぐために筋力増強の魔法を使っている。筋力を最大限に引き出す便利なものではあるが、度を過ぎた使い方をすれば筋を痛めたり筋肉疲労が過ぎて数日寝込むはめになったりと副作用が大きい魔法だ。

「ああ。お前と同じで負担にならないぎりぎりの範囲で使っているから大丈夫だ。まぁ、戻ったらゆっくり身体を休めることにするさ。お前もちゃんと休むんだぞ」

「……うん。分かってる」

念を押されてしまい、シオリは苦笑した。

降りしきる雪の中、その後はしばらく無言で歩いた。白一色の世界は、雪を踏む音以外に聞こえる音は何もない。発した僅《わず》かな言葉さえ雪に吸い込まれて消えていく。辺りは静寂に包まれていた。

往路よりも天候は悪く、体力の減りが早い。時折アレクの口に行動食を放り込み、ルリィには温水を作って与えながら、自分も塩味のきいたナッツ類を齧《かじ》った。

幸い道中は魔獣の襲撃もなく、およそ一時間の後に展望台で最初の小休止を取った。急いで雪を成形して簡易ベンチを作り、フロルとユーリャを寝かせる。束《つか》の間の休息だ。

魔法で湯を沸かして生姜《しょうが》湯を作り、皆に振る舞う。病人にはベリーシロップのお湯割りを与えた。

「様子はどうだい」

「うーん……ユーリャさんはまだ余裕がありそうだけど、フロルさんは少し辛そうかも」

アレクの手を借りてフロルに飲み物を飲ませながら、シオリは眉根《まゆね》を寄せた。出発前には多少の軽口を叩く余裕があった彼は、今はぐったりと目を閉じたまま浅い呼吸を繰り返している。

「身体を起こした状態で運んでいるからな……どうしても負担は掛かるだろうな」

肩を解《ほぐ》しながら、アレクが唸《うな》った。

「一回の休憩時間を延ばすか？」

「そうだな。五分余分に取ろう。あとは様子を見て小休止の回数を増やすか」

「……すまなイ。面倒を掛ける」

気怠《けだる》げに目を開けたフロルは呻《うめ》くように言った。唇を噛み締めているのは、具合が悪いからというよりはむしろ、歯痒いのかもしれなかった。

「気にするな。それよりも気分が悪くなったらすぐに教えてくれよ。背中に嘔吐《おうと》でもされたらかなわんからな」

冗談めかして言う彼に、フロルも少しは気が楽になったらしい。彼もまた微かに笑った。

「確かにな……それは大惨事ダ」

「ああ。だから遠慮はするな。ほら、あまり喋《しゃべ》ると疲れるぞ」

彼は頷き、大人《おとな》しく目を閉じた。

数分後、小休止を終えて手早く出発の準備を整えた。次に病人を担ぐのはクレメンスとデニスだ。クレメンスがフロルを、軽いユーリャはデニスが担ぐことになった。アレクが二人に筋力増強魔法を掛けると、デニスは僅かに瞠目《どうもく》した。

「……これは凄《すご》いな。全然違う」

「そんなに違うの？」

「子供くらいの軽さになった。これなら大荷物でも持てそうだ。後で疲れるのでなければ、何度でも掛けてもらいたいくらいだ」

アレクは苦笑した。話しながら再び街に向かって歩き始める。

「誰しも最初はそう思うんだ。この魔法を覚えたての人間が大抵は通る道なんだが……」

クレメンスも意味ありげに含み笑いしている。どうやらまた何か失敗談があるらしい。

「負担が大きい魔法だから使うのはここぞというときだけにしろとは教えられていたんだが、なにしろ初心者で加減が分からなくてな。このくらいなら大丈夫だろうと使っているうちに限度を超えてしまって……」

眉尻《まゆじり》を下げたアレクが決まり悪そうに言葉を切った。クレメンスがにやりと笑う。

「それでお前、体力があっという間に尽きて、突然倒れて丸一日目を覚まさなかったな。今となっては笑い話だが、あのときは本気で焦ったぞ。遠征先で主戦力が片方倒れたんだからな」

「それは……悪かったよ」

クレメンスが語った暴露話に、アレクがますます苦笑いを深める。

筋力増強魔法は、あくまで筋力を上げているだけに過ぎない。決して体力が上がるわけではないから、度を過ぎると過労状態になってしまうのだ。

ちらりとアレクを見ると、彼は恥ずかしそうに目を逸《そ》らしてしまった。その仕草が少し可愛《かわい》く思えてくすりと笑う。

「なるほどな……魔法もただ便利なだけじゃないんだな」

「制約があるからこそ、魔導士さん達は研究を重ねているのね」

「そうさねぇ。魔力の大きさに甘えて研究を怠る奴《やつ》は多いけどね、上位ランクに上がってこれるのは試行錯誤して自分なりの使い方を地道に研究してきた奴ばかりなんだよ」

言いながらナディアが振り返り、そしてぱちりと魅力的なウィンクを飛ばした。

冒険者になると決めたとき、魔導士としてシオリの指導教官を買って出てくれたのは彼女だった。独り立ちするまでずっと見守ってくれたその彼女が自分の努力を認めてくれている。

それに気付いてシオリは小さく微笑んだ。もう立ち止まらないと決めたのだ。そうでなければ、こうして認めてくれる人達にも、そして今まで頑張ってきた自分に対しても失礼になる。

——と。探索魔法の網の端に何か気配を感じた気がして、その方角に視線を走らせた。もう一度集中する。間違いない。何かいる。網の縁で出たり入ったりを繰り返していた大きな気配はやがて、ゆっくりと移動を開始した。ジグザグに動いているのは木々などの障害物を避けて歩いているからだろう。その向かう先は——。

「アレク。何か来るよ。多分大型」

「雪熊か？」

「そこまでは分からないけど、ジグザグに歩きながらゆっくりこっちに向かってる」

「確かか？」

「うん。距離は六十メテルくらい」

彼はシオリが見る方向に一瞬ちらりと視線を向けたが、すぐに頷いた。

「止まってくれ。魔獣が接近している。恐らく大型だ。こちらを目指してるようだ」

一行に緊張が走った。

「また雪熊なの？」

不安げにするアンネリエをバルトが庇《かば》う。ユーリャを背負っているデニスも緊張を隠せない。

「まだ分からん。だが、念のため戦闘態勢に入っておこう」

何もなければそれに越したことはない。しかしもし出遅れれば命にかかわる。冬に出没する大型魔獣はとにかく危険なものばかりなのだ。

ルリィがクレメンスとデニスをつつき、それからフロルとユーリャを指し示した。

「ん、なんだ？」

彼らは戸惑い、意見を求めるようにシオリを見た。

「ルリィに二人を預けてください。多分護《まも》ってくれるんだと思います」

「なるほど。分かった、頼む」

二人は驚いたようだったがすぐに表情を引き締め、アレク達の手を借りてその場に広がったルリィの上にフロルとユーリャを下ろした。二人を乗せたルリィは薄く伸びると、くるりと二人を巻き込んだ。息苦しくないように、空気穴まで開ける念の入りようだ。

と、次の瞬間ルリィが赤く染まった。警戒色だ。

「こちらに来ます！　距離およそ四十メテル！　速度が上がった！」

即座にアレクとクレメンスが得物を抜き払った。ナディアと二人でアンネリエ達を後ろ手に庇いながら、未《いま》だ姿の見えぬ魔獣がいる方角を見据える。降りしきる雪の中で視界は悪く、迫りくるものの正体は分からない。が、やがて雪を踏み締めるような音が聞こえ始め――そしてそれはのそりと姿を現した。

最初は重装備した大柄な人間かと思った。しかしそれが近付くにつれて、その異形の姿が明らかになる。真っ白な毛むくじゃらの身体。不釣り合いに長く太い腕には獲物だろうか、魔獣か動物らしきものを抱えていた。顔を覆い隠す長い体毛の隙間《すきま》から、黒い地肌と感情の見えない奇妙に円《つぶ》らな瞳が覗いた。

「なに、あれ――」

雪熊とは違う。二足歩行の奇妙な魔獣。こんな魔獣は図鑑に載っていただろうか。一通り覚えたつもりではあったが、この魔獣に見覚えはなかった。

けれども仲間達は違ったようだ。しばらくその魔獣を凝視し、そして表情を強張《こわば》らせる。

「――まさか……」

アレクが低く唸る。

「雪男……か？」

その長く太い腕で雪を掻《か》き分けながら現れた身の丈三メテルほどの純白の魔獣は、こちらの姿を認めるとぴたりと動きを止めた。その黒目がちな小さな瞳で観察するようにじっと見つめている。

「雪男……って、幻獣よね？　伝承とかただの噂話ではないの？」

アンネリエの声が震えているように聞こえるのは気のせいではない。隣のナディアも血の気が引いている。

――幻獣。目撃証言や噂話などで存在が主張されてはいるものの、実在は確認されていない生物と定義されている魔獣の総称である。元の世界で言うところのUMA《未確認生物》だ。一角獣やフェンリル、大海蛇《シーサーペント》などがこれに当たる。大海蛇などは二十五年ほど前に、大型客船を座礁させてこの国の王太子を含む乗員乗客全員が死亡するという悲惨な海難事故を引き起こしたと噂されたこともあったらしいが、これは質の悪い不謹慎なゴシップとして片付けられたようだ。実際の調査でもそのような事実はなく、ただ季節外れの大嵐《おおあらし》に遭遇した結果の事故に過ぎないと結論付けられたようだ。

時折噂には上るが未だその姿は確認されていない、存在の不確かなモノ——。

「何かの見間違いだと思いたいが——クレメンス、どう思う」

強張った顔でアレクがクレメンスに訊《き》いた。けれども彼も首を振るばかりだ。

「いや、残念ながら……しかし伝聞を信じるなら、姿形から見て——」

アレクは唸った。

「……まさか、実在したということか？」

純白で人型の、巨大な猿のような魔獣——。

それは不気味なほど静かに目の前の人間達を睥睨《へいげい》していた。人にも獣にも見える顔は無表情。雪《ゆき》狼《おおかみ》にしろ雪熊にしろ、そこには怒りや殺意などの何らかの感情があったというのに、この魔獣の漆黒の瞳はガラス玉のようにただただ虚《うつ》ろ。

どんな魔獣にも抱いたことのない得体の知れない恐怖感——否、嫌悪感を抱いてシオリは身震いした。二足歩行の中途半端に人に近い容姿が不快感を生じさせる。

「何か……気持ち悪いな」

デニスの掠れた声が聞こえ、アンネリエとバルトが震えながら頷く。感じることは同じなのだ。

「……攻撃してこないけど……実は大人しい魔獣だったりしないよね？」

幻獣である雪男に詳細な情報は全くと言っていいほどない。あるのは外見に関する証言のみだ。戦闘力は未知数。しかしその異様な存在感と圧迫感が決して弱い魔獣ではないことを証明していた。できることなら戦いたくはない。

「……だといいがな。このまま見逃してくれるならありがたいが」

シオリの問いに返すアレクはしかし、発した言葉を自分自身が信じていないようだった。このままでは終わらない予感。

――と。雪男の類人猿のように前面に飛び出した口元が歪《いびつ》な弧を描いた。笑ったのだ。

ぞっと身の毛がよだつ。

ゆらりと緩慢な動きで雪男は身体を揺らした。瞬間、その腕に抱えていた何かを勢いよくこちらに向かって投げ付ける。

「避《よ》けろ！」

アレクがシオリとナディアを、クレメンスが依頼人を抱えるようにして突き飛ばすのと、その何かが地面に叩き付けられるのはほとんど同時だった。巻き上げた雪に塗《まみ》れたそれ――手足を齧り取られた、家畜の――。

尻餅《しりもち》をついたままアンネリエが悲鳴を上げ、その視界を隠すようにデニスが抱き締める。バルトはその場に座り込んだまま、真《ま》っ青《さお》な顔でそれを凝視した。

「近場の村を襲ったのはこいつか！」

アレクが叫ぶ。

――あの監視小屋の騎士が言っていた、近隣の村を襲った謎《なぞ》の大型魔獣。

「……来るぞ！」

クレメンスが警告するのと雪男が動くのは同時だった。

「早い！」

その巨体からは想像できないほど素早く間合いを詰めた雪男は、振り上げた両腕をアレクとクレメンスの頭上に振り下ろした。瞬時に飛び退《すさ》った二人がいた場所に打ち付けた拳《こぶし》が雪道に穴を開け、凄《すさ》まじい勢いで雪を巻き上げた。視界が白く染まり、雪男の姿が掻き消される。

「回り込んだぞ！　気を付けろ！」

緊迫した声が飛んだ。

「後ろだ！」

冬の幻獣だけに雪の中でも動きを阻害されることはないのか、恐ろしい素早さで背後に回り込んだ雪男の姿が見えた瞬間、巨大な火炎弾がその顔面に直撃した。ナディアの最大火力の魔法だ。

雪男が引火した頭部に気を取られているうちに、背後にクレメンスが素早く回り込んだ。増強魔法が持続している筋力を生かして高く跳躍し、振り下ろした双剣をその純白の身体に突き立てる。

野太い咆哮《ほうこう》が空気を震わす。激しく身を捩《よじ》って身体を傷付けた敵を振り落とそうとするが、それより先に得物を抜いたクレメンスは飛び退って間合いを取った。双剣にちらりと視線を走らせた彼は、忌々しそうに吐き捨てた。

「なんて奴だ！　皮下脂肪が厚くて急所に届かん！　双剣が脂塗れだ！」

彼が体勢を整える間に雪男がゆらりとこちらを向いた。既に頭部の火は消えている。燃えやすいのは体毛の先端部分だけらしい。ほとんどが綺麗《きれい》なまま残されている。針――というよりはキリのような太さの体毛が露《あら》わになった。この剛毛では簡単には燃えそうもない。

「ちっ！　面倒ったらありゃしないよ！」

ナディアが悪態を吐きながらも指先に魔力を集中させた。

「こちらへ！　危険です」

雪男の注意が彼女に向いた隙《すき》に、アンネリエ達を退避させた。恐怖のせいかぎこちない動きで慌てて指示された位置まで這《は》うように走ってくる。その後ろにルリィがしゅるりと続く。ルリィもまた人間二人を抱えているせいか動きが鈍い。

「どうせだったら燃えるところは全部燃やしてやるよ！」

言うなり、ナディアの指先から巨大な火球が放たれる。

じゅ、という音と共に激しい水蒸気と焦げた臭いが充満する。鼓膜を震わす重低音の咆哮に身体が竦んだ。けれども怯《おび》えている暇はない。戦場で動けなくなればそのまま死に繋がるのだ。

雪男は炎に包まれたまま顔面を掻き毟《むし》った。呼吸が苦しいのかもしれない。いつかの雪狼のように窒息でもしてくれればと思ったけれど、そう上手《うま》くはいかないようだ。すぐに火力が弱まり、ちりちりと炭化した毛先が風に吹かれて飛んでいく。

しかし、火が消えるか否かというその瞬間に、次はアレクが間合いを詰めた。炎を纏《まと》わせた魔法剣が赤く輝く。全体重を掛けて渾身《こんしん》の力で魔法剣を突き立てた。再び上がる咆哮。

だが。

「チッ！」

力任せに剣を引き抜き、雪男の振り回した腕が当たる前に彼は飛び退って間合いを取る。

「どうだ？」

「駄目だな。皮下脂肪の下は弾力のある筋肉だ。刃先が通らん。押し返された」

「あんたの魔法剣でも突き通せなかったのかい！　とんでもないね！」

打つ手なしの状況下でも、三人は冷静さを失わない。戦いながら攻略法を模索している。

雪男がこちらに向き直り、素早い動きで一歩踏み出した瞬間。

「氷結《フリュスト》！」

鋭く発せられた呪文《じゅもん》と同時に無数の氷の柱が雪男の足元に出現し、見る間にその身体を覆い尽くしていく。が、ガラスが割れるような音とともに氷が弾《はじ》け飛ぶ。

「さすがに雪の幻獣なだけのことはあるね！　氷魔法は効かないって訳かい！」

それどころか魔法耐性そのものがかなり高い。

「一時的な足止めも無理か」

「逃げるって訳にはいかないよねぇ」

震える声で言うのはバルトだ。

「逃がしてくれるようにはとても思えないわ。雪の中であの素早さよ？　すぐに追いつかれて終わりよ……って、きゃあああっ！」

「うわあああっ！」

「ぐっ……！」

周辺の魔素が揺らぎ、瞬間凍《い》てつくような風が吹き付ける。最前線に立っていたアレクとクレメンスが呻いた。剥《む》き出しの顆が氷雪交じりの強風で切り裂かれ、ぱっと血飛沫《ちしぶき》が飛んだ。

アレクとナディアが火炎弾を放って魔獣の顔面に命中させると、強風がやむ。

「凍てつく吐息か！　やってくれる」

流れた血を手で拭《ぬぐ》いながら、忌々しそうにアレクが吐き捨てた。

高位魔獣の中には稀《まれ》に火炎や氷雪を吐き出すものもいる。この幻獣もその類《たぐい》のものなのだろう。

「あんな危険なもの野放しにしちゃおけないねぇ。まかり間違って街に来たら大事だよ」

ただ森の奥深くでひっそりと暮らしてくれるならそのままそっとしておくだけでいい。しかしこれほど不気味で危険な魔獣を放置しておく訳にはいかなかった。それも街にほど近い領域。街を護る外壁の外側には小規模な農村も点在している。可能性があるのなら、倒さなければならない。それが冒険者の義務だ。

雪男が再び口元を歪《ゆが》めた。まるで非力で矮小《わいしょう》な人間を嘲《あざけ》るかのように。

と。小さな複数の気配を感知してシオリはその方角に視線を向けた。覚えがある魔力反応。それは真っすぐにこちらを目指してくる。

「――こんなときに！」

出現率を考えれば遭遇して当たり前とも言えた。それでも悪態が口をついて出る。両手に意識を集中しながら、仲間達に警告の声を発した。

「雪海月が来る！　ごめんねアレク、やっぱりちょっと無理するよ！」

「仕方がない。だがほどほどにな！　こっちは任せろ！　お前とナディアは護りを頼む！」

「分かったよ！」

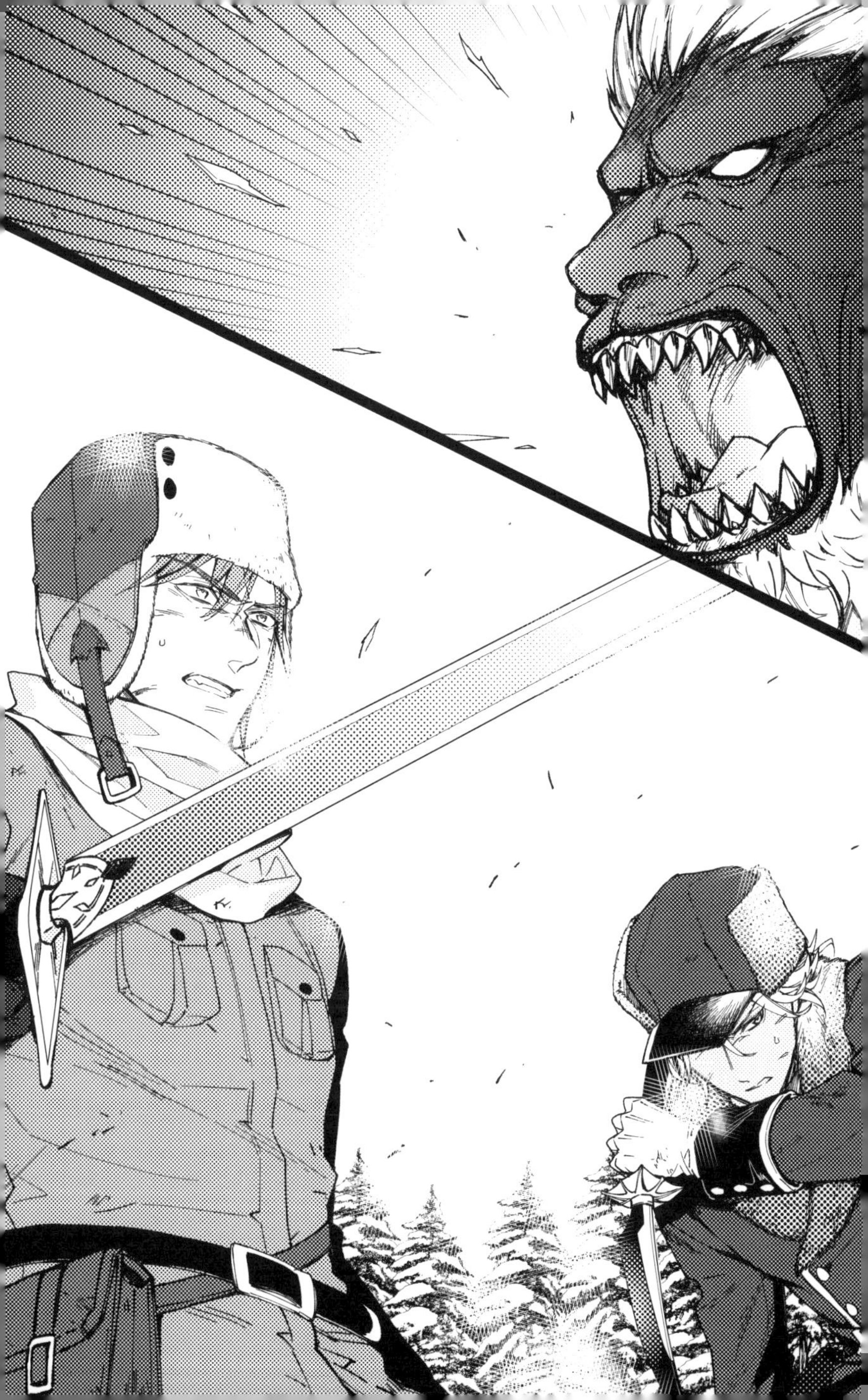

「了解！」

雪男が前衛の二人に拳を振り上げた瞬間、木々の中から雪海月の群れが姿を現した。往路で遭遇した群れよりは小規模。しかし数が多いことに変わりはない。

群れが周囲を取り囲むと同時に、シオリは最大範囲――戦場となる範囲をすっぽりと覆うように空調魔法を解き放った。雪海月が圧倒的に熱に弱いのは先日の戦いで確認済みだ。人間にとっては心地よい温風ですら干涸《ひから》びて死んでしまう。

範囲内にいた雪海月は次々に落下し、じわじわと水分を蒸発させて干涸びていった。落下して足元に積み上がっていく小さな魔獣の数に比例するように、魔力が身体から抜け落ちていく。広範囲に魔法を展開したせいで魔力の減りが早い。空調魔法を維持したまま、シオリはポーチから取り出した魔力回復薬を呷《あお》った。

そうしている間にも力尽きた雪海月が頭上から降ってくる。炭化したものが交じっているのは、ナディアが頭上に向けて放った渦巻く火炎で焼かれたせいだ。

空調魔法と相俟《あいま》って、周辺の気温が上昇する。

「おっ……？」

「む……なんだ？」

雪男の猛攻を躱《かわ》しながらも攻撃を仕掛けて、身体よりは刃が通りそうな腕から潰《つぶ》そうとしていた前衛の二人が声を上げた。

雪男の動きが鈍くなっている。二人がこれを見逃すはずもなく同時に間合いを詰め、その右肩に強烈な一撃を食らわせた。響き渡る絶叫。雪に鮮血が飛び散った。皮一枚で繋がっている右腕がぶらぶらと揺れている。

「これだけ攻撃を食らわせて、ようやく右腕一本か」

「恐るべき硬さだな」

「しかし……」

雪男は邪魔だとばかりに右肩を振り回し、繋がっていた皮ごと右腕を千切り捨てた。

それを見て顔を顰《しか》めた二人は、思案するように雪男を観察する。やはり幻獣の動きが鈍くなっている。幾度にもわたる猛攻撃で蓄積したダメージと、千切れた右腕からの出血のせいもあるだろうが、それよりはむしろ――。

「魔力耐性はあっても、高い温度そのものには弱いのかな」

「かもしれんな。考えてみれば目撃証言は全て冬だったはず」

暖かい季節には活動できない冬の魔獣と同じように、この幻獣もまた寒い季節でなければ行動できないのかもしれない。「雪男」たる所以《ゆえん》か。

「あたしの魔法で燃やし続けてみるかい？」

「いや、それよりは……」

ナディアの提案に一瞬考えたアレクは、ちらりとシオリに視線を向けてにやりと笑った。

「風呂釜《がま》で茹《ゆ》でてみるか」

「なるほどねぇ」

ナディアは嫣然《えんぜん》と微笑んだ。

「あんた、だいぶシオリに染まってきたね」

「染まっ……」

妙な物言いに気恥ずかしくなるが、彼女は楽しそうに笑うばかりだ。

「魔法そのものでは倒せなくとも、間接的にならいくらでもやりようがあるということはこいつから学んだからな」

相談する間に持ち直したのか、雪男が体勢を変えた。ゆらゆらと身体を揺らしているのは出血のせいか、それとも暑さゆえか。

「そういうことなら、雪海月はあたしに任せておくれ。シオリ、あんたはあっちを頼むよ！」

「了解！」

空調魔法を解除すると同時にナディアの火力を上げた渦巻く火炎が放たれる。

ルリィが身体を伸ばしてアンネリエの頭上にかざした。落下する雪海月に当たらないようにしてくれているようだ。病人を抱えたまま、随分な活躍ぶりだ。

「シオリ！」

「落とし穴！」

アレクの合図で地面に大穴を開けた。一歩踏み出した幻獣が吸い込まれていく。直後に鈍い衝撃音と野太い悲鳴が上がった。

駆け寄って確かめた穴の底の幻獣は、低い唸り声を上げながら身体を起こすところだった。ゆらりと頭をもたげ、頭上から見下ろす人間達を睨め付ける。黒目がちの瞳が確かにシオリを捉えた。そこに静謐《せいひつ》な狂気を見て思わず後退《あとじさ》るシオリの肩を、アレクが勇気付けるように抱く。

「あれだけ攻撃してもびくともしなかっただけのことはあるな。あの巨体でこの高さから落ちても大したダメージはないらしい」

「分厚い皮下脂肪がクッションになっているのかもしれんな」

穴の底までおよそ十メテルほど。先ほどの落下音からすればかなりの衝撃があっただろうに。のそりと身体を揺らしながら壁際に移動した雪男が壁面に手を掛けた。押し固めた土壁に、器用に指をかけて力を込めたのが分かった。

「……まさか、片腕で登るつもりか⁉」

そのまさかなのだろう。残った片方の腕と両足の指を土壁にめり込ませたのが見えて、シオリはぞっと身体を竦めた。恐るべき握力。あの手に掴まれたらどんなことになるか。

「水流！」

慌てて水魔法を放つ。幸い水魔法と親和性の高い雪が大量にある。雪の水分を吸収して生まれた巨大な水の塊が、次の瞬間には滝のような勢いで穴の中に落下して周囲に水飛沫が上がった。間髪入れずに火魔法で干渉して水温を上昇させる。辺りには湯気が立ち上った。湯温はやや熱めの風呂といったところだろうか。

「アレクは茹でるって言ったけど……」

魔力反応が見る間に弱まっていく。穴の縁から見下ろすと、人工温泉に浮いた幻獣の姿が見えた。

「茹でるほどの温度でなくとも事足りそうだな」

同じように覗き込んでいたアレクは満足げだ。

氷点下の中を生きる雪の幻獣にとって、四十度程度の温度でも致命的だったようだ。冬の寒さでも体温を保ち熱を逃がさない作りの身体では、体内に熱が籠《こも》る一方だ。熱中症のようになっているのかもしれない。雪男はうつ伏せに浮いたままぐったりと動かない。

やがて魔力反応が完全に消失した。後に残るのは湯に浮いた骸《むくろ》のみ。

「……手こずったが……攻略法さえ分かれば呆気《あっけ》ないものだな」

クレメンスがぽつりと呟く。

一人で雪海月に対応していたナディアの方も片が付いたようだ。

見ればルリィの警戒色も消えていた。あるのは穏やかな瑠璃《るり》色だ。

「お疲れさん。どうなることかと思ったけど、大事にならなくて良かったよ」

「うん。姐さんもお疲れ様」

アレクの指示で排水し、大穴の底を隆起させて元の高さに戻しておく。

「よくやったな。ほら、これを飲んでおけ」

「うん、ありがとう」

手渡された魔力回復薬を呷る横で仲間達が依頼人と病人の安否を確認し、それから傷の応急手当をする。幻獣と思《おぼ》しき魔獣に遭遇し、前衛二人の頬の傷だけで済んだのは奇跡だ。手当を終えた彼らは雪男の骸の検分を始めた。濡《ぬ》れた体毛の縁から徐々に凍り始めているその死骸《しがい》は、それでもまだ目を開けて動き出しそうなほどの生々しさが残っている。

アンネリエやそれを護るようにしているデニスとバルトが、恐々と雪男に近寄った。

「……改めて見ると凄いわね。本当に幻獣なの？」

「それは専門機関で調べてみないことには分からんな。何かの変異種かもしれん」

「新種の可能性もあるのか？」

デニスの問いに頷く。

「なんにせよ騎士隊に届け出て調べてもらった方がいいだろうな。どこかで繁殖している可能性だってある。これほど街に近い場所であんなものが巣食っていたら厄介だ。アンネリエ殿、少し時間をもらってもいいか？」

「ええ、構わないわ」

病人がいるからあまり長い時間を掛けられないが、この魔獣の死骸の保存と検体の採集をしなければならない。さすがに雪男の身体を丸ごとは運べないから、戦いで切り落とした腕を持ち帰ることになった。巨大な腕を肘《ひじ》で折り曲げて縄で縛り、保存袋にどうにか詰めて背嚢の上に括《くく》りつける。

残った死骸はシオリの土魔法とナディアの氷魔法で檻《おり》を作って収め、他の魔獣による食害や持ち去りがないように簡単な細工をしておく。雪の中でも見つけられるように、すぐそばに大きな氷の柱を設置して目印にした。

その横でアンネリエはせっせとスケッチブックに鉛筆を走らせている。この珍しい魔獣を描き留めておきたいのだろう。

「これって食えるかな？　見た目の悪い生き物ほど美味《うま》いって聞いたことあるけど」

「これを食肉だと思えるお前の神経を疑うぞ、俺は」

ようやく落ち着いたらしいバルトとデニスの会話に噴き出しつつも、フロルとユーリャの容体を確かめた。幸い悪化はしていないようだったが、なるべく早く運んでやらなければならない。

「一息つきたいところだが、勢いがあるうちに次の休憩地点まで行ってしまおう」

アレクはそう言った。雪男の死骸のそばに長居したくなかったというのもある。いくらなんでもないだろうが、もし死骸が動き出してもしたらという想像で恐怖感を抱いてしまうほどの薄気味悪さがあの幻獣にはあった。

　再び歩き出した一行は、ちらりちらりと背後を振り返りながらその場を後にした。


　その後も何度か休憩を挟み、大休止では往路と同じように雪の長椅子《ながいす》に座り、温かい食事で体力回復を図った。強行軍でも士気が高く保たれていたのは、病人を助けなければという使命感と、多少無理をしてでも頑張れば今夜は街の安全で温かい寝床で休めるという安心感があったからだろう。

　途中で何度か魔獣と遭遇したが、お馴染みの雪海月の他は通常種の一角兎や氷蜥蜴《こおりとかげ》といった討伐難易度の低いものばかりで、いずれも敵ではなかった。

「……それにしても、アレク一人で先に行かなくて本当に良かった」

　ぽつりと呟くと、ユーリャを背負っているアレクが、そうだなと頷いた。

「さすがの俺でも一人であんな不気味な奴に遭遇していたらと思うとぞっとする」

　単独で討伐依頼を請け負うこともある彼。そんな彼でも雪の中で攻略法も分からない幻獣を相手取って勝てるかどうかはかなり微妙なところだと言った。

「……今まで目撃証言だけしかなかったのは、戦って負けたからなのかもしれないな」

「そうだね……」

　――雪男の、どこか小馬鹿《こばか》にするような、笑ったような顔。

　あの幻獣にはどことなく知性があるように感じられた。あれに遭遇して生き延びた者は、気紛れに見逃されたのかもしれない。

雪の降る中、時折会話を挟みながら歩くうちに、徐々に辺りが薄暗くなっていく。日が落ち始めて雪景色が青に染まりきる頃――宵闇《よいやみ》の向こうに微かな灯《あか》りが見え始めた。

「……街だ」

誰かが言い、安堵《あんど》で弛緩《しかん》した空気が漂う。互いに労《ねぎら》う言葉を掛け合う中、シオリとアレクは視線を交わして小さく微笑み合った。フロルを抱えるルリィが、足元でぷるんと震えた。


シルヴェリアの外壁に灯された魔法灯が雪の中でもはっきりと分かるほどに近付いた頃、前方に小さな光が揺らめいた。その光はゆらゆらと揺れながらその大きさを増し、やがて雪の中に一つの人影を浮かび上がらせる。群青色の外套《がいとう》を着込んだ人影は、手にした魔法灯を掲げてこちらを照らした。

「……ああ、やはり貴殿らか」

その中年の男は目尻《めじり》に皺《しわ》を寄せて笑った。街を出発した日に監視小屋にいた騎士だ。

「光が見えたのでもしやと思って来てみたが――まぁ、無事で良かった」

一行をぐるりと見回し、誰一人欠ける者なく帰還できたことを喜んでくれた。が、アレクに背負われているユーリャを見て、おや、と片眉を上げた。

「そのお嬢さんは……」

「例の三人組の一人だ。もう一人保護したが、二人とも体調を崩しているんだ」

「では駐屯地に搬送しよう。とりあえず小屋へ」

騎士の先導で案内された監視小屋は外から見た印象とは違って思いのほかに広く、皆で入ってもそれほど窮屈にはならなかった。

観光の季節になると急病人の一時収容所にもなるらしく、奥の部屋は簡素な医務室になっていた。繁忙期に常駐している医師は今はおらず、無人の部屋にフロルとユーリャを寝かせて休ませる。やはり熱が高く、呼吸が辛そうだ。水分を取らせ、濡らしたタオルを額に置いてやった。

ミカルという名の中年の騎士は、待機していたもう一人の騎士に指示して医療馬車を呼びに走らせると、待機所となっている部屋に一行を招き入れて手ずから淹《い》れた紅茶を振る舞ってくれた。彼は調書らしき書類を手に座る。

「――それで、もう一人は？」

分かってはいるのだろうが、ミカルはフロルとユーリャの連れ――セルゲイの安否を訊いた。それには直接遺体を確認したアレクが答えた。

「……残念ながら。遺体は塔に置いてきた」

「死因は分かるか？」

「恐らくだが、頭を強打したのではないかと思う。頭部に出血した痕《あと》があった。水が溜まった部屋を無理に開けて、押し流されたときに打ったようだ」

「水？　流される？」

「三階の大部屋の外壁が一部崩落していた。そこから雨水や雪が吹き込んでいたようでな。結構な水量だったぞ」

「なるほど、崩落か……」

話を聞いたミカルは渋面で考え込んだ。

「廃墟《はいきょ》になって大分経つからな。今後は人の出入りを規制した方がいいかもしれん。まぁ、冒険者は適用外だが……これも自己責任か」

そう言ってミカルは苦笑し、書類に書き込んでいく。一応彼らが帝国籍であること、訪れた理由を言い添えると、妙に納得したような顔で頷かれてしまった。

「なるほど、そういうことだったか」

展望台の損壊のこともあって、治療後は事情聴取して処罰を決めることになるようだ。今回の「暴挙」の主犯格は死亡したセルゲイという男だという見解はミカルも同じらしく、幸いフロルとユーリャの罪については、それほど重くは問われないだろうということだった。

「ああそうだ。もう一つ大事なことが」

言いながらアレクがクレメンスに目配せすると、彼は頷いて立ち上がった。

「見慣れない魔獣に遭遇した。一応検体として腕を持ってきたが、念のため調べてもらいたいんだ」

「見慣れない魔獣？」

どう言ったものか、さすがのアレクでも多少躊躇《ためら》うらしい。皆で顔を見合わせ、それからクレメンスが床に置いた保存袋に視線を向ける。

「――雪男と思われる魔獣だ。殺した家畜を抱えていたから、近隣の村を襲ったのはこいつではないかと思っている」

ミカルが人のよさそうな顔を一変させて険しい表情になる。何の冗談だとでも言いたげだ。しかし皆の真剣な表情と無言の訴えにたじろいだ。

「まさかとは思うだろうが、ともかく見てくれ」

クレメンスが雪男の腕を取り出して袋の上に置いた。純白の体毛に覆われた、巨大な腕。

「これは……」

言うなりミカルは目を見開き絶句する。恐る恐る手を伸ばし、つぶさにその腕を調べ始めた。

「確かにこんな腕を持つ魔獣は見たことがないな。こんな腕の持ち主は初めて見る。トロールにしても腕と手の比率がおかしい。おまけに四本指だ。体毛なんかまるで鉄串のようじゃないか」

「大まかなものだけれど、全体像をスケッチしたものもあるの。必要ならさしあげるわ」

アンネリエが差し出したスケッチを受け取ったミカルは、描かれた魔獣の姿に唸り声を上げる。

「俄《にわ》かには信じがたいが……これは確かなのか？」

「それはロヴネルの名に懸けて私が保証するわ。死骸はこの方々が現場に保存して目印を立てておいてくれたの。調べてもらえばすぐ分かるわ」

ロヴネルの名を口にしたアンネリエに、ミカルは彼女の正体を察したらしい。

「……伯爵様がそう仰《おっしゃ》るのであれば間違いないのでしょうな」

手元の絵から足元の魔獣の腕に視線を落として彼は溜息を吐いた。

「しかしそういうことであれば上に報告して、早いうちに死骸を回収することにしよう」

「ああ、頼む。かなり危険な魔獣だったから、相応の対策を講じてもらいたい」

「承知した」

ミカルは重々しく頷いた。

その後は彼の問いに答える形で雪の幻獣の詳細を伝えていく。雪男の素早い動作や腕力、皮下脂肪の厚さやその下の肉の硬さ、凍てつく吐息などについては驚き厳しい表情を作っていた彼も、具体的な討伐方法について言及した途端に何とも言えない微妙な顔で苦笑いした。

概ね話し終わった頃、馬の嘶《いなな》きが聞こえた。どうやら迎えの医療馬車が着いたらしい。

「……調査結果はいずれギルドにも配布されると思う。だが、結果が出るまでは口外しないでくれ。住民に無用な不安は与えたくないし、軽率な連中に見物と称して入り込まれたら困るからな」

ミカルの言葉に皆は頷き了承の意を示した。

「さて……」

医療馬車と共に戻った騎士と何事か話していたミカルは、険しい表情を緩めて元の人のよさそうな笑みを浮かべた。

「気を利かせて大きい馬車を手配してくれたようだぞ。せっかくだから街まで乗っていけ」

「それは助かる。正直これ以上歩くのはさすがに辛くてな」

「是非お願いしたいわ」

病人を担いでの強行軍を終えて気が抜けたのか、バルトがぐったりと椅子に深く腰掛けたまま苦笑いしていた。デニスも疲労を隠せないらしく、卓の上に肘をついて虚ろな目をしている。アレクとクレメンスは依頼人の手前だから平気そうにはしているけれど、その顔には疲れが滲《にじ》んでいた。ルリィに至っては半球型がすっかり崩れて、潰れた饅頭のようになっている。

「お疲れ様。ありがとう。あとで美味しいもの食べようね」

そう声を掛けると、ルリィは嬉《うれ》しそうにぷるぷると震えた。

迎えの馬車と共に来ていた衛生兵がフロルとユーリャの容態を確かめてから運び出していく。騎士隊としては色々言いたいことはあるだろうに、それでも彼らは「よく生きて帰った、もう大丈夫だ」と優しい言葉を掛けていた。薄っすらと目を開いた二人は、涙ぐんで頷いている。

温かく穏やかな場所でゆっくり養生して、元気になってくれるといい。

「魔獣の件で場合によってはギルドに連絡するかもしれん。すまないがそのときは頼む」

「ああ、わかった」

敬礼をするミカルに見送られて、シオリ達も馬車に乗り込んだ。

医療馬車はこの世界の救急車のようなものらしい。内部は簡素な作り付けの寝台が三つと、衛生兵や付き添いが座るベンチが両際に二つ。最奥の棚には薬箱らしい木箱がいくつか置かれていた。

病人の二人は寝台に寝かされ、毛布の上から落下防止の留め具を巻かれる。衛生兵に促されてシオリ達もそれぞれベンチに腰掛けた。それを待って、馬車は滑るように走り出した。車輪に何か細工でもしてあるのか、あまり揺れを感じない。

「わぁ……医療馬車ってこんなに乗り心地が良いんだね。凄い」

思わず呟くと、衛生兵が得意そうに胸を張った。

「そうなんだよ。元々は王家専用馬車にしか使われていなかった技術らしいんだけどね、陛下のご意向で導入されたんだ。これで傷病者の搬送時の負担がかなり減ったんだ。貴族用の馬車にも大分普及したようだし、そのうちに民間用にも広まるんじゃないかな」

「へぇ……そうだったんだ。良い王様なんですね」

そう言うと、衛生兵は誇らしげに頷いた。アレクもどことなく嬉しそうに微笑んでいる。きっと、異国人に自国の王を褒められたのが嬉しいのだ。

そうこうしているうちに、宿に着いたようだ。馬車が停《と》まり、幌《ほろ》が開く。雪景色の中、宿の窓から漏れる優しい光が見えた。

「……お前達には本当に世話になっタ。色々と……申し訳なかった」

熱で辛いだろうに、それでもしっかりと目を開いてフロルが謝意を口にした。

「いいんだ。気にするな。しっかり養生しろよ」

「ああ……と、そうだ。これを……」

彼は懐から取り出した何かをアレクに手渡す。数粒の火の魔法石。凍えた彼らの命を繋いだ石。

「迷惑料代わりにもならないかもしれないが、どうか受け取ってくれ」

アレクは一瞬眉を顰め、振り返って目配せする。皆、静かに笑いながら頷く。それに応えてアレクも頷くと、受け取ったばかりの魔法石をフロルの手に戻してやった。

「いや、これはお前達がとっておけ」

「しかし……」

「いいんだ。手持ちがないのでは困るだろう。それに」

そこで一度言葉を切るとアレクはにやりと笑った。

「展望台を壊した件で、罰金が科せられるかもしれんからな。そのときに無一文だと奉仕活動でしばらく拘束されるぞ」

「それは……困るな。できるだけ早く難民キャンプに行きたいんダ」

フロルは笑い、それから小さく頷く。

「分かった。では甘えさせてもらうことにすル。何から何まで本当にありがとう」

「ああ。頑張れよ」

会釈の代わりに頷いてみせた二人の、ある者はその手を撫で、またある者は肩を叩いてそれぞれのやり方で別れを告げて馬車を降りた。衛生兵が敬礼し、幌が閉じる。馬車は雪の中を静かに走り出した。それを見送ってから、誰からともなく長い溜息を吐いた。それは不快なものではない、安堵と僅かな寂寥《せきりょう》感からくるものだ。

「ようやく……帰ってきたわね。なんだか随分長いこと留守にしていた気がするわ」

「それだけ色んな経験をしたんだよ、アニー」

「本当に、得る物の多い旅だった」

アンネリエを筆頭に、二人の腹心もそれぞれが短い感想を呟く。そのどれもが達成感に満ちていた。

「シオリさん、アレク殿。クレメンス殿にナディアさん。ルリィ君も。本当にありがとう。もっとしっかりお礼を言っておきたいところだけれど──ごめんなさい、それは明日《あす》改めてということでいいかしら。今日はもう……限界」

「ああ、それはもう構いませんから。どうぞゆっくりお休みになってください」

気が抜けてどっと疲労が押し寄せたのか、三人とも互いを支え合って立っているような有様だ。

「皆さんのお部屋も先日と同じところを押さえてあるから、ゆっくり身体を休めてちょうだい。勿論経費はこちら持ちよ」

「それはまた太っ腹だな」

「じゃあお言葉に甘えさせてもらうことにしようかねぇ」

この数日ですっかり打ち解けた者達で顔を見合わせて笑い合う。

宿の受付で手続きを済ませた後、アンネリエは明日の朝食を共にすることを約束してから早々に部屋に引き下がった。夕食はルームサービスで簡単に済ませるつもりのようだ。でもあの様子では食事が来る前に寝てしまうかもしれない。「おいっ、せめて着替えてからにしろっ」とか「もう無理……」という言い争う声とそれを窘《なだ》める声が扉の向こうから聞こえ、皆で小さく噴き出した。

「俺達はどうする？　部屋に運んでもらうか？」

「うーん……それなら食堂で済ませた方が早いかも」

一休みしたいところだが、そうするとそれこそ食事を待つ前に朝まで眠ってしまいそうだ。イレギュラーな出来事が続いてさすがに疲れを隠せない仲間もこれには同意し、早々に食事を済ませて今夜は早めに休むことになった。

3

――かたん。

耳を打つ微かな物音に意識が浮上する。時計の針は日付が変わってすぐの時刻を示していた。十八時を過ぎた頃には床に入った記憶があるから、それなりの時間は休んだようだ。

扉の開閉音の後にゆったりと歩く足音が聞こえ、この部屋の前で止まった。それも束の間、その足音は遠ざかっていく。

（――アレク？）

なんとなく彼のような気がして、シオリはそっと身体を起こした。

隣の寝台ではナディアが静かな寝息を立てている。寝台の足元ではルリィが広がって眠りこけていた。山盛りの串焼きをもらって御満悦だったルリィも、食事を済ませて部屋に戻るなり気力が尽き、いつもの伸縮運動をする間もなくそのまま眠ってしまった。この分だと朝まで起きないだろう。

（……二人とも、本当にお疲れ様）

心の中で労いの言葉を掛け、ショールを緩く羽織って部屋から静かに滑り出る。寝静まった深夜の宿は、静寂に包まれていた。

廊下を少し進んだ先には、果たしてアレクの姿があった。いつものシャツを緩く着崩した姿で出窓の縁に腰掛けている。小瓶の酒を呷りながら窓の外を眺めているその横顔は、魔法灯の下にいるせいなのか、どこか物憂げな影が落ちていた。

彼はシオリに気付いて振り向き、そして目を見開いた。

「……シオリ。どうした、眠れないのか？」

「ううん。ちょっと目が覚めただけ。アレクこそどうしたの？」

「一度起きたら眠れなくなってな。酒でも飲めば眠れるかと思ったんだ」

そう言って少し困ったように笑うアレクに近付く。疲れの滲む顔の色は冴《さ》えない。目の下に落ちた薄っすらとした隈《くま》が、眠れていないのだということを示している。

彼の頬にそっと手を伸ばして触れる。その上に彼の手が重ねられ、そして強く握り締められた。まるで縋るようだとシオリは思った。

「……お前はこうしてここにいてくれるんだな」

「うん？」

「……俺のそばにいてくれるんだな」

「アレク……？」

もう片方の手も彼の頬に押し当てて、そうして彼と向き合った。

「どうしたの？　嫌な夢でも見た？」

アレクは少しだけ躊躇ってから、小さく頷いた。

「……駄目なんだ、あの夢だけは」

「あの夢？」

「ああ。俺には何の価値もないと言われた——あの日の夢だ」

未だに夢に見るあの日の出来事。それまで積み重ねてきたはずの温かい想い出はおろか、その想い出を共に作った自身ですら何の価値もないのだと——そう断じられた日のことを夢に見たその後は、どうしても眠れなくなるのだとアレクは言った。

「……我ながら情けないとは思うがな。もう二十年近く経つのに」

そう言って彼は弱々しく笑った。信頼していた者からぶつけられたその言葉は、毒を孕《はら》んだ棘《とげ》となって彼の心の柔らかい部分に突き刺さったまま膿《う》んで爛《ただ》れ、未だに彼を苛《さいな》み続けている。

「それだけその人のことを信頼してたんだね」

「ああ。弟と同じくらいか——いや、多分それ以上だったんだろうな。心の拠《よ》り所だった人だった」

「うん」

「まだ子供の俺にも優しかった。辛いのなら泣いても構わないのだと言って、胸を貸してくれて」

「……うん」

「……姉のように——慕っていたんだ」

「……そっか」

自分の手を握り締めるその手が、震えたような気がした。

いつもは自分を護ってくれる強くて優しいこの人が、今はひどく弱々しく見えた。そして、こうして弱い部分を曝《さら》け出してくれる彼が堪《たま》らなく愛《いと》おしい。

アレクの頭を引き寄せるようにしてそっと抱き締める。その柔らかい栗毛《くりげ》に指先を滑らせて、優しく宥めるように何度も梳《す》いた。

遠慮がちに伸ばされた手が、シオリの背中に回され——強く、縋るように抱き締める。

「……すまない。お前に、昔の女の話をするなんて……」

「……いいんだよ」

心が痛まない訳ではない。きっと今の自分より長く彼のそばにいて、その腕に抱き締められて熱い口付けも交わしたであろう顔も知らない女に嫉妬《しっと》しない訳では決してないけれど。だけど。

「いいんだよ。今でも夢に見るくらいに辛かったんでしょ？　せっかくだから、今ここで全部吐き出してしまおう？　少しは楽になるかもしれないから」

アレクが辛いのは、自分も辛いから。だから、教えて。

そう伝えると、抱き寄せた栗毛の頭が小さく揺れた。

「……彼女も俺を慕ってくれた。いずれは一緒になりたいと思っていたんだ。だが」

シオリを抱き締める腕の力が強くなった。

「……実家は少し家格の高い家でな。父が病に倒れ、庶子の俺と嫡子の弟のどちらが家督を継ぐかで周りが揉めて収拾がつかなくなって——それで俺が家を出れば全て丸く収まると思った。だがそうすれば、彼女との付き合いは続けられない。身分が釣り合わなくなるし、お嬢様育ちの彼女を連れていく訳にもいかないからな。だから、既に嫁ぎ遅れの年齢に差し掛かっていた彼女が困らないように、せめて別の良い縁談を用意できるよう取り計らった」

「……うん」

「だが、彼女は納得できなかったんだ。それはそうだろうな、彼女にしてみれば嫁ぎ遅れまで待たされて、いざ求婚されると思ったら別れを切り出されるんだ。せめて事前に相談できれば少しは違ったかもしれないが、そうするだけの余裕もなかった。だから怒るのも無理はない」

「うん」

「だが……だが、それでも最後は理解してくれると思っていた。姉のように……母のように優しい人だったからな。だから、もしかしたら一緒に付いていくと言ってくれるかもしれないと淡い期待を抱いてもいたんだ。しかし彼女は……」

切った言葉の端が微かに震えた。

「身分を捨てる俺にも、俺との想い出にも何の価値もないと断じて……二度と話し掛けるなと言って去っていった。彼女とはそれきりだ」

「アレク……」

同じ女だから彼女の気持ちは分かる。結婚を匂わせておいて嫁ぎ遅れの歳で別れを切り出されたら怒りもするだろう。まだ二十代半ばのアンネリエですら行き遅れと揶揄《やゆ》されているというから、嫁ぎ損ねた良家の娘が新たな縁談を探すのは、自分が思う以上に大変なのかもしれない。

だとしても――何の価値もないとその存在そのものを否定するような言葉は、決して言っていいものではない。彼なりの事情があって、それでも彼女に対して誠実であろうとした彼にぶつける言葉としてはあまりにも惨《むご》いのではないか。

「……俺は父が外に作った子供だったからな。幸い家族は俺に良くしてくれたが、社会的な立場はあまり良くなかった。それで嫌な思いもさせられたし、女も俺には見向きもしなかった。それなのに、俺にも家督を継ぐ可能性が少しでもあると分かった途端に、手のひらを返したように目の色を変えてちやほやするんだ。そんな女を相手にするのは本当に気分が悪かった」

そんな中でも、その人だけは最初から彼に優しかった。価値の薄い庶子だと嘲られていた彼にも優しく接した彼女。だからその優しさだけは本物だと思っていた。

「……だが、家を出ると知った途端に彼女は態度を変えた。あの優しさは全て俺に近付くための演技だったのかと……子供のうちから手懐けておく心積もりで近付いて何年も俺を騙《だま》していたのかと、そう思ったら俺は――」

何も知らずに弱い内面を曝け出し、そして温かい想いを幾度も口にした己はまるで道化のようではないか。震えるような吐息とともに吐き出された言葉は、夜の静寂の中に溶けて消えた。

縋り付くようにして自分を抱き締めているアレクの栗毛を、シオリは何度も優しく梳いた。

「その人のこと、好きだったんだね。とても」

「……ああ。大好きだったよ」

――自分ではない女に向けられた「好き」は、微かな痛みをシオリに与えた。けれども彼のその想いはもう、過去形になって久しい。

「……だから、あれ以来思わせぶりに近寄る女はどうにも苦手でな。普通に接してくれるなら、どうとも思わないんだが」

「そっか……」

アレクの栗毛を撫でながら、シオリは純粋無垢《むく》の真っ白な雪に覆われた街を眺める。

人の心は複雑だ。この雪のようにただ純粋無垢ではいられない。色々な立場があって、様々な思惑がありーーそんな中で人々は互いに想い合い、傷付け合いながら生きている。

そんなことを思いながら、ふと抱いた疑問をシオリは口にした。

「……ねぇ、アレク」

「なんだ？」

「家を出るときにその人と別れたと言っていたけれど、じゃあもし家に戻ることになったらーー私と別れる？」

身分違いになるから、きっと苦労するだろうから別れを決めたと彼は言った。

それなら私は？　そう問えば、彼は小さく息を呑んだ。

「……きっとアレクの本当の身分はーー貴族か何かなんでしょう？」

彼は一瞬躊躇い、それからぎこちなく頷いた。

「……ああ」

「なら、私は平民で外国人で、アレクとは釣り合わないよ？」

だからもし彼が家に戻ると決めたなら、自分は彼女と同じように別れを告げられるのだろうか。想像するだけで心が引き裂かれそうに痛む。

胸元に抱き込んでいたアレクが身動ぎした。シオリの緩く甘い拘束が解かれ、今度は逆に彼の胸元に抱き寄せられる。

「――俺はお前を手放す気はない。ずっとお前のそばにいたい。いさせてほしい」

耳元に熱く掠れた声が吹き込まれて、シオリはぞくりと身を震わせた。

「そのためにも家や弟のことと向き合おうと決めた。彼女とのこともだ。時間が掛かっても必ず消化してみせる。そうしたら、お前を俺の――」

耳を食むように唇を寄せて、彼は熱く囁《ささや》いた。続きの言葉はなかった。けれども、熱い唇から漏れる吐息が全てを語っているような気がして、じわりと身体が熱を孕んだ。

「……お前こそどうなんだ」

「え？」

熱を帯びた身体を持て余していたシオリは、逆に問われて目を瞬《またた》かせた。

「郷里に帰りたがっていただろう。お前こそ俺を置いていくんじゃないのか」

「そんなの……」

もし帰れる日が来たら。ふるりと唇が震えるのが分かった。

「私だってアレクのそばにずっといたい。離れる日が来るなんて考えたくもないよ。もうアレクがそばにいることが当たり前になっているんだもの」

帰りたかった。帰る手段があるのなら、以前の自分なら是が非でも帰ろうとしただろう。

けれどももう、この世界で大切なものを作ってしまった。大切なものができてしまった。離れることなんて考えられないほどに、大切な人。大切な人達。自分は独りではなかった。見守っている人達がいた。寄り添う瑠璃色の友がいた。そして――今は、誰よりも愛しいこの人がいる。

「もし本当に帰れたら、家族や友達や、お世話になった人達に挨拶はしておきたいな。でも、アレクとはもう離れたくないよ。ずっと一緒にいたい。ずっと一緒に……いさせて」

抱き締める腕の力が強まる。呼吸が止まりそうなほどに強く抱き締められて、でもそれすらもひどく嬉しくて。

「ああ。お前が嫌だと言っても、もう絶対に離さないぞ」

「ありがと、アレク」

この人がいてくれるから。こうして力強い腕で繋ぎ止めてくれるから。失《な》くしたものを一つずつ丁寧に拾い上げていってくれるから、自分はここに在っていいのだと思えるようになった。

「……あのね、アレク」

「うん？」

「今はまだ私も心の整理が付けられないでいるけど――話せるときが来たら私の故郷のこと、聞いて欲しい。少し驚かしちゃうかもしれないけど」

自分を形作ったあの世界のことを、いつか。

「驚く、か。お前にはもう何度も驚かされたから慣れているつもりだが。たとえ――天から降ってきた天女だとしても驚かんぞ」

付け加えられた彼の言葉にはっと息を呑んだ。でもきっとそれに深い意味はなく、ただの例えなのだ。アレクは笑った。

「驚こうがなんだろうが、俺はお前の全てを受け入れる。何もかも、全てな」

彼の指先がシオリの唇をなぞっていく。恐ろしいほどの熱量を宿した紫紺の瞳と視線が絡んだ。

「……うん」

触れていた指先が離れ、頬に添えられた。上向かされて熱い唇が押し当てられる。いつものように優しい啄《ついば》みから始まるものではない、初めから激しく貪《むさぼ》るような口付け。

頬に添えられていた手が項《うなじ》に回され、激しい愛情表現に僅かに及び腰になった身体をしっかりと押さえ付けられる。もう片方の手が薄衣の寝間着の上を妖《あや》しく這い回った。首筋から肩甲骨をなぞり、そのまま背中や腰骨、胸の脇《わき》を焦らすように撫でていく。

「……アレ、ク……」

激しい口付けの合間にそれでもどうにか愛しい人の名前を呼んだ。愛撫《あいぶ》を止めることなく彼は薄く微笑むと、より一層深く強くシオリを求める。激しく絡み合う吐息に混じって「愛してる」という言葉を聞いたような気がしたのはきっと気のせいではない。

だからシオリも伝えるのだ。吐息の中に紛れ込ませて、小さく囁くように、「大好き」と。

第二話　純白の約束

第一章　十年前の真実

1

安全な場所で何の心配もなく眠って気持ちよく目覚めたシオリは、隙間《すきま》から光が差し込むカーテンの外を覗《のぞ》いた。この季節には珍しく綺麗《きれい》に晴れ渡り、新雪が陽光を反射してきらきらと輝く。雲一つない透明な青空の下、子供達が歓声を上げて駆け回っている。

「ゆっくり寝ちゃったなぁ」

この国の冬は日の出が遅く、今は午前九時前後と驚くほど遅い。その時間を随分過ぎての起床にシオリは苦笑した。それだけ疲れていたのだ。朝食の時間も寝坊を見越して遅い時間に予約してある。シオリに遅れてナディアが寝台から身体《からだ》を起こし、床の上のルリィがうねうねと動き出した。隣室からも物音が聞こえ始める。どうやら皆目を覚ましたようだ。

身支度を整えて部屋を出ると、ちょうどアレク達も部屋を出たところだった。

「おはようございます」

「ああ、おはよう」

クレメンスはまだ少し疲れの残る表情ではあったけれど、それが滴るような美貌《びぼう》と相俟《あいま》って気怠《けだる》げな危うい色気を漂わせている。美形は得だ。疲れすらもその美しさをいや増す要素になるだなんて。

アレクは幸いあれから眠れたようだった。薄らと浮いていた隈《くま》が消えて顔色は良い。彼は目を細めて柔らかく微笑《ほほえ》んだ。

「さて、じゃあ伯爵様のところに行こうかねぇ」

朝食はアンネリエに招待されての少々豪華なものだ。仕事ぶりを気に入ってくれたらしい彼女が、お礼も兼ねてご馳走《ちそう》したいと言って聞かなかったのだ。

「さすがにお腹《なか》が空いちまったよ」

「昨日《きのう》はパンとスープだけだったからな」

「疲れて選ぶのも面倒だったしね……」

最後に食事をしてから既に十数時間。今にも腹の虫が騒ぎ出しそうだ。

(……でも、テーブルマナーにはあんまり自信がないな)

昨日バルトが手配していたのを見た限りでは、献立はちょっとした食事会のような内容だったはずだ。相応の作法が必要なのではないだろうか。野営では気にならなかったが、畏《かしこ》まった形式で貴族と一緒に食事というのは緊張する。

(兄さんと姐《ねえ》さんにマナーは一通り教えてもらってはいるけど……)

自分の俄《にわ》か仕込みのマナーなど、覚えたての子供より多少はましといった水準だ。

貴族相手の仕事が多いザック達は、上流階級にも出入りできるだけの立ち居振る舞いを身に付けている。何度か貴族の招待を受けて正装した彼らを見たことがあるが、まるで貴族そのものといった佇《たたず》まいで驚いたものだ。元は貴族だというアレクもきっとそうなのだろう。

「……私だけ浮いて見えそう」

文化の違う東方人ということで多少は多めに見てもらえるかもしれないけれど。

シオリの気持ちとは裏腹にルリィはそれなりに楽しみなようで、先ほどからぷるんぷるんと陽気に震えていた。

アンネリエの部屋を訪ねると、きっちりと服を着込んだデニスが顔を出した。初めて会ったときには不機嫌そうな表情が目立った彼も、今は微笑を浮かべている。共に旅をしたこの数日ですっかり険が取れたことがなんだか嬉《うれ》しい。

「おはようございます」

「おはよう、皆さん。いい朝ね」

長椅子《ながいす》にゆったりと腰掛けていたアンネリエは、手にしたスケッチブックと鉛筆を纏《まと》めて脇《わき》に寄せると立ち上がった。

「お待たせしてすみません」

「いいえ、私達もさっき起きたばかりだから」

言いながら彼女はシオリの手を取り、にっこりと笑った。そのまま手を引いて続き部屋の食堂まで自ら案内し、食卓の椅子を引いてシオリを些《いささ》か強引に座らせた。そして自身も隣に腰掛ける。

「え、あれ、あの……」

戸惑っているうちに、隣にアレクとクレメンスが、アンネリエを挟んで反対側にはナディアが座らされた。全員が着席してからデニスとバルトが腰を下ろす。ちょうど正面に座る形になった二人が、困惑しているシオリを見て苦笑した。

「すまないが、アニーの我儘《わがまま》にもう少しだけ付き合ってくれ」

「両脇に美人を侍《はべ》らせて食事したいんだってさ」

「美人って……」

妖艶《ようえん》なナディアならともかく、自分はどうだろうか。気恥ずかしくなって俯《うつむ》くと、隣のアレクが小さく笑いながら食卓の下でシオリの手を撫《な》でていった。

なんとも言えない気持ちでいるうちに、デニスが呼び鈴を鳴らした。食事の世話は宿の者に任せてあるらしく、呼び鈴の合図で別室で控えていた給仕が配膳を始めた。貴族相手の接客も手馴《てな》れているのだろう、無駄のない洗練された動きで食卓を整えていく。

幸いなことに、出されたのは様々な料理を少量ずつ一皿に盛り付けたプレートランチだった。厳選された素材で手間暇かけて作られた明らかに貴族向けの料理だったが、カトラリーの使い方一つに神経を使うような堅苦しいものではないことにシオリは内心ほっとした。

「こういう形のお料理も今ではすっかり一般的になったわね」

真っ白な大皿の上に美しい絵画のように彩りよく盛り付けられた料理を楽しそうに眺めながら、アンネリエが言う。

「前は違ったんですか？」

「ええ、そうね。私が子供の頃《ころ》はまだなかったと思うわ」

「元々は余り物を雑に盛っただけの、労働者向けの料理だったんだけどねぇ」

到底貴族の食卓に出せるような代物ではなかったが、この十数年で名立たる料理人達の手によって洗練されたものになったようだ。今では上流階級向けのレストランでも珍しくないらしい。

「陛下の発案らしいよ。お忍びで民間の工場を視察されたときにお気に召されたとかで」

見た目はともかく、様々な料理を一皿で手軽に楽しめるというのが気に入ったらしい。

「忙しいお城勤めの方達のためにお城の食堂に導入したのが始まりなのよね、確か。他国の要人を迎えたときにも会議の合間に気軽に食べられるって評判が良いらしいわ」

「配膳も片付けも楽になったとかで、給仕やメイドからも喜ばれているみたいだよ」

「へえぇ……医療馬車といい、下の人達のことをよく考えてくださってるんですね。本当に良い王様なんだなあ……」

こうして時折人々の口に上ることがある、この国の王。先代が早くに亡くなり、十代のうちに即位したというその王は民に慕われているということが窺《うかが》い知れた。先進的に過ぎるという批判もあるけれど、ほとんどはこうして好意的なものだ。

アンネリエに勧められて、雑談をしながら食事を始める。砂糖大根の鮮やかな赤いスープに、旬の温野菜サラダ、トリスサーモンのマリネ、一口サイズの子羊のソテー、焼きたてのパンケーキ。

「美味《おい》しい……」

どの料理も仕込みが丁寧で、素材の味が生きている。食材一つ一つを大事にしているということがよく分かる。

「そういえば、陛下ってよくお忍びで出掛けられるんですか？　先日はお忍び先でスライムと契約したっていうお話も聞きましたけど」

誰《だれ》に言うでもなく話を振ると、アンネリエは首を傾《かし》げてみせた。

「そうねぇ……気が付くといなくなってるらしいわね。それで側近の方達も頭を悩ませているらしいけど、そのあたりは陛下もきちんと計算済みで公務に差し支えない範囲でお出掛けになるみたいで、あまり強くは言えないらしいわ」

脱走癖のある王様。茶目っ気のある人柄を想像してシオリはつい笑ってしまった。

「……色んな意味で優秀な方なんですね」

「ふふ、そうね。でもスライムを連れ帰ったのにはさすがに何か言われたのではないかしら」

「……そうですね。私もルリィを使い魔にすると言ったときには、本当にするのかって何度も念押しされましたから」

スライムは皆が思う以上に強く賢くそして可愛《かわい》らしいと思うのだけれども、いまいち賛同は得られていない。ただ、ルリィのどこかとぼけた愛らしさは最近認められつつある。それが嬉しい。

「そんなにしょっちゅうお出掛けなさってるのなら、どこかで会ってるかもしれないなぁ」

子羊のソテーの軟らかさに目を細めていたバルトが、肉を飲み下してから言った。

それだけ脱走癖のある人ならどこかですれ違っているかもしれない。お忍びの王族と街で偶然出会い、そこから物語が始まる——絵本や小説でよく見るような展開だ。

「どんな方なんですか？」

「とてもお綺麗な方よ。整ったお顔立ちで、白磁のような肌にふわふわとした金髪で透明感のある切れ長の紫紺色の瞳《ひとみ》の、まさに理想の王子様を絵に描いたようなお姿よ」

「わぁ……」

「苛烈《かれつ》なる王なんて呼ばれるくらいだから、デビュタントの舞踏会で初めてお会いするときにはどんなに厳しい方かと緊張したものだけれど、実際はとても気さくで人間味のある方だったわ」

アンネリエは昔を思い出すように少し遠い目をした。

「あのときの陛下はとてもお忙しい時期だったみたいで、ダンスのお相手をされるのが少しお辛《つら》そうだったの」

この国では成人を迎える貴族の子女は、社交界デビューする初めての舞踏会で王族と踊る風習があるらしい。男子は王妃や姫君、女子は陛下や王子と踊るのだそうだ。

「陛下は踊りながら溜息《ためいき》を吐《つ》いてしまわれたの。確実にマナー違反よ。でもひどくお疲れのようだったから『大丈夫ですか？』ってお訊《たず》ねしたら、『礼儀を欠いてすまない。兄上がいてくれたら心強いのにとつい考えてしまった』って寂しそうに仰《おっしゃ》って……とてもお強い方だと聞いていたけれど、そんな方でも弱音を吐くこともあるのだわって、なんだか親しみを覚えてしまったわ」

「……兄？　陛下にはお兄さんがいらっしゃるんですか」

普通は生まれた順番の早い方が王位を継ぐものだと思っていたが、この国では違うのだろうか。それとも何か事情があるのだろうか。

アンネリエはほんの少し眉尻《まゆじり》を下げて微笑んだ。

「陛下にはお兄様が三人いらしたのだけれど、上のお二人は事故で亡くなられたの。三番目の王子殿下は陛下が即位される直前に失踪《しっそう》されて……上のお二人のときは私は生まれたばかりでよくは知らないのだけれど、三番目の殿下が失踪されたときの騒ぎは私もよく覚えているわ。お父様とお爺《じい》様が連日のように難しい顔で話し込んでたもの」

「継承権争いの末の暗殺か追放かって大騒ぎだったものなぁ。あれからもう十八年経《た》つのか……」

バルトがしみじみと言う。

「今のところ失踪説が有力らしいがな。陛下と王子……いや、王兄殿下か――は随分と親密だったらしいからな。陛下のために殿下が身を引いたのだとか、殿下の身を案じて陛下が安全な場所へ逃したたのだとか、そういう噂《うわさ》だ。元々王兄殿下は庶子でお立場は良くなかったというしな」

もっともあくまで噂だがと、デニスはそう言った。

「あの頃の王家は不幸続きで宮中も随分混乱していたらしいの。二人の王子殿下に続いて王妃陛下も亡くなられて、その後何年もしないうちに先帝陛下まで床に臥《ふ》せるようになって。混乱に便乗して宮廷での立場を高めようとした人達が、お二人をそれぞれに擁立して争い始めたのよ。仲が良かったのなら、対立する立場に置かれてお二人ともさぞお辛かったでしょうね」

「そんなことがあったんですね……」

とても平和で穏やかだと思っていたこの国にも、そんな事件があっただなんて。

「……多分あのとき『兄上がいてくれたら』と仰った、そのお兄様って――その王兄殿下のことだと思うわ。お互いに支え合う理想的な兄弟《きょうだい》、主従だって……評判だったそうですもの」

最後にアンネリエがぽつりと呟《つぶや》く。

場に沈黙が下りた。アレクは険しい顔で黙りこくって食事を続けているし、ナディアとクレメンスもひどく悲しげだ。二十年近く前のその事件は、まだ人々の心に影を落としているのかもしれない。

重い空気を変えようと思考を巡らせたシオリは、ふと思い出してそれを口にした。

「……そういえば、ふわふわの金髪で紫紺色の目の綺麗な人なら、私も会ったことがありますよ。私と同じくらいか、少し上の年頃《としごろ》の方だったんですけど」

金髪も紫紺色の瞳もこの国ではそれほど珍しい色ではないらしいから、別人だとは思うけれど。そう言うと、アレクがふと顔を上げた。

「……どこで？」

「何週間か前にトリスで。道に迷ったみたいでホテルまで案内したんだけど」

「道に迷った？」

「うん。病気のお兄さんのお見舞いに来て、歩き回ってるうちに迷ったって言ってた。見た目だけじゃなくて立ち居振る舞いも凄《すご》く上品で綺麗な人だったなぁ」

あれは秋の終わり頃だったか。亜麻色の髪の男を連れて歩いていた、明らかに高位貴族と分かる佇まいの男だった。

別れる間際に戯《たわむ》れに抱き締められて驚きはしたけれど、それは口にしないでおいた。

「病気の兄の見舞い……？」

どことなく疑わしそうにしているアレクに苦笑いした。

「でも、スライムは連れてなかったから陛下ではないと思うよ？」

「判断基準はスライム連れかどうかか」

難しい表情だった彼は、一転して今度は笑い出した。

「そうさねぇ、桃色スライム連れの金髪男は陛下だって簡単にばれちまうね」

「確かに」

「お気に入りということだから、隠して連れているのではないかしら。きっと背嚢《はいのう》の中にでも隠していらっしゃるのよ」

背嚢に桃色のスライムを隠し持って歩く金髪の美男子。

その様子を想像して、シオリはとうとう堪《こら》えきれずに噴き出した。皆もつられて笑い出す。足元で食事中だったルリィも、楽しげにぷるんと震える。

（それにしても……）

――十八年前。病で倒れた王。庶子の兄王子。継承権争い。兄王子の失踪。

これと似たような話をごく最近聞いたことがなかったか。

シオリはちらりと隣のアレクを見た。クレメンスと何事か言葉を交わし、そして軽い笑い声を立てていた彼は視線に気付くと、「どうした？」と訊《き》いた。それに「ううん、ちょっと見てただけ」と返して食事を再開する。

『もう二十年近く経つのに』

『父が病に倒れ、庶子の俺《おれ》と嫡子の弟のどちらが家督を継ぐかで周りが揉《も》めて、それで俺が家を出ることに――』

――奇妙に一致する二つの事柄。これは偶然だろうか。抱いた疑念は得体の知れない不安となってじわりと胸を侵蝕する。もし彼が本当は貴族ではなく王族だったなら、自分は――。

（――まさかね。いくらなんでも飛躍し過ぎかな）

そんなふうに思い、シオリはその疑念を打ち消す。

――遅い朝食会はその後は和やかに進み、正午を告げる鐘の音と共にお開きになった。

食事会を終えて通された居間に紅茶の香りが漂う。バルトによって淹《い》れられた紅茶は果実の精油で香り付けされているらしく、仄《ほの》かに杏《あんず》の甘い香りが混じっている。

ほんのりと甘い紅茶を一口啜《すす》り、シオリはうっとりと目を細めた。

（……この国の男の人って紅茶淹れるの上手《うま》いなぁ……）

バルトは仕事柄分からないでもないが、昨日紅茶をご馳走してくれた監視小屋のミカルは騎士だ。そういえばアパルトメントの管理人ラーシュの淹れた紅茶も美味しかったなと思い出した。王国男子の必須技能なのだろうかと考えていると、茶器を置いたアンネリエが姿勢を正した。

「では改めて——皆さんには本当にお世話になったわ。得る物の多い良い旅になった。目的も果たせたわ。これはひとえに皆さんのお陰よ。本当にありがとう。感謝してもしきれないわ」

シオリはアレク達と視線を交わして微笑み合った。飾らない言葉で伝えられた本心からの謝意に、謙遜《けんそん》は要らない。ただ素直に受け取ればいい。

面映《おもは》ゆい気持ちと達成感が溢《あふ》れ、それと同時に名残惜しさを覚えて少しだけ胸が苦しくなったシオリはそっと胸元を押さえた。たった数日一緒に過ごしただけだけれど、寝食を共にし、危険に立ち向かい、そして目的を果たした仲間だ。心根が真っすぐで気持ちの良い彼女達とはもうこれでお別れなのだと思うとひどく寂しかった。平民で冒険者の自分と、名門貴族の彼女達とは立ち位置が違う。もしかしたらもう二度と会うことはないのかもしれない。

(——仕事だから仕方ないけど、でもちょっと寂しいな)

そんなふうに思っていると、躊躇《ためら》っていたデニスが意を決したように口を開いた。

「俺からは……謝罪を」

気恥ずかしさからか頬《ほお》を僅《わず》かに染めながらも、彼はシオリの目を真っすぐに見る。

「特にシオリ殿には不愉快な思いをさせて申し訳なかった。何の落ち度もない貴女《あなた》にはこれ以上はない侮辱だったと思う。本当にすまなかった」

赤毛の頭を深々と下げて謝罪した彼に、シオリは慌てた。

「いえ、気になさらないでください。前に一度謝って頂きましたし、もう気にしていませんから」

「しかし」

「……確かに最初は驚きましたし、悲しくも思いました」

初対面のときの心情を正直に伝えた。多分下手《へた》な気遣いをするよりは、その方がいいだろうと思った。明け透けに本心を見せる彼には、特に。

デニスは一瞬怯《ひる》んだようにぐっと口元を引き締めたが、それでも視線は外さなかった。自分がしたことに対する責めは受け止めるつもりなのだ。

「でも、デニス様は私の故郷の想《おも》い出を認めてくださいました。身一つでこの国に来て、それまでの自分を証明するものは私自身の記憶だけで、そのことがとても心細かった。それをはっきりと認めてくださったことは、本当に嬉しかったんです」

良い家庭で育った、温かい家庭を知っている、だからこそ出せる味なのだと――シオリという存在を形作ったあの場所の想い出を、スープをたった一口飲んだだけで彼は認めてくれたのだ。

「デニス様には恨む気持ちよりも感謝の気持ちの方が大きいんです。ですから本当にもう気になさらないでください」

「あ……あ、そういうことなら……その、すまない、ありがとう」

デニスは顔を赤くして視線を彷徨《さまよ》わせ、どうにかそれだけ言うと小さく頭を下げてみせた。照れているらしい。

（本当に感情表現が素直な人なんだなぁ……）

目を細めて彼を見ていたアンネリエと視線が合い、微笑み合う。彼女は言った。

「今回の旅はね、ただ絵の題材を見に行きたかっただけではなかった。色んな柵《しがらみ》に囚《とら》われていた私達が先に進むための儀式だった。私達のためにもロヴネル家のためにもどうしても必要だった。素人《しろうと》が行くには危険な場所まで連れていってくれたことは勿論《もちろん》、その儀式に臨むにあたってシオリさん、貴女がデニスの心を解《ほど》く切っ掛けを作ってくれたこと——本当に感謝しているわ」

彼女のしなやかな指先が伸び、そしてシオリの手を取った。朝食のときにもこんなふうに手を握られたけれど、その距離の近さに狼狽《うろた》えてしまう。

「それでね、シオリさん。ここから先は依頼ではなくて個人的なお願いになるのだけれど」

「えっ……あ、はい」

個人的なお願い。何を言われるのかと緊張して身構えると、アンネリエの瞳が熱を帯びた。

「私とお友達になって欲しいの」

「……えっ？」

意外な「お願い」に驚き、目を瞬《また》かせる。アレク達もやはり驚いたようだ。シオリとアンネリエに交互に目をやり、それから互いに顔を見合わせている。

「シオリさんと一緒にいると、とても心地よいの。必要以上に距離を取るのでもなければ近付き過ぎるのでもない、程良い距離感が心地よいのよ。線引きするべきところはきちんとしているけれど、歩み寄れば穏やかに受け入れてくれる懐の深いところも、優しいだけではない芯の強いところも、とても好きだわ」

「アンネリエ様……」

彼女が男性だったなら結構な口説き文句だ。おだてている訳ではない、心からの言葉だということが彼女の真剣な眼差《まなざ》しから伝わった。

「貴女には何か抱えるものがあるということは何となく分かるわ。もしかしたらそのことが、今の貴女を形作っている要素にもなっているのかもしれない。でも、それでも強くしなやかに生きている貴女に――私、惚《ほ》れてしまったの」

シオリは驚いて目を見開いた。けれどもそれまで成り行きを微笑みながら見守っていたアレクがぎょっとして目を剥《む》いたのを見てつい噴き出してしまい、それで逆に冷静になった。

自分に惚れたと言う彼女の言葉に深い意味はない。ただ、言葉を重ねて自分を好ましく思っているということをはっきりと言ってくれた、その彼女の気持ちがひどく嬉しい。

「私も……」

シオリは言った。

「今回の旅で気付かされたことが沢山ありました。デニス様に想い出を認めて頂いたこともそうですが、皆さんと一緒に過ごす中で、自分は独りではないこと、自分にもできることが沢山あるのだということ……色んなことを知ることができました」

アレクと出会い、心を交わし合って、そして――二人で組んで仕事をすると決めて、初めて引き受けたこの依頼でこうして気持ちの良い人達と出会えたことは僥倖《ぎょうこう》だった。悩みながらも目的のために真っすぐ前を見つめて困難に立ち向かおうとする彼女達と過ごすうちに、愛《いと》しい人や優しく温かい仲間と言葉を交わすうちに、自分が目を背けてきたこと、諦《あきら》めてきたことを見つめ直そうと思うようになっていた。

「私には全《すべ》てを置いてきた故郷があります。もう二度と戻ることはできません。そこに、それまで集めてきた大切なものも、私自身を証明するものも、全て置いてきてしまいました。ですから何一つ持たない私はここではとても曖昧《あいまい》な存在で……身の置き所がないと思っていました。でも」

俯きそうになる顔をそれでも上げて、前を見る。

力強い腕で抱き締めてくれる愛しい人がいて、強くて優しく温かい友人と仲間がいて——今ここにはいないけれど、ずっと見守ってくれていた「兄」がいて、同僚達がいて——。

「居場所がないと思っていた私に居場所を作ってくれた人がいて……そして大切なものも沢山できました。大切なものが沢山あることを知りました。それを気付かせてくれたこの旅に私を指名してくださったこと——私も、感謝しています。本当にありがとうございました」

「シオリさん……」

握られたままだった手が、一層強く握り締められる。

「貴女が今こうして認められて、そして素晴らしい人達に囲まれて大事にされているのは、貴女自身の努力があってこそだと思うわ。辛いことがあっても努力して生き抜いてきたからこそ、貴女は美しいの。それはもっと誇ってもいいと思うわ。だからその美しい貴女を、いつか描かせて？」

告げられた言葉にシオリは目を見開いた。

「今の私の力量では貴女の美しさを描くことはできないわ。でも、もっと腕を磨いて今なら描けると思ったそのときには、貴女にモデルになってもらいたいの。裸婦像にはこだわらないわ。とにかく貴女という存在を描いてみたいの。そのために、もっと貴女のことを知りたい。シオリさんの人柄にもっと触れて、沢山語り合いたいの。このままお別れしてそれきりになるのは……寂しいわ」

「アンネリエ様……」

寂しいと思っていたのは自分も同じだ。だから、彼女の気持ちが純粋に嬉しい。

「モデルになるのは正直言うと恥ずかしいですが……でも、私ももっと自分を見つめ直して、色んなことを受け入れられるようになったら、そのときには……お願いします」

時間は掛かるかもしれないけれど、それでも。

アンネリエはぱっと花が咲いたように顔を綻《ほころ》ばせた。

「ありがとうシオリさん！　ああ嬉しいわ。デニスと心を通わせることができた上に大きな目標もできて、その上素敵なお友達ができるなんて。ああそうだわ、お友達なんだから堅苦しいのはなしよ。私のことはアニーと呼んでちょうだい。私もシオリって呼ぶから勿論敬称はなしでお願いね？」

「えっ……と、それは……」

さすがにシオリは躊躇った。友人とはいえ貴族を呼び捨てにしても良いものなのだろうか。助けを求めるようにアレク達を見たけれど、彼らは苦笑するか微笑ましそうに笑うかのどちらかで、助けてくれる気はないようだった。ちなみにルリィもぷるんと震えるだけで、これも戦力にはならない。

「貴女のことだから、公の場ではきちんと線引きしてくれるでしょう？　でも私的なお付き合いではもっと親しく呼んで欲しいの。歳《とし》だって同じくらいなのだし、いいでしょう？」

「……え？」

同じくらいの歳。シオリは首を傾げた。確か彼女は二十代半ばではなかっただろうか。

見かねたのかデニスが口を挟んだ。

「おいアニー……さすがに同じくらいというのは少々図々しくないか。どう見ても彼女はお前より若いだろう」

「えっ」

余計悪化した。日本人が小柄で童顔だから若く見られることもあるのは知っているし、今までに何度か似たような経験もあったけれど、いくらなんでも若く見過ぎだ。

こういったやり取りに覚えがあるナディアやクレメンスは苦笑いしている。同じ女性であるナディアは、顔だけではなく手や首筋といった全体的な肌艶《はだつや》や立ち居振る舞いでシオリの年齢を大体察していたようだったが、クレメンスやザックは体格で判断していたらしく、やはり今のデニスのようにかなり見当違いの年齢を想像していたのだ。

（……そういえば兄さん、あのとき胸元見てたんだよね……）

どうやら背丈だけではなく、この小ぶりな胸で少女ではないかと思ったようだ。それを思い出してシオリは微妙な気持ちになった。王国の女性よりは確かに小さいかもしれないが、日本では標準サイズだ。間違ってもつるぺたではない。

「あらデニス。若いと言われて喜ぶ女性もいるけれど、あまり若く見るのは失礼というものよ。若々しいっていうのは女性同士ではむしろ見下す言葉だったりすることもあるのよ？」

「えー……と」

彼女の言うことはもっともなのだが、とりあえずここは間違いだけ訂正しておくことにする。

「すみません、私……アレク達と同年代です」

シオリの言葉に三人は沈黙した。しばらく考え込んだ後にバルトは何故《なぜ》かナディアを凝視し、凄絶《せいぜつ》な目で睨《にら》み返されて首を竦《すく》めた。デニスは絶句し、アンネリエは興奮気味にシオリの肌をぺたぺたと触り出した。

「それでこの吸い付くような肌……これもシオリの努力の賜物かしら、それとも東方の神秘……」

「わ、わあああああ」

探求心に変な火が付いてしまったアンネリエを我に返ったデニスとバルトが慌てて引き離す。無責任に笑っているアレクをひと睨みしてから、シオリはほっと息を吐いた。その背を宥《なだ》めるように、未《いま》だ笑ったままのアレクが撫でる。

「まあ……ともかく良かったじゃないか。得難い友人が増えたな」

「……うん。大切な人がまた増えたよ」

この強く真っすぐで優しい、楽しい人々とこれから先も会えるのだ。嬉しさが胸を満たしていく。

もう一度、アンネリエの手がシオリに優しく触れた。

「――ね、トリスとロヴネル領は少し離れているからしょっちゅう会うことはできないけれど……でも時間ができたら貴女に会いに行くわ。だから、貴女も私に会いに来てね、シオリ」

「俺からもお願いしよう、シオリ。俺ももっと料理を教えてほしいんだ。ショーユも分けてもらいたいしな」

「あ、俺も俺も！　もっとシオリの料理が食べたい」

三人の言葉にシオリは笑った。そして頷《うなず》く。

「……うん、分かった。じゃあ、これからもよろしくね。アニー、デニス、バルト」

極寒の中を共に旅して得た友人。こうしてまた増えていくのだ。この世界で得た、大切な宝物が。

「――ああそうだ、これを」

和やかに食後の談笑を楽しむ中、ふと思い出したようにアレクが懐から小袋を取り出した。シルヴェリアの塔で拾った魔法石を詰めたそれ。盆の上に中身を開けると、小さな歓声が上がった。

「わぁ……綺麗だなぁ」

「真《ま》っ赤《か》な石……これ、もしかしてあの開かずの間の？」

「ああ。火の魔法石だ」

小袋の中身を全て盆に開けると、赤い小山になるほどの量だった。

「こんなにあったのか。これは結構な額になるのではないか」

一粒つまみ上げてクレメンスが呟く。アンネリエ達もそれを手に取り、興味深そうに眺めた。ルリィはアレクにもらった魔法石を取り出し、触手でつるつると撫で回して遊んでいる。

「拾ったはいいが、あの後の騒ぎで出しそびれてな。クレメンスの言う通りそれなりの金額になりそうだから、依頼人殿に相談した方がいいかと思ってたんだが」

ギルドの規定では、遠征で入手したものは基本的には冒険者側が引き取ることになっている。しかし貴重なものや高額なものについては、依頼人と相談の上で扱いを決める方針だ。

「考えたんだが、今回は均等に分配してはどうかと思っている」

「あら、いいの？　ほとんど半分よ？　多過ぎやしないかしら」

シオリは笑った。

「大丈夫。三人とも大活躍だったもの。アンネリ……アニーは貴重な魔獣のスケッチを描いてくれたし、デニスとバルトは帝国人を街まで運んでくれた。それにデニスは塔であのまま死のうとしたフロルさんを説得してくれて、私の……証明できなかった過去を肯定してもくれた」

「そうさ。それにねえ」

シオリの言葉を引き継いでナディアが言う。

「祝い事だってできたんだものさ。記念に持っていっておくれよ」

三人は視線を交わし合い、そして笑顔で頷いた。

「そういうことなら遠慮なく頂くわ。ありがとう、皆さん」

アレクの手で魔法石が分けられていく。

「……意外に丸いのね。原石はもっと石っぽいのかと思っていたわ」

分配された魔法石を手のひらで転がしながら、アンネリエが言う。

「生成環境が良かったんじゃないかな。普通は小石みたいな形なんだけど」

魔獣の体内で生成される魔法石は、大抵は石のような歪《いびつ》な形だ。ただ稀《まれ》にこうして加工品のように球体に近いものを落とす魔獣もいる。

「そうなのね。それにしてもなんて綺麗な深紅……」

魔法石を光にかざしてうっとりと見つめたアンネリエは、ほう、と息を吐いた。

「――私、赤色って好きよ。激しく燃え上がるように苛烈で、でもどこか優しくて温かい……」

「おやまぁ。そいつは惚気《のろけ》かい？」

言いながらナディアはちらりとデニスに視線を走らせ、その意味するところを察してアンネリエは頬を染めた。

「あ……そういう意味ではなかったのだけれど、でも、ええそうね、そうかもしれないわ」

何のことだというように怪訝《けげん》そうだったデニスも、一拍遅れて赤くなる。

初々しい二人を揶揄《からか》い、そして祝福する笑い声が室内に満ちた。

「さて……じゃあ、名残惜しいが」

ひとしきり笑い合ったところで、アレクは言った。

「俺達はそろそろ戻ろうかと思う」

――短いながらも色々あった、そして新たな友人を得たこの旅は、終わる。

「……まぁ、そうなの？　もう一晩くらいは泊まっていくものだと思っていたわ」

アンネリエは寂しげに眉尻を下げた。

「疲れてるといえば疲れてるけど、でも、慣れてるから」

「そうさね。それに、仕事は尽きないしねぇ」

「はー……凄いなぁ。さすがプロ」

「……そうだな」

しみじみと言いながらバルトはデニスと顔を見合わせる。デニスは足を擦《さす》りながら続けた。

「実を言うと、今朝《けさ》から筋肉痛が酷《ひど》くてな」

だから朝食会の給仕は宿の者に任せたのだと彼は苦笑した。

「とてもじゃないが今日《きょう》は馬車に乗れる気がしないんだ。せめてあと一日は休まないと厳しい」

「野外活動は慣れてるつもりだったけど、さすがに重労働だったもんなぁ。ああ、それにあの筋力増強の魔法のせいもあるのかな」

かもな、と言ってアレクも苦笑いする。

「あの魔法は体力を前借りするようなものだからな。無理をせず、ゆっくり身体を休めてくれ」

「ええ、そうするわ。二人とも私の我儘に付き合わせたようなものだもの。帰るのはゆっくり休んでもらってからにするわ。戻ったら忙しくなるでしょうしね」

婚約の発表、婚礼の準備、それに伴う使用人の配置換えや周囲への根回しなど、やることは沢山ある。祝い事とはいえ柵や慣わしが多い貴族なら楽しいことばかりではない。二人の場合は特にだ。でもきっと二人は乗り越えていけるはずだ。あの厳しい旅でわだかまりを解き、そして生涯を共に生きると決めたこの二人なら、きっと。

依頼票にアンネリエのサインをもらい、それを確かめてから大切に手帳に挟む。

「……あ。見送りはここでいいよ。無理しないで」

見送るために、一緒に階下へ下りようとする三人を押し留《とど》めた。特にデニスとバルトの筋肉痛が辛いだろうから。

「じゃあ申し訳ないが、そうさせてもらう。一度下りたらまた上ってこれそうもない」

二人は苦笑しながらも頷いてくれた。

「……ああ、寂しいわ。でも、きっと会いに行くから」

アンネリエがシオリを抱き締める。淡い薄荷《はっか》の香りが鼻を掠《かす》めた。彼女らしい爽《さわ》やかで清涼感のある香りだ。

「うん。私も会いに行くよ。それに手紙も書くから」

「ええ、待ってるわ。約束よ。皆さんも、本当にありがとう」

「世話になった。また、いずれ」

「気を付けて帰ってくれよ」

それぞれに握手を交わし、そして別れを惜しむ彼女達に見送られて宿を後にした。

馬車は街道を滑るように走り出し、シオリは窓から遠ざかる街を、塔を抱く森を――その姿が雪景色に紛れて見えなくなるまでずっと見つめていた。

シルヴェリア。ストリィディアの古語で白銀を表す言葉を名に戴くその土地は、これから迎える新しい季節が鮮やかに描かれていくのを待つかのように、キャンバスのごとき白一色に輝いていた。


「――良かったな、デニス。憑《つ》き物が落ちたみたいだぞ、お前」

立ち去る冒険者達を微笑みを浮かべて窓越しに見送るデニスに、バルトは言った。

「ああ、そうだな。本当に――ようやく前向きになれそうだ。帰ったら、今まで迷惑や心配を掛けた者達に謝罪しなければならないな。そしてお爺様にも報告に行こう。きっと喜んでくださるはずだ」

その言葉にそれまで微笑んでいたバルトは、すっと冷えるような感覚を覚えて笑みを隠した。無邪気に微笑んでいるデニスから視線を逸《そ》らし、口の中でぼそりと呟く。

「……本当に喜んでくれるといいんだけどね」

――最後に会った祖父の、何かどろりとした感情が滲む仄昏《ほのぐら》い瞳が脳裏を掠めた。

2

時刻は十六時をいくらか回った頃。

夜の帳《とばり》が降りて世界が宵闇《よいやみ》に沈みきった中、馬車はトリスに到着した。ギルド前で停車した馬車は四人と一匹を降ろすと、静かに走り去っていく。

「ただいま」

冬で日没時間は早いが、ギルドの営業時間は年間を通して変わることはない。すっかり暗くなっていたが、同僚はまだ何人か残っていた。一日の業務を閉める作業に入っていたザックが顔を上げて笑顔を見せる。

「おう、お疲れさん。その様子だと無事終わらせたみてぇだな」

「うん、お陰様で」

依頼票を受け取った彼はそれに目を走らせて満足そうに頷いた。

「満足度は最高評価か。よくやったな。あいつ――デニスっつったか。大丈夫だったか？」

一度打ち合わせに訪れたときにもひと悶着《もんちゃく》あったらしいから、何か面倒事が起きはしないかと気にしていたようだ。確かに最初は多少面倒なことにもなったけれど。

「大丈夫。悪い人じゃなかったよ。友達になったし……それに素直で可愛い人だった」

「ああ？　友達ぃ？　可愛いだぁ？」

ザックは目を見開いてそう言ったきり絶句する。その様子にアレク達と視線を交わして笑い合う。それはそうだろう。気難しく移民嫌いだと思っていたデニスと、どうして友達になって可愛いなどという評価が出るのか疑問に思うのも無理はない。

「色々あってな。あいつなりに事情があったということだ。シオリに無礼を働いたときにはどうしてくれようかと思ったが、なかなか気骨のある男だったぞ」

言いながらアレクがシオリの背を撫でる。

どういうことだと視線で促すザックに、この旅での出来事をかいつまんで説明した。初対面でのデニスとのやりとりや、道中の様子、帝国人との遭遇にシルヴェリアの塔の内部状況、そしてアンネリエの目的、水難事故、病人の保護。

帝国の冒険者との接触や水難事故のくだりでは険しい顔をして聞いていた彼も、デニスの事情には多少なりとも同情を示し、そして幻獣との遭遇には驚きを見せた。

「なるほどな。もしこれが本物だと実証されたら、こいつぁちょっとした騒ぎになるな」

未確認魔獣の話題とあって、ザックが低めた声で呟く。

「うん。だから詳しいことが分かるまでは口外しないようにって」

計測器に手をかざして経験値を測定しながらシオリは苦笑した。

安全維持と危険回避のために、騎士隊と冒険者ギルドはある程度情報共有されている。しかし幻獣の存在が外部に漏れれば騒ぎになり、住民にも余計な不安を与えることになるのは目に見えている。あの魔獣の正体が確定するまでは同僚にも口外しない方がいい。

「だろうな。もっとも公表されたらされたで、結局は新聞社やら興味本位の連中やらが押しかけることになるんじゃねぇか。経験値目当ての馬鹿《ばか》も出るだろうしよ」

そちら方面の処理の依頼が増えそうだと、ザックは赤毛の頭をがしがしと掻《か》いて渋面になる。それから何気なくシオリの測定結果を覗き込み、お、と小さく声を上げた。

「随分入ってんじゃねぇか、経験値」

「ほう？　見せてみろ」

「どれどれ……おや」

「わっ……ちょっと皆」

後ろからアレク達に押されながらも測定結果を見せる。針は目盛の最大値よりもやや下回る位置を指し示していた。

「これは……あれだな。雪男の分か」

「……多分。凄い、こんなに。故障じゃないよね？」

体内の魔力の巡りなどの諸々の数値を計測して経験値として算出する測定器は、故障でとんでもない数値を出すこともあるのだ。

「いや。止《とど》めを刺したのは君だ。このくらいは入ってもおかしくはない。どれ、私も計ってみよう」

言いながらクレメンスが同じ計測器に触れる。針は目盛の四分の一辺りまで上がって止まる。彼のレベルはシオリよりは遥《はる》かに高いから、同じ魔獣と戦っても得られる経験値は少なめだ。

「一角兎《いっかくうさぎ》の変異種と雪男の分を含めればこんなものだろう。大丈夫だ。故障ではない」

クレメンスは切れ長の碧眼《へきがん》を細めて微笑んだ。

「そう……ですか。良かった。嬉しい」

「……よし、記録に加算しといたぜ。おめでとさん。レベルアップだ」

「わぁ。ありがとう、兄さん」

「やったな。おめでとう」

「うん、ありがとう、アレク。やっぱり大物を倒すと違うね」

かなり微妙な倒し方ではあったけれど、最終的に止めを刺したのは自分だ。戦闘で得た経験値は大きい。後方支援でも勿論入るが、魔獣と直接戦って得たものとは比べるまでもなく小さいものだ。

これは測定器が前衛職を基準に設計されているからに他ならない。それが後方支援職のレベルが上がりにくい理由、そして問題点でもある。だから同じ条件で活動していても、前衛職よりはレベルは低くなってしまうのだ。それでいながら貢献度は依頼者の満足度や好感度によって決められるため、前衛職と概ね同等の評価になることも多い。

この結果起こるのが、後方支援職はレベルは低いが冒険者ランクは高いという現象だ。実際シオリも中堅とは言い難いレベルだ。同じくB級の治療術師エレンも似たようなものだし、A級を保持している薬師のニルスなどは完全に戦闘不参加とあってさらに低い。低レベルなのに冒険者ランクは高いというアンバランスな状況が、後方支援職に不公平感を抱く前衛職が多い一因にもなっている。その偏見の根底にあるのは「ずるい」という考えだ。

最近では後方支援職専用の測定器の開発もされているようだが、職業が多岐にわたる後衛職は評価基準が定めにくいらしく、まだまだ実用化には程遠い。測定器の開発を進めるよりはいっそレベル制を廃止し、ランク制のみに絞るべきではないかという意見もある。しかし、累積数値データで自分の働きを視認できるレベル制はやる気にも繋《つな》がりやすい。そして仲間や依頼者の主観的な意見に頼るランク制は、公平性に欠けるといった問題点もある。

どちらも一長一短。レベル制とランク制の利点を取り入れた新しい評価システムを考えるべきではないかという意見は増えている。ギルド発足当時に導入されたこのシステムは、職業が少なかったからこそ成り立つものだ。古い時代の仕組みは少しずつでも変えていくべきだろう。

ナディアが美しい眉を下げ気味にして呟く。

「後衛職でも支援系は特にレベルが上がりにくいからねぇ……」

――【暁《あかつき》】の事件ではこの問題点を悪用された。

後方支援職の取得経験値が少なくても疑う者は多くはない。あのときもシオリだけ壊れた計測器が使われていた。経験値を実際よりも少なく計測されていても、誰も疑問に思わなかった。他ならぬシオリ自身もだ。そしてパーティが受ける依頼もギルドが依頼者のものばかり。その結果を評価するのはマスターの仕事だ。だからシオリの評価や査定結果を改竄《かいざん》することは簡単だっただろう。

マスター絡みの不正の可能性がある。その異変に気付いたザック達は、職員の協力を得て本来は部外秘の査定記録を入手した。後からその行為が問題視されないよう、S級保持者の権限を使ってギルド本部に直接掛け合い、調査員の資格を得るほどの本気ぶりだったらしい。

『経験値の推移と査定結果の数字が不自然だ』

【暁】メンバーとシオリの記録を調べ、改竄の可能性に気付いたのはクレメンスだ。生家が商家とあって少年時代から数字が多い書類に慣れ親しんでいた彼は、ほんの僅かな違和感から改竄を見抜いた。そこから分かったのは、シオリの【暁】加入以前から既に、少しずつ査定に手が加えられていたということ――。

（……ランヴァルドさんには大分前から目を付けられてたってことなんだよね、きっと）

先代のマスター。暇を見ては読み書きや魔法を教えてくれた。先生のようにも思っていた。紳士的で自分のような余所者《よそ》にも親切な人だった。そうだと思っていた。多分、信頼していたのだと思う。だから――ランヴァルドの言うことが正しいのだと思い、誤った情報を少しずつ刷り込まれて、あいうことになってしまった。恐らくほとんど最初の頃から獲物として目を付けられていたのだ。

「しかしまぁ……本当に良くやってくれた」

ザックの声に、過去に沈みかけていたシオリは我に返った。

「名門ロヴネル家の依頼を最高評価で終わらせてくれたってのは、俺としても鼻が高い。支部の評価にも繋がるだろう。皆、ご苦労だったな」

マスターの心からの賛辞に場の空気が華やいだ。ルリィも嬉しそうにぷるんと震える。互いに労《ねぎら》いの言葉を掛け合い、今夜は居酒屋で祝杯でも上げようと楽しい相談をしていたそのとき、横合いから声が掛かった。

「……ロヴネル家かぁ。懐かしいな。久しぶりに聞いたぜ」

「そうねぇ。何年振りかしら」

魔法剣士のルドガーと槍《やり》使いのマレナ。ラネリード夫妻だ。

「知ってるんですか？　そんなに有名なんだ」

「いやあ、俺達はロヴネル領の出身でな。元々はあっちの支部に所属してたんだ」

「そうそう、こっちの方が稼ぎもいいし、雰囲気も性に合ってるからって移籍したのよね。もう七、八年くらいにはなるかしら」

懐かしそうに二人は目を細める。

「それにしてもロヴネル家かぁ。十年くらい前までは支部のお得意さんだったんだけどな」

「そうねぇ……イェルハルドさんとマリオさんが亡くなってからぱったりと途絶えたわよね。遺族に配慮してしばらくは連絡取らないようにってお達しがあったし……あれからどうなったのかしら」

二人の言葉にアレクとクレメンスが顔を見合わせた。アレクは考え込むように顎《あご》に指を押し当てて視線を横に流し、クレメンスは形の良い眉を顰《ひそ》めてやはり何か考え込んでいる。

「……どうしたの？」

「いや……おい、そのイェルハルドっていうのは姓はフリュデンか？　デニスという息子がいる」

アレクの問いにラネリード夫妻は目を丸くした。

「ああ、そうだけど……なんだ、イェルハルドさんと知り合いだったのかい、アレクの旦那《だんな》」

「いや、少し名前を聞いた程度だ。それで、そのマリオというのは南国系の移民か？」

「ええそうよ。詳しいのねぇ。あのときの事故ってそんなに有名だったかしら」

「……事故？　事故だと？」

「待て、そのマリオというのも男名のようだが……女性ではないのか」

「ああ、そうだな。遠目にゃ男か女か分かんねぇようななりだったが、あのオヤジは間違いなく男だった。黙ってりゃ美形なのに口を開けばただの助平なオヤジでな」

いよいよ本格的に不可解だという顔をした二人に、シオリは首を傾げた。

「え……ねぇ、本当にどうしたの？　アレク」

「そうだよ、二人とも一体どうしたってのさ。分かるように話しなよ」

アレクとクレメンスは目配せし合って躊躇う素振りを見せたが、すぐに頷いて話し始める。

「――デニス殿の父親は、妻ではない南国系の女と……心中したと聞いた」

「えっ⁉」

「はあああ⁉」

二人の言葉に素《す》っ頓狂《とんきょう》な声を上げたのはルドガーだ。マレナも目を見開いて絶句している。

「いやぁ……なんでそんな話になってんのか分からねぇけどよ」

「ええ……そうね。どこかで話が間違って伝わったのかしら」

マレナが言った。

「あの人達が亡くなったのは事実よ。でもマリオさんは間違いなく男だったし、当然心中でもなかったわ。二人は花の採集に行って転落死したの。崖《がけ》に生えた花を無理に取ろうとしたんでしょうね。結婚記念日に奥さんに贈るんだって言って、それで――」

アレクの纏う気配が冷たく剣呑《けんのん》なものになった。

「――話が違うな。誰かが意図的に情報を歪《ゆが》めた……ということか？」

デニスを、ロヴネル家から――アンネリエから、遠ざけるために。

3

――屋敷の前に横付けされた馬車の扉が開き、一人の男が姿を現す。帯剣したその姿から冒険者だろうことが知れた。男は車内に手を差し伸べ、続いて姿を見せた女の手を取る。その女の遠目にも分かる浅黒い肌と緩く波打った黒髪が、雪に覆われた白の庭園によく映えた。馬車を降りた二人はロヴネル家が誇るベーヴェルシュタム様式の屋敷を見上げた。ゆっくりと視線を巡らせていた女の目が、執務室の窓から覗いていたアンネリエを――否、後ろに控えていたデニスを捉える。正面から見た女の顔に、デニスは息を呑《の》んだ。

物憂げにこちらを見つめていた女はやがて視線を逸らし、玄関の重厚な扉の内に姿を消した。

「……なぜ、あの女が生きて……」

死んだはずではなかったのか。十年前、母から父を奪い、そして父の愛を永遠に自らのものにしたはずの――否、違う。彼と共に死んだのは男だった。ではあの女は一体何者か。

しばらくしてバルトが執務室に顔を出し、客の来訪を告げた。

「……行きましょう」

「……はい」

アンネリエが混乱してその場に立ち尽くしたままのデニスに声を掛ける。彼はぎこちなく頷いた。

バルトは一瞬気遣わしげにちらりと彼に視線を向けてから、先頭に立って歩き出した。来客――南国系の女が待つ、応接間へと。


――アンネリエのもとにシルヴェリアの旅で護衛を務めたシオリ・イズミとアレク・ディアの連名で手紙が届いたのは、屋敷に戻ってから十日ほど経ったときのことだった。わざわざ高額な特急便で届けられた手紙に喜びながらも首を傾げたアンネリエは、それを読み進めていくうちに蒼褪《あおざ》め、徐々に表情を険しくした。

シオリの手紙は時候の挨拶《あいさつ》とアンネリエ達の体調を気遣う言葉から始まり、そして近況報告に続いて『大事な話があるから、アレクの手紙にも目を通して欲しい』と締め括《くく》られていた。このアレクの手紙の方が本題だった。同封されていたのは冒険者ギルドロヴネル支部管轄内で十年前に発生した、とある冒険者の転落事故についての報告書だ。

手渡されたそれを読んだデニスは驚愕《きょうがく》した。

死亡したとされる二人の冒険者の名。そこに記されていたのはイェルハルド・フリュデン――デニスの父親と、その相棒だったマリオ・デ・ペドロという男の名だ。父と共に死んだのは男だった。そして心中ではなく、事故――。

女は長椅子に腰掛けて、紅茶を注ぐ家令をじっと見つめていた。帯剣している男は腰掛けずに後ろを護《まも》るように控えているが、家令の仕事が物珍しいのか、やはり女と同じように彼を眺めている。応接間に入ったデニス達を見て二人は立ち上がり、ぎこちなく頭を下げる。二人の様子から上流階級の習慣にはあまり慣れていないということが窺い知れた。

デニスは緊張で少し早くなった呼吸をどうにか抑えながら、女を観察した。

女の緩く波打つ前髪の下から覗く瞳は南国の海を思わせる碧《あお》に輝き、細い眉は意思の強さを表すかのようにきりりと吊《つ》り気味。形の良い鼻梁《びりょう》の下の薄い唇は凜々《りり》しく引き締められている。全体の造形は美しいと言って良いほどに整っていたが、南国系には珍しく胸や腰の線は少女のようになだらかだった。中性的な容貌《ようぼう》と相俟って、男装させれば細腰の美男子にも見紛う容姿だ。浅黒い肌は薄く皺《しわ》が刻まれてはいたが艶《つや》めいて張りがあり、三十代半ば頃かと予想を付けたが、訊けば四十五を過ぎたところだという。

男の方は見た目通り、三十をいくらか過ぎたあたりらしい。

腰掛けたアンネリエの背後に控えようとしていたデニスは、彼女に手を引かれて些か強引に隣に座らされた。もう片側にはバルトが腰掛ける。二人で、支えてくれるつもりなのだ。

互いに簡単な自己紹介を済ませる。女はイサベルといい、男はウルリクと名乗った。

全ての者に紅茶を配り終えた家令は一礼して壁際まで下がる。会談の内容が聞こえないぎりぎりの位置だ。長年ロヴネル家に仕えている信頼できる男。込み入った話をするためにデニスとバルトに代わってこの場の給仕を任せた男だ。彼は壁際に立つと、女主人の会談を邪魔せぬよう室内の空気に溶け込むかのようにその気配を絶った。

少し躊躇った後にイサベルは口を開いた。

「ギルドから当時のことをお話しするようにと言われて参りました。ウルリクはその……護衛を兼ねております」

ウルリクは招かれた場で武装を解かずにいることを詫《わ》びた。このまま帯剣する許可を求めるとも。それはこの会談で彼女の身に何らかの危険が生じる可能性を示唆していた。無論デニスにも、そして主《あるじ》で婚約者たるアンネリエにもそのつもりはないが、目の前の二人が少なからず警戒感を抱いているのだろうことが知れた。これから語る話はそれだけの内容を孕《はら》んでいるということなのだ。

――シオリとアレクの手紙を受け取ってすぐに、アンネリエはロヴネル支部に使いを飛ばした。かつての上得意からの十年ぶりの使者にギルドマスターは驚いたらしいが、事前に同件でトリス支部からの問い合わせがあったことから、訪問を予測してある程度の用意をしていたという。早速当時の事情に最も詳しい女性に連絡を入れ、この対談の場が設けられた。そうしてこの場に招かれたのが、このイサベルという女だった。

かつてはロヴネル支部の冒険者だったというイサベルは、多少南国の訛《なま》りが残る言葉で言った。

「イェルハルドさんと一緒に亡くなったのは私の兄です」

「お兄さん？　……お姉さんでは、ないのね？」

「はい、兄です。二人の遺体は私も確認しました。一緒に亡くなったのは兄で間違いありません」

「現場には俺も立ち会いました。二人の遺髪を取ったのは俺です」

デニスは曖昧に頷き、小さく遺髪の礼を呟いた。

——では父と一緒に死んだのは、女ではなく男だったというのは事実なのだ。

「マリオは気が合うとかで、イェルハルドさんと一緒に仕事をしていました。あの日も彼に同行したんです。結婚記念日に奥さんに贈る花を採集するとかで、アベニウス山脈に向かいました。一人で行くには少し危険な場所でしたから」

「——それで、事故に遭ったと？」

「……はい」

イサベルは目を伏せた。

「目的の花は岩棚の、手を伸ばせばぎりぎり届くかどうかという場所に生えていました。何本か生えていたうちの一本が摘み取られていて、それをイェルハルドさんが握り締めていたので間違いはないと思います。採集のときに命綱は付けていましたが、ロープ止めの金具を打ち込んだ岩盤が思っていたより脆《もろ》かったのです。重みに耐えきれず、金具を打った場所が抉《えぐ》れるように砕けていました」

当時を思い出したのか、イサベルの言葉の端が震えた。自らを落ち着かせるように紅茶を一口啜って深呼吸すると、話を続けた。

「マリオは命綱を付けていませんでしたが、咄嗟《とっさ》に手を差し伸べてしまったのでしょう。イェルハルドさんの手を掴《つか》んで、そのまま……一緒に落ちたようです」

デニスは無言だった。息を詰めて、ただ食い入るようにしてイサベルを見つめている。膝《ひざ》の上に置いた両手の関節が、あまりに強く握り締めて真っ白になっていた。その手にアンネリエがそっと触れた。肩にはバルトが手を置く。

デニスは何度か深呼吸した。そして、口を開く。

「……話は分かった。だが俺達は、父は貴女と心中したと聞かされていた。貴女は何度か俺の家に来ていただろう。だから、てっきり俺は父の相棒は貴女で、それで貴女が父を誑《たぶら》かしたのだと」

「私が家を訪ねたのは一度だけです。急にドレスを着る用事ができて、すぐに用意できなかった私に奥様が着なくなったからと一着譲ってくれました。そのときに一度訪ねたきりです。それ以外にデニスさんが見たというのは、全て兄でしょう」

「えっ……いや、しかし……同じ人間だったように思うが……」

デニスは動揺して視線を彷徨わせた。

「私達兄妹《きょうだい》は容姿がとてもよく似ているのです。顔立ちは近くで見れば明らかに違いますが、全体の印象はよく似ていました。歳は一つしか違いませんし、髪型も同じで背丈もほとんど同じでした。しかも私はこの通り――女らしくない体型なものですから、遠目で見たときにはどちらか分からないとはよく言われました」

イサベルは微《かす》かに苦笑いを浮かべた。

「……イェルハルドさんはいつか私達を息子さんに紹介したいと言っていました。ですが息子さんは本家に奉公に上がっていて滅多に帰らず、たまに帰ってきても用事だけ済ませてすぐに戻ってしまうから中々機会がないって……」

それで遠目に姿を見る程度だったデニスには、イサベルとマリオの区別が付かなかった。ドレスを着た姿を見たことで女だという印象が決定付けられ、結果として父の相棒は女だと誤解したのだ。

誤解の一端は自分の思い込みが原因だったのか。血の気が、引いていく。

「だが、それでは……父が女と心中したというのは……」

「──それは」

イサベルは背後を振り返った。ウルリクは頷き、そして少しばかり気後れする様子で口を開いた。

「なぜロヴネル家や周辺の貴族家の方々がそのような誤解をしたのかは分かりません。でも……心当たりはないこともないんです」

弾《はじ》かれたようにデニスは顔を上げた。

あくまで、もしかしたらという話ですからと前置きしてウルリクは言った。

「事故の後、調査に来たロヴネル家の方とお話ししているときに、俺も同席していました」

──あの事故の後、母の生家である男爵家からは調査のための使いが出されていた。母の父、そしてデニスとバルトの祖父にあたる男爵は娘婿の死に心を痛め、娘を呼び戻していた。

あれは前伯爵が病で亡くなり、執務を引き継いでまだ半年の頃だった。アンネリエやその周囲は多忙を極め、デニスも父が出先から戻らないという連絡を受けてはいたが実家に帰ることもままならなかった。アンネリエには帰宅を勧められたが、母を祖父に任せて若き女伯爵のそばにいることを選んだ。未熟な自分がいるよりは、男爵家に任せた方が母も落ち着くのではないかと思ったからだ。

「──俺、そのときに言ったんです。二人とも手を繋いだままで、イェルハルドさんは花を握っていて、まるで心中でもしたみたいだったって……」

「……その言い方は──少し不謹慎だったのではないかしら」

アンネリエが微かに柳眉《りゅうび》を顰め、気まずい顔でウルリクは視線を俯ける。

「……ええ、それは理解しています。でも、二人の手は本当に固く繋がれていました。マリオさんの片手は傷だらけで、多分どこかに掴まって二人分の体重を支えてたんだと思います。きっと、イェルハルドさんを死なせたくなかったんです。イェルハルドさんだって奥さんを置いて死にたくはなかったはずだ。だから落とさないように、落ちないように互いに強く手を握り合って――」

ウルリクは顔を覆った。

「二人は気さくで、頼りがいがあって、慕っている奴《やつ》は多かった。まだ新人だった俺達にもとてもよくしてくれて、心構えや効率のいい仕事の仕方、剣術の手解《てほど》きや遊び方なんかまで色々教えてくれました。それなのに……」

彼は震える言葉の端をぐ、と呑み込む。

「イェルハルドさんからはしょっちゅう奥さんの惚気話を聞かされてました。あの日も出掛ける直前まで愛してるとか俺の女神とか、誰も聞いてないのにずっと奥さんへの愛を口にしてた。採りにいく花も永遠の愛という意味があるんだと嬉しそうに言って……それで皆、はいはいって少しうんざりしながら送り出しました。まさかそれきり帰ってこないなんて思ってもみなかった」

イサベルが目を手布でそっと抑えた。その手が小さく震えている。

「――遺体を見つけたときは結婚記念日なんかとっくに過ぎちまってた。なのにあの人は贈り物の花だけはしっかりと握ってたんです。何日も経ってすっかり萎《しお》れちまってて……茎が折れ曲がって花びらなんかほとんど飛んじまってたのに、あんな大事そうに……」

沈黙が部屋を支配した。ただ彼の嗚咽《おえつ》する声だけが響く。

しばらくしてから乱暴に目元を拳《こぶし》で拭《ぬぐ》うと、ウルリクは顔を上げた。

「皆さんが心中事件だと誤解した理由は、そのときの俺の軽率な発言くらいしか思いつきません。当時を知ってる同僚にも確かめましたが、他には何も」

デニスは女主人の前だということにも構わず長椅子の背に身体を預けた。そうでもしなければ身体を支えていられる気がしなかった。片手で顔を覆う。

大丈夫かとバルトが気遣わしく声を掛ける。アンネリエの手が膝を優しく擦った。

——父は母を愛していた。彼は裏切ってはいなかったのだ。ただただ母への愛を貫いて、その愛を示すために花を採集しにいった。その結果が——。

「……なら、俺は」

どうしようもなく声が震えた。

「俺は恨む必要のない人間をずっと恨み続けていたのか。この十年間、ずっと——」

震えるデニスを淡い薄荷の香りがふわりと包んだ。その頭を誰かの大きな手が撫でる。温かい。

再び降りた沈黙を、デニスを支えたままのアンネリエが破る。

「——でも、それだけで心中事件だなんて勘違いするかしら。男爵家の使者よ？　それで情報を取り違えるだなんて思えないわ」

その通りだ。祖父なら信頼できる者を遣わしたはずだ。酒場で噂話を聞き違えるのとは訳が違う。

「そのあたりの事情は我々には分かりません。でも尊敬する二人がよりにもよってロヴネル家に十年も誤解されたままだなんて聞いて、いてもたってもいられずこうして伺った次第です」

「それに今回のことで、マリオから聞いていたことを少し思い出して……」

イサベルはウルリクの言葉を継いで言った。何か——秘め事を打ち明けるかのように、その声が低められる。どうやら本題は、これから語られる内容の方らしい。

「マリオからイェルハルドさんの息子さんのことを何度か聞いたことがあるんです。その息子さんは本家に奉公に上がっていて、そこのお嬢さんに気に入られて側仕《そばづか》えをしているんだと聞きました。お嬢さんはいずれ爵位を継ぐから、息子さんもそのまま側近になるだろうと。でもそれをよく思わない人が多くて、奥様はそのことが少し心配だと言っていたそうです。息子さんを排除するために暗殺なんて露骨な手段を取ればきっとお嬢さんは許さないだろうから殺されはしないだろうけど、その代わりにどんな些細《ささい》な欠点でも見逃さずにそこを攻撃してくるだろうと」

――そして、その通りになった。父親が妻子を捨て女と心中したという、些細どころか重大な欠点ができてしまった。

「聞けば息子さんはその父親の死に方を理由に糾弾されているというじゃありませんか。だから思ったんです。誰かが意図的に話を歪めて伝えたのではないかと」

デニスはアンネリエに支えられたままイサベルとウルリクを見つめ、浅い呼吸を繰り返した。

――まさに、その通りだった。一度などは確かにアンネリエから離れたのだ。離れて、母が療養していた男爵家に身を寄せていた。その男爵家の人々もまた深く悲しんだ。伯父夫妻はまさかあの気の良い義弟が妻子を捨てて余所の女と心中するとは思わなかったと嘆き、祖父もまたひどく憤った。

しかし、その歪められた情報は男爵家の使いが持ち帰っていた。一体どこで歪められたのか。その使いか。それとも男爵家に届けられるまでの短い間に誰かの手が加えられたか。

――紅茶は既に冷めていた。静かに動いた家令が茶器を下げ、改めて温かい紅茶を淹れる。その手元に視線を向けながら、ウルリクが言った。

「……それに、あの後もう一度、今度は別の使いの方が来ました。その方は伯爵様の手紙を持っていました。その手紙には、お屋敷にお勤めされているご遺族の気持ちが落ち着くまで、ロヴネル支部への依頼を控えると書かれていました」

アンネリエは柳眉を顰め、そして考え込むように虚空に視線を流す。

「確かに私はあのとき、そういう内容の手紙を出したわ。でも使いの者に托《たく》したりはしなかった。配達人に速達で届けるように指示したはずなのだけれど」

ウルリクとイサベルは怪訝な顔をした。デニスは険しい顔でバルトと視線を交わす。

怪訝な表情を崩さぬままウルリクは話を続けた。

「伯爵様の手紙を持って来た使いの方は、こう言ったんです。イェルハルドさんのご家族や奥様のご実家の方々は今回の事故のことでとても心を痛めておられるから、どうかしばらくは連絡を取らずにそっとしておいてはもらえないかと。我々も了承しました。とても悲しい事故でしたから」

そして支部とロヴネル家との交流は途絶え、十年の歳月が過ぎてしまった。

元々冒険者ギルドの規定には守秘義務というものがある。そしてロヴネル支部は特にこの規定が徹底されていた。

支部が置かれているこの土地は、領主であるロヴネル家の特質上、各地から多くの芸術家が集まる場所だ。そのためロヴネル支部には創作活動に必要な素材やモチーフの採集、捕獲の依頼が多い。作品の発表前に内容が漏れることを防ぐため、支部の冒険者には守秘義務が特に徹底されていたのだ。

それゆえにこの支部に所属する冒険者は他の支部よりも突出して口が堅い者が多く、結果としてこの使者からの要請は固く守られ、彼らからロヴネル家に接触することはなかったのだ。そしてイェルハルドの事故は心中事件と誤解されたまま訂正されることなく、十年が過ぎたのだ。

「そう……ね。デニスの心の傷があまりにも深くて、結局……あれ以来ロヴネル支部を使うことはなくなってしまったわ」

溜息《ためいき》と共にアンネリエが言葉を落とす。

父を愛していた。尊敬していた。そして両親の仲睦《なかむつ》まじい姿を見るのが好きだった。だからこそ、その愛情の裏返しで父を深く激しく憎んだ。その父に関連するものを目にしただけで、デニスの心は拒否反応を示した。その父と彼を誑かした女が所属していたギルドなど、その名を聞くだけで吐き気を覚えるほどだった。それだけ深く彼の心は傷付いたのだ。

「でも私は手紙を使者に托してもいないし、そちらから接触するななんて言伝《ことづて》を頼んでもいないわ。その使者って一体何者なのかしら。普通に考えて――この屋敷にいる人間よね」

アンネリエは低い声で呟く。

「それは」

イサベルとウルリクは顔を見合わせ、そして――ある一点に視線を向けた。

「うあっちぃっ！」

がちゃん、という音とともにバルトの悲鳴が上がった。手が滑ったのか、家令が茶器を取り落としたのだ。飛び散った紅茶がバルトの膝を濡《ぬ》らしている。

その家令は蒼褪め、そして手元をひどく震わせていた。

イサベルは言った。

「記憶に間違いなければ――この方です」

その視線の先にいるのは――茶器を手にしたまま震える家令の男だ。

「テオドール殿……本当に、貴方《あなた》なのか」

デニスは呆然《ぼうぜん》と彼の名を呼ぶ。

先々代の頃から長くロヴネル家に勤める男だった。屋敷の使用人の頂点に立ち、繁忙期にはデニスやバルトに代わって事務作業を行うこともあるほど有能な男だった。そして、見習いとして屋敷に上がったばかりの二人に従者としての心構えと立ち居振る舞いを、一から丁寧に教育してくれた男だった。代々の当主ばかりでなく、使用人からの信頼も厚い男。

テオドールの返事はなかった。彼は茶器を持つ老いた手を小刻みに震わせ、零《こぼ》れて卓の上に広がる紅茶を見つめるだけだ。だがその様子がデニスの問いを肯定していることを如実に表していた。

「テオドール。貴方で間違いないのね」

――十年前、女伯爵からの使者と称してロヴネル支部を訪ねたのは。

問うアンネリエの声は穏やかだったが、無言の返答を許さない確かな厳しさを孕んでいた。

「左様でございます、アンネリエ様」

僅かな間に平静を取り戻したテオドールは若き女主人の問いを肯定すると、先に片付けてもよろしいでしょうかと穏やかに言った。そこに諦念《ていねん》や自棄《やけ》の色はなく、ただ潔い覚悟を感じさせた。

アンネリエが頷き、彼は静かに不始末の跡を片付け始める。手早く粗相の始末を終えると、女主人の前に直立の姿勢を取った。じきに齢《よわい》七十を迎える年齢とは思えないほどに美しい立ち姿だ。

「……何故そんなことをしたの？　貴方だってデニスを可愛がっていたでしょう？」

「その通りでございます」

テオドールは頷いた。全ての教育を終えて「卒業」を言い渡した彼に、出来の良い生徒で教え甲斐《がい》があったと誉められた覚えがデニスにもある。可愛がられていたのだろうという自覚も。

「確かに気は進みませんでした。しかし、さるお方から直々にご依頼があり、私はその方に大変な恩義がございましたゆえにお断りすることができませんでした」

「恩義？」

「はい。私は大きな画廊を経営する画商の息子でした。しかし祖父から仕事を受け継いだ父に商才はなく、あっという間に経営は傾いて画廊どころか家まで手放さなければならなくなりました。路頭に迷っていた私達を拾ってくださったのはその方なのです。残念ながら身体を壊していた両親はすぐに亡くなりましたが、その方は私を従者として雇い、貴族家でも通用する教育を一から施してくださいました。そして伯爵家に推薦してくださった。今の私があるのはその方のお陰なのです」

「……だから言われるままに伯爵家からの使者と偽って、ロヴネル家とロヴネル支部の接触を断つように仕向けたというのね？」

「はい」

　彼は頷いた。

「そしてもし何らかのやり取りがあるようなら、気付かれないように握り潰《つぶ》せとも指示されました。幸いこちらからの連絡はあれ以来ありませんでしたが、先方からの封書はここ一、二年で何度かございましたので、抜き取って処分いたしました」

　――事実が捻《ね》じ曲げられているということを――実際にはデニスの父になんの瑕疵《かし》もないのだということを、知られないように。

　屋敷宛の封書類は最初に家令の元に届けられる。受取人ごとに仕分けるためだ。彼はその立場を利用して、ロヴネル支部からの封書を密《ひそ》かに抜き取っていた。

「やってくれたわね」

後で謝罪の手紙を認《したた》めなければと、アンネリエが苦々しく呟く。

「では、兄を巻き込むような形で死なせてしまって申し訳ないと何度も頭を下げてくださったのも、そのためなのですか。慰謝料と葬儀代だと言っていくらか包んでくださったのも」

ぽつりとイサベルは言った。テオドールは頷く。

「——左様です。イェルハルド殿と親しく一緒に亡くなった方のご遺族となれば、何らかの形で接触してくる可能性も考えられましたので」

「……可能な限り不安の芽は摘んでおきたいと？」

「はい」

アンネリエは眉間《みけん》を押さえ、細く長い溜息を吐いた。

「嫌な話だけれど……それなら口封じをするという手段もあったはずよ。それを懇切丁寧に頭を下げて口止め料を渡しただけだなんて、何か中途半端な気もするわ」

「……そうですね」

イサベルもまた同意する。

「何も知らなかった十年前は、ただ頷くだけで良かった。だけど大変な行き違いがあると知ってしまった以上、今度こそ口封じされるかもしれないと思いました。ですから当時のことをよく知り、そして腕の立つウルリクを護衛として連れてきたのです」

「——あの方は目的のためにそこまで非情になれるほどお心の強い方ではございません。人を殺《あや》めるおつもりであれば、いくら恩義があるからとて私も首を縦に振ったりはいたしませんでした」

「殺したようなものよ」

テオドールの言葉をアンネリエは一刀両断に切り捨てた。

「死者の名誉を汚し、その家族の心を殺した。今もなお殺し続けているわ。さあ教えてちょうだい。その殺人者の名を」

若き女主人の苛烈な断罪にテオドールは顔色を失《な》くした。唇を戦慄《わなな》かせて視線を落とす。

重苦しい沈黙を破ったのは、扉を叩《たた》く音だ。アンネリエの返事を待って扉を開けた従僕が来客を告げる。そうして戸口に姿を現した意外な人物に皆怪訝な顔をしたが、テオドールだけはその人物に軽く会釈すると眉尻を下げて悲しげに微笑んだ。

「――私に工作を指示したのはこの方……ヴェイセル・ロヴネル男爵閣下です」

デニスとアンネリエは息を呑み、バルトは目を見開いて腰を浮かせた。

――ロヴネル男爵家当主、ヴェイセル。バルトと、そしてデニスの祖父でもある男だ。

従者に身体を支えられながら杖《つえ》を突いてゆっくりと室内に入った彼は、薄く微笑む。

「――テオドールから連絡がありましてな。とうとう年貢の納めどきかと出向いて参りましたわい」

「爺様！　あんた、一体どうして――」

ヴェイセルを見るなりバルトは激昂《げっこう》して詰め寄ろうとしたが、アンネリエに制止されて彼は鋭く溜息を吐くと、荒々しい音を立てて長椅子に座り直す。

ヴェイセルは老いて自由が利かなくなった身体でそれでも美しい一礼を披露すると、勧められた椅子にゆっくりと腰を下ろした。

「いつかこうなる日がくると覚悟はしておりましたが、思ったよりも時間が掛かりましたな」

言葉だけ聞けば痛烈な批判のようにも思えるそれはしかし、断罪を受け入れる者の諦念――否、ようやく肩の荷を下ろすことができるのだという安堵《あんど》の響きがあった。それゆえにそれは、まさに今衝撃を受け酷く傷付いた者にとって、怒りと苛立《いらだ》ちをいや増す要因にもなった。

「……どうしてあんなことをした」

バルトが絞り出すように言った。いつもは朗らかなその顔は苦渋に満ち、色は病人のように土気色で冴《さ》えない。苦楽を共にした従兄弟《いとこ》を陥れたのが、よりにもよって二人の実の祖父であったことに、湧き上がる嫌悪と憎悪を抑えきれずにいるのだ。

「……お前のためだ、バルト」

「俺の？　どういうことだよ」

言葉の真意が掴めずに動揺するバルトをヴェイセルは見据えた。当主としては厳格だが、祖父としては優しかった彼の勿忘草《わすれなぐさ》色の瞳に静謐《せいひつ》な狂気を見たような気がして、デニスは小さく息を呑んだ。

「デニスの次に重用されているのはお前だ。この子がいなくなればその立場はお前のものだ」

「ふざけるな！　何が俺のためだ！　俺はそんなこと望んじゃいない！　それは事実を捻じ曲げてまでしなけりゃならないことなのか！」

バルトは激昂し、老いた祖父の胸倉を掴み上げようとして慌てた周囲に取り押さえられたが、それにも構わず怒りのままに激しい言葉をぶつけた。

「デニスが、あんたのもう一人の孫が一体どれだけ傷付いたと思ってるんだ！」

絞り出すように言うと、バルトは長椅子に腰を沈め、両手で顔を覆う。

「……甘いのう」

ほほ、と皺の深く刻まれた口元を歪めてヴェイセルは嗤《わら》った。

「デニスは確かに儂《わし》の孫だ。だがのう、こやつの母は市井に下った身。それに父親には帝国の血が混じっておる。こやつに比べればバルト、正統な王国貴族の血を引き男爵家の籍を持つお前の方がまだアンネリエ様の伴侶《はんりょ》には相応《ふさわ》しかろうて」

バルトは絶句して押し黙った。

「……お爺様」

祖父を呼ぶデニスの声が震えた。

「そんなに俺がお嫌いでしたか。今まで可愛がってくれたのは見せかけのものだったのですか」

幼い頃、満面の笑顔でおいでと手招きされた覚えがある。その腕に駆け寄ると、愛《う》いのうと言いながら抱き上げられた覚えも。だが本当は疎まれていたのか。父に不名誉な汚名を着せ母を——実の娘を衰弱死させてまで、アンネリエの元から遠ざけたかったのか。

ヴェイセルは目を細めて孫息子を見る。

「嫌ってなどおらぬよ。お前も儂の可愛い孫だ。イェルハルドも気の良い男であったよ。ただひとつの問題は、お前達が忌まわしい帝国の血を引いているということだ。なればこそ本家にお前の血を混ぜる訳にはゆかぬ。身分差は問わぬという本家の慣わしは理解しておる。しかしそれならば、せめて正当な王国の血を引く者でなければ」

それだけではない。婚姻によって伯爵家との繋がりが強まり、男爵家の地位も向上する——。

「……だから使者が持ち帰った報告を利用して、事実を曲げたと？」

ウルリクの発した「まるで心中のようだった」という言葉を、さもそれが真実であるかのように祖父は語った。中には疑う者もいたかもしれない。だが美談よりは醜聞の方が伝播《でんぱ》しやすいものだ。社交の場で何度も噂されるうちに、欺瞞《ぎまん》に満ちた話はやがて人々の中で真実になった。

デニスもそうだった。祖父に聞かされた父の死の「真相」に、何かの間違いではないかと初めは疑った。両親の睦まじさを知っていたからだ。しかし、男爵家の使用人が物陰で噂し、葬儀の参列者がひそひそと囁《ささや》くのを耳にし、そして誰一人それを訂正することもなく――そのうちにああこれは真実なのだと信じ込んでしまった。

「――母を療養と称して男爵家に留め置いたのも、外部との接触を絶つためですか」

「そうだ」

移民の父を共同墓地ではなくわざわざロヴネル家の墓地に埋葬したのも、父の同僚が参列できないようにするため。失意のデニスを手元に呼び寄せ、これ以上生き恥を晒《さら》さないようにと遠方での職を探してくれたのも、アンネリエから確実に遠ざけるため。

何もかもが嘘《うそ》だった。可愛がってくれた、気遣ってくれていたと思っていた祖父の、その愛情全てが嘘だったのか。

――古い時代の考え、血統と家の繁栄を重要視する者はまだ多くいることは理解していた。だが、祖父はそうではないと思っていた。実の娘が帝国の血を引く男と添い遂げるために身分を捨てることを許した祖父は違うと思っていた。しかし事実は違ったのか。母を許し、父を受け入れ、そして孫の自分を可愛がりながらも、その心の奥底では疎んでいたのか。忌まわしい帝国の末裔《まつえい》と。

デニスは胸を押さえた。続く重い真実の暴露に、その心は圧《お》し潰されそうにひどく軋《きし》んでいる。

「勘違いするでない。家を出た娘を憎んだ訳でも、あれの心を射止めたあの男が嫌いな訳でも、その二人の血を受けたお前を疎んだ訳でもない。三人とも儂の家族。可愛い子と孫であることに変わりはないでな。ただ、ロヴネルのために最善と思うことをしたまで」

「――本当にそれだけか？」

バルトの低い声が響いた。いつもは朗らかな彼からは想像もできぬほどの剣呑な声。

「それなら何故この十年、黙って見ているだけだった？　本当にロヴネルのためだというなら、現状維持のまま十年も放置しなかったはずだ。もっと強硬な手段を取るやり方だってあったんだ」

「それは――」

孫の指摘にヴェイセルはそれきり言葉を継げず押し黙った。その顔色は悪い。

バルトは瞳を眇《すが》めた。

「――それは、あんたがいつもデニスに向けている何らかの悪意とかかわりがあるのか？」

「悪意？　やっぱり貴方は本当にデニスを疎んでいたというの？」

ヴェイセルは無言だった。主家の当主の問いにも答えない。だが即ちそれは肯定の意だ。

長い、沈黙。

「――悪意。悪意か。儂はそんなものを顔に出しておったか」

やがて観念したのかヴェイセルは口を開いた。ひどく苦みの目立つ笑みを浮かべて。

「ほんの少しだけどな。爺様が俺には絶対向けたことがない妙な目でデニスを見てたことにはずっと前から気付いていてたよ。こうなってみてようやく合点がいった。あれは――悪意だったんだな」

バルトの言葉を頷いて肯定するヴェイセルがひどく遠く感じた。あれほど可愛がってくれた祖父はやはり、本人すらも気付かないところでずっと己を疎んでいたのだ。

「お爺様……本当に、俺を？　やはり帝国の血を引くからですか」

「――いいや」

しかしヴェイセルは首を振った。

「……本当はの、帝国なんぞどうでも良かった。それに、お前に消えて欲しい訳でもなかった。可愛い儂の孫じゃからの。ただ――儂が諦めたものをあっさりと手に入れようとしておったお前が、心底羨《うらや》ましかった」

ヴェイセルは凡庸《ぼんよう》だった。決して無能ではないが、政治力も芸術の才も特筆すべきものはなく、それゆえに軌道を外れない教本通りのやり方で領地運営をするのが精一杯だった。幸い堅実な領主という評価を得て領民に慕われてもいるが、思い切った采配もできない彼を、ロヴネルを名乗るにはあまりにも凡庸と揶揄《やゆ》する声も多い。

「――こんな平凡な儂でも、な。かつて燃え上がるような恋をした。小麦色の肌に輝く白い歯の綺麗な、笑顔の愛らしい娘であったよ」

土地を渡り歩き歌や踊りを披露して生計を立てる、流浪の民の娘。

「家のために諦めざるを得なかったが、もし儂がもっと遅くに生まれていれば――いや、この時代がもっと早くに訪れていたならば、あるいは儂も彼女と共に生きる道があったかもしれぬだろうて」

遥か遠い日に置き去りにした、ある一つの恋物語の結末。落とされた呟きに宿るのは哀愁と羨望《せんぼう》の響きだ。

祖父の心の奥底に眠る複雑な愛憎の正体に気付いたデニスは息を呑んだ。

「……そうか、貴方は……嫉妬《しっと》していたんだな。俺と、母に」

男のために何の躊躇いもなく身分を捨てた娘の潔さに嫉妬した。孫息子でさえも努力で地位を築き、身分も血筋も超えて愛する女に手を伸ばそうとしている。あっさりと己を超えてしまった二人を肉親として愛しながらも、彼は激しく嫉妬していたのだ。

「バルトや家のためというのも間違いではないんだろう。だが貴方はそれを口実にして母と俺を、ご自分の下に引きずり降ろそうとしたんだな」

人生の岐路で最愛の人の手を取ることを諦めたその人生が終盤に近付くにつれて膨らむ、娘と孫息子への愛憎を持て余していた――そんなときに起きたイェルハルドの転落死亡事故。

ヴェイセルは、ウルリクが無意識に口にした言葉を利用した。娘婿の事故を心中事件と偽り、女伯爵のそばに侍る平民の外孫を排除して、代わりに貴族である内孫を宛がおうとした。そうすることで男爵家の地位を底上げし、そして己のつまらない矜持《きょうじ》を満たそうと画策したのだ。

しかし凡庸であるがゆえ、そして娘と孫息子への愛情ゆえにそれ以上の思い切った策を弄《ろう》することができず、計略を中途半端なままで実行させた。だが、幸か不幸か様々な偶然が重なり、穴だらけのこの計略はおよそ十年の間明るみに出ることなくここまできてしまった――。

デニスは胸の痛みを押し殺して祖父を見つめた。

高齢の祖父はこの十年でさらに老いた。皺の多かった頬はさらに萎《しぼ》み、加齢で黄ばんだ目は落ち窪《くぼ》んで光がない。まっすぐ伸びていたはずの背も、少し気を抜くと前屈《まえかが》みに湾曲している。いつ己の罪が暴露されるか分からない状態で過ごした十年は、確実にその寿命を削った。最早長くはあるまい。

「……浅ましいわ。恋人よりも家を選んだのは貴方なのでしょう。何十年も後悔するくらいなら、本気で意志を貫けば良かったのよ。恋人を選ばなかったのも、家も恋人も両方とも取るだけの気概を示せなかったのも、それは時代のせいじゃない、貴方自身の弱さのせいだわ」

それまで黙って成り行きを見守っていたアンネリエが切って捨てた。

「貴方の若い頃よりもっと自由が利かなかった時代に、それでも自分の意志を貫いた人はいたわ。曾祖母は貴族とは何の繋がりもない正真正銘の平民と添い遂げた。それに、何代も前のリースベットだって流浪の画家を婿入りさせたわ。百五十年も前の、あの古い時代によ」

ヴェイセルは目を伏せた。

「……そうですな。反論の余地もない」

彼は真っすぐに前を見据えた。女当主と二人の孫の視線を正面から受け止める。

「仰る通り全ては儂の弱さと愚かさが招いたこと。どのような罰も受けましょう。しかし——お前達はどうする。この事実を知ってなお今の地位に居座るかの？」

血縁者の謀略で主人の周辺を騒がせた。主人を謀《たばか》った者の血縁が、それでもなお主人のそばに侍るのかと問うヴェイセルの目にはしかし、既にあの狂気はない。ただ穏やかに二人の孫の意思を問うている。

バルトは伏せがちだった目を上げてアンネリエを見た。

「俺は補佐官を辞任して後任に譲ります。その後は実家で蟄居《ちっきょ》でもなんでもいたします」

知らなかったこととはいえ、実の祖父が謀略の主犯だったと知ってしまった以上、無関係ではいられないと彼は言った。蟄居でも足りないというのであれば、自決する覚悟があるとさえも。

誰もが息を呑んだ。いつもは朗らかに笑んでいる彼の瞳に揺るぎない意志を見て取り、本気なのだということを察したからだ。

「俺は……」

従兄弟の、そして幼馴染《おさななじみ》であり共に女主人を支えてきた同僚の目を見据え、それから敬愛する女主人——愛しい恋人に視線を向けた。彼女の眼差しが、真っすぐにデニスを貫く。

「俺はアンネリエ様を生涯支えると決めた。その覚悟は今でも変わりません」

何があろうとも彼女と添い遂げてみせる、と。実の祖父の裏切りは激しくデニスを打ちのめした。だがこれを乗り越えれば、きっとどんな試練にも立ち向かえる。そんな気がした。

「分かったわ」

アンネリエは頷いた。

「では、ヴェイセル・ロヴネル。貴方には早急に事実を公表することを命じます。ただし、ロヴネル支部やかかわった冒険者、そして二人の孫を犠牲にしない形で公表すること。これは最重要条件よ。その上で爵位を次代に譲りなさい」

「御意」

「それからバルト・ロヴネル。蟄居も自決も許さないわ。貴方には、生涯私に忠誠を誓い補佐官としての職務を全うすること、そして幸せな結婚をすることを命じます」

「は……へぁ!?」

返答しかけて言い渡された内容の意外さに驚き、バルトは頓狂な声を上げた。深刻味を帯びていた室内の空気が一気に弛緩《しかん》し、微妙な空気が漂う。

「……バルトお前な」

「いや、だって……あんまりびっくりしたんで」

残留どころか結婚まで命じられるとは思わなかったと、そう言って情けない表情を作ったバルトに、アンネリエは穏やかに笑いかけた。

「補佐官は続けてくれたとしても、貴方のことだから責任を感じて結婚はしないって言い出しそうな気がして。だから先手を打たせてもらったわ」

「うわぁ……やられた」

へにゃりと表情を崩して彼は笑い、それから居住まいを正して深々と首を垂れた。

「御意のままに、我が主」

満足げに頷いたアンネリエは最後にデニスに視線を向けた。

「……デニス」

「はい」

「さっきの、何があっても私と一緒にいてくれるという言葉……とても嬉しかったわ。ありがとう、デニス。夫として——生涯を私と共に歩んでちょうだい。置いていったら許さないわよ」

脅迫交じりになった改めての求婚に、デニスは綻ぶように笑った。

まだ胸の痛みは消えない。しかし、もう負けるつもりはないのだ。敵などどこにもいない。いるとすればきっとそれは己の弱さだ。だからそれに打ち勝てばいい。勝ち続ければいい。

「仰せのままに。我が——愛しき主」


——一週間後、イェルハルド・フリュデンの死について重大な事実誤認があったとして、それを謝

罪する文書が関係各所に送付された。ヴェイセル・ロヴネル男爵の名で公表されたその文書の内容は、多くの憶測を呼んだ。娘婿と孫息子の名誉を傷付けるような誤認を肉親である男爵が本当にするのだろうかという疑問から、彼の弱みを握った何者かによる陰謀説も囁かれたが真相は明らかにはならなかった。

ただ、イェルハルドの名誉は回復され、爵位を息子に譲った男爵は年が明けて間もなく鬼籍に入ったということと、そして伯爵家の家令が高齢を理由に辞職したという後日談がひっそりと伝えられたのみである。

——ロヴネル家の墓地。十年前の日付を刻む墓標から離れた場所の、真新しい墓標。罪深く憐《あわ》れな男のその墓標を、雪が積もり静かに無垢《むく》の色に塗り潰していく。まるで、その罪を覆い隠すかのように、白く。

第二章　純白の約束

1

ギルドに日々持ち込まれる多種多様な依頼が貼り出される掲示板。日帰りで終わる手頃《てごろ》な依頼がないかと物色していたシオリの背後から声が掛かる。

「今日《きょう》はアレクの旦那《だんな》がいないから寂しいんじゃないー？」

独特の間延びした話し方に振り返ると、すぐ後ろの卓で弓の手入れをしていたリヌスがひらりと手を振った。

今日はアレクとは別行動だ。難易度の高い依頼で、クレメンスと共に出掛けていった。何もなければ日帰りできるらしいけれど、それでも久しぶりに彼と離れての仕事はなんとなく右隣の風通しが良過ぎる気がして心許《こころもと》ない。

「そうですね。ちょっと寂しいです」

正直に伝えるとリヌスは切れ長の目を見開き、棚の裏側をごそごそしていたルリィがぴたりと動きを止めた。何か微妙な反応をされて、シオリは眉尻《まゆじり》を下げる。

「……なんですか」

「……はぐらかされると思ってたからねー。正直に言われてびっくりしたよ」

彼はぽりぽりと雀斑《そばかす》の浮いた頬《ほお》を掻《か》いた。

「今までのシオリなら『そんなことない』ってはぐらかしてたからさ。なんというか、ちょっと変わったよねー」

気持ちを素直に伝えるようになった、と。そう言ってリヌスは朗らかに笑った。

「そうですか？　そうだったかな……」

考えてみれば、以前は疲れや寂しさを隠すのが当たり前になっていて、ほとんど無意識に自分を偽っていたような気がする。

「それだけ今まで気を張ってたってことなんだろうねー。でも良かったよ。自然体でいられるようになったみたいでさ」

指先で弓の弦の様子を確かめて満足げに頷《うなず》きながら言うリヌスに、シオリは淡く微笑《ほほえ》んだ。

自分の存在を肯定してくれる人達がいて、そばに寄り添い大切に愛《いと》しんでくれる人がいる。彼らがいてくれたからこそ、いてくれたのだと気付いたからこそ、こうして自らを偽らずにいられるのだ。

「……そうですね。なんだか色々と楽になりました。そう思えるようになったのも、今ここに私がこうして在るのも皆さんのお陰です」

素直に――今の自分の想《おも》いを伝えたのだけれど、今度は何故《なぜ》だか少し複雑な顔をされてしまった。どこか気まずそうに眉尻を下げた顔を、へにゃりと崩して彼は笑う。

「いやぁ……そう言ってもらえるほどのことはしてないよ。ただ俺達《おれ》は――」

そこまで言うと、彼は口を噤《つぐ》んでしまった。

「なんですか？」

「……いや。いいんだ。シオリがシオリらしくいられるんならさ、良かったなーって」

それこそなにかはぐらかされた気もするのだけれど。

それでも彼の邪気のない笑顔からリヌスが心底そう思ってくれているのだということが窺《うかが》い知れて、シオリは頷き微笑んだ。

と。

「――シオリ！　悪ぃがちょっと頼まれてくれねぇか。急ぎの依頼が入ってんだ」

カウンター越しにザックから呼び出され、「行ってらっしゃーい」とリヌスに促されて軽く目礼してからその場を後にした。


リヌスは手入れを終えた弓を収めると、真剣な表情で話し込む二人に視線を向けた。シオリは依頼票を覗《のぞ》き込みながら手帳に何かを書き込んでいる。と、ザックが何か冗談でも言ったのか、彼女が楽しげに笑った。負の感情が混じることのない純粋な笑顔だ。リヌスは口元を緩める。

「あら、どうしたの？　嬉《うれ》しそう……というのとも少し違うみたいだけど」

「あー……エレン先生」

さらりと艶《つや》やかな金髪を揺らしてリヌスの顔を覗き込んだエレンはシオリに視線を流し、それからやはり同じような微笑を浮かべる。嬉しそうで、それでいて微《かす》かな痛みを含んだ笑みだ。

「……本当に、ちゃんと笑うようになったわよね」

「うん。そうだねー」

視線の先の、シオリの笑顔。

――財産と呼べるものは何一つ持たず、この国の言葉すら話すことができなかった彼女は、本当に身一つからここでの生活を始めた。今の立ち位置は血の滲《にじ》むような努力をして築き上げたものだ。

気の良い男に拾われ、そして親切な人々に世話してもらったから為し得たというのもあるだろう。だが、それでも彼女自身が努力しなければ得られるものは少なかったはずだ。その立場も、友人も、仲間達も、そして最愛の人も。そのどれもが必死で努力しなければ得られなかったものばかりだ。

多くの移民が暮らし、多種多様な文化を受け入れる気風のトリスにあるこの支部は、冒険者ギルドでも特に気の良い者が多く働きやすい職場環境だと言われている。しかし無条件に全《すべ》ての者を受け入れるほどには甘くない。

彼女が努力せずぬるま湯に浸かる気でいたなら、諦《あきら》めて楽な道を選んでしまったなら、出した結果に驕《おご》っていたなら――きっと、彼女を気に掛ける者は今ほどには多くなかっただろう。

今のあの立場があり、そして慕う者が多いのは、彼女自身の強さと努力があってこそだ。

「……気持ちが楽になったのも、ああして笑っていられるのも――俺達のお陰、だってさ。俺達はただ見守ってただけなのにね。それどころか――」

リヌスの言葉に、エレンの綺麗《きれい》な弧を描く眉《まゆ》が悲しげに下げられる。

「……何かおかしいって気付いていたのに、誰《だれ》も助けてあげられなかったわね」

――今となっては言い訳にしかならないが、本当に一つ一つは些細《ささい》なことだった。

頑張っているのに査定結果が悪い。パーティの仲間達の態度が厳しくなった。装備が一人だけ貧弱だった。打ち上げに一人だけ参加していない。笑顔が少なくなった。あまりギルドに来なくなった。

誰もが違和感を覚えていた。だが、それぞれが見た「異変」は些細でありがちなことでもあった。

努力しても結果が伴わずに報酬が減ることは珍しくはない。その結果仲間との関係が悪くなり、本人が気まずくなってギルドから足が遠のくこともだ。特にランクが低いうちはよくあることなのだ。

それに、あのパーティのメンバーも元々は気の良い者達だった。「気さくでいい奴《やつ》らだよ」と、そう言ってメンバー入りを悩む彼女の後押しをしてしまった同僚もいたくらいには。

だから見逃してしまった。誰もが心の片隅で微かな疑念を抱いていたというのに。

誰もが異変に気付いていながら、あんなことになる前に止めることができなかった。だからこそあの事件は皆の心に深い影を落とした。被害者のシオリだけではない、あの事件の「現場」に居合わせた者全てにだ。

あの事件以来、皆それとなく内部の人間関係に気を配るようになった。特に固定パーティは外からは人間関係が分かりにくい「密室」だ。遠征に出てしまえばなおのこと。だから不自然な様子はないかと気を配るようになった。ギルドでは不正を行えないように冒険者の評価システムを一部変更したほか、定期的に職員や冒険者の面談を行うようにもなった。

冒険者ギルド創設から数十年。登録冒険者数が増加して人間関係が複雑化した今、創設当初の仕組みでは対応しきれない部分が増えたのだ。今まではなあなあにして先延ばしにしてきた問題点が、あの事件を機に少しずつではあるが改善されつつある。

シオリにしてみれば不本意であろうが、事件を切っ掛けにして改善した仕組みで未然に防げたトラブルも既にいくつか出ている。

――そしてその当のシオリ自身は。

「……強いなぁ……シオリは」

彼女は誰も責めなかった。そして心の傷に苦しみもがきながらも、この場所に戻ってきた。

「そうね。でも……その分どこかにとても脆《もろ》い部分が必ずあるわ。あのままじゃいずれは折れてしまっていたと思うの。だから、支えてくれる心強い人ができて本当に良かった……」

負い目からどこか腫れ物を扱うようにしか接することができなくなった自分達と、それに気付いて心配を掛けまいと本音を言わなくなってしまった彼女。あの事件で彼女との間にできてしまった、薄いが壊すことのできない強固な壁は——今、ようやく取り払われようとしているのだ。

「……幸せになるといいねー」

打ち合わせを終えて二人に軽く会釈して出ていったシオリに手を振り返しながら、リヌスはぽつりと言う。微笑んだエレンは、きっぱりと言い切った。

「幸せになるわよ。きっと彼女の努力は報われるわ」


ぽよんぽよんと陽気に弾みながら歩くルリィを見てくすりと笑ったシオリは、気さくに手を振る顔見知りの人々に挨拶《あいさつ》を返し、そして空を見上げた。冬特有の淡い水色の空は抜けるように高く、陽光は柔らかで優しい。

「……宝物、増えたなぁ」

陽気で可愛《かわい》らしい友人、強く頼もしい兄、優しく見守ってくれる仲間、気の良い同僚達、愉快で豪胆な新しい友人達、そして——。

綺麗に折り畳んで挟んだ画用紙を手帳から取り出して開く。アンネリエからもらった姿絵だ。

——魔法剣を構えて眼光鋭く前を見据えるアレクの凛々《りり》しい姿。

「……ふふ」

口元が緩む。

「格好良いなぁ……」

愛しい人。

「……大好きだよ」

かけがえのない、大切な人。この世界で得た、大切な宝物だ。

くすくすと幸せそうに笑うシオリの左腕。手首を飾る恋人からの贈り物――華奢《きゃしゃ》な腕輪の、その紫色の石が陽光を受けてきらりと輝く。

と。彼の瞳《ひとみ》とよく似た色の石の輝きに目を細めていたシオリの背後から、呼び声と共に駆けてくる足音が聞こえた。振り返るとナディアが駆け寄ってくるのが見えた。追い付いた彼女は息を整えるために何度か深呼吸する。

「良かったよ、追い付いて。ザックから預かったのさ。あんたと入れ違いで届いてね」

手渡された手紙の封蝋《ふうろう》には、竪琴《たてごと》を抱える乙女《おとめ》と渡り鳥の紋章が型押しされていた。差出人はアンネリエ・ロヴネル。するとこれはロヴネル家の紋章なのだ。

「……アニー？」

ナディアに礼を言い、足早に戻っていく彼女の背を見送ってから、通り沿いの飲食店の軒下に入って封筒を開く。美しい優雅な筆跡で書かれた文面には、時候の挨拶と事件解決の礼が記されていた。

「……良かった。解決したんだ」

詳細は次に会ったときにとあり、あまり詳しいことは書かれてはいなかった。しかし十年前の真実が明らかになり、デニスとその父親の名誉は無事回復したという。

これで、彼らの身分違いの婚姻の障害が一つ取り除かれたのだ。

「少しでもスムーズに行くといいね」

誰に言うでもなく独り言ちながら手紙の続きに目を走らせていたシオリは、締め括《くく》りに記されていた内容に目を見開いた。

急な商談で今月中にトリスに来ることになったのだという。そのときに食事会へ招待したいということだった。都合が付くようなら是非にというその言葉にシオリは慌てた。こんなにも早く彼女たちに再会できるというのは勿論《もちろん》嬉しかったが、ただ一つ問題があったのだ。

「……ド、ドレス……持ってないよ」

――食事会の会場として指定されている第二街区の雪菫荘《ゆきすみれそう》は、どう見てもドレスコードが必要な高級料理店だったからだ。

2

第二街区の公園通りに面した高級料理店雪菫荘。庭園には満開の雪菫を植栽した鉢が品良く配置され、降り積もった雪の白との見事なコントラストを成している。通りから本館を繋《つな》ぐその庭園内の小径をゆっくりと走る馬車は、やがて静かに停車した。

制服姿のドアマンが扉を開け、優雅な動作で一礼した。鷹揚《おうよう》に頷いたアレクが先に降り、シオリに手を差し伸べる。が、こちらの緊張に気付いて苦笑した。

「そんなに硬くならなくてもいい。ここはそれほど格式や作法を重んじてはいない。大丈夫だ」

「うぅ……だって」

重ねた手を軽く引かれて馬車を降りたシオリはぎこちなく笑った。明らかな上流階級向けの佇《たたず》まいに気後れしていたのだ。

「安心しなよ。あたしらが付いてるし、伯爵様だって多少のことには目を瞑《つむ》ってくれるさ」

その身形《みなり》も立ち居振る舞いも見事な貴婦人となったナディアが、いつも以上に優雅な出で立ちのクレメンスにエスコートされながら嫣然《えんぜん》と微笑んだ。

「お連れ様の仰《おっしゃ》る通りです。当店は高級料理店の体裁を取ってはおりますが、作法をそれほど重要視してはおりません。個室で他のお客様からの視線は遮られておりますし、我が国の作法に不慣れでも咎《とが》められることもございませんよ。どうか気楽にお楽しみください」

シオリを移民と見て気遣ってくれたのだろう。そのドアマンは丁寧ではあるが、シオリの水準に合わせたあまり硬くない口調で言葉を掛けてくれた。

「……はい。ありがとうございます」

ほんの少しだけ肩の力を抜いて笑ってみせると、ドアマンは穏やかに微笑む。

（本当はそれだけでもないんだけど……）

ドアマンに促され、アレクのエスコートで館内に足を踏み入れる。さり気ない動作で近付いたフットマンに外套《がいとう》を手渡し、そのまま受付に案内された。

明る過ぎず暗過ぎない適度な光量に抑えられた照明の下で、ちらりとアレクを見上げる。

ナディアとクレメンスの上級貴族と言って差し支えない堂々とした立ち居振る舞いにも圧倒されるが、何よりも隣の恋人の姿があまりにも魅力的でくらくらと眩暈《めまい》がしてしまいそうなのだ。

前髪を緩く撫《な》で付けて普段は隠している額と紫紺の瞳を露《あら》わにし、身に沿うように誂《あつら》えた三つ揃《ぞろ》えを流行《はや》りの形に着崩した姿は、まるでこれから気軽な夜会を楽しみに行く貴族のようだった。けれども彼本来が持つ野性的な魅力は隠しようもなく、この貴族めいた優雅な佇まいと相俟《あいま》って、獰猛《どうもう》さを孕《はら》んだ危険な色気のようなものを醸し出していた。

遊び人――というほどではないけれど、大人《おとな》の遊びを知り尽くしたかのような、どこかこなれた印象がある。夜会にでも出れば火遊び希望のご婦人方が群がりそうな風体だ。

シオリの視線に気付いたアレクが柔らかく目を細める。彼がくれる笑顔にはとうに慣れていたはずだというのに、シオリの胸がどきりと高鳴った。

(元々格好良い人だけど、なんか……素敵過ぎて直視できない)

準礼装の彼を目にしてからずっと、その男前ぶりにシオリは平静を保てないでいた。この姿でいつものような「悪戯《いたずら》」を仕掛けられでもしたら、あまりの色気に腰を抜かしてしまいそうだ。

――実はこのときアレクもまた、着飾った自分を見て同じようなことを考えていたなどとは知る由もなかったのだが。

「アレク・ディア様とシオリ・イズミ様、クレメンス・セーデン様、ナディア・フェリーチェ様。それにルリィ様でいらっしゃいますね。ロヴネル様はまだ到着しておられませんが、先にお部屋に入られますか？」

「ああ、そうしよう。あまり人目に付きたくはない」

「かしこまりました。どうぞこちらへ」

スライムにまで躊躇《ためら》いもなく敬称を付けて呼んだ支配人の隙《すき》のない接客に驚きながら、彼の案内で奥の部屋へと通される。応接間と食堂の二間続きの部屋は上品な設えで居心地が良く、部屋付きの給仕人が五人分の紅茶と小さな茶菓子を出して衝立《ついたて》の向こうに下がると、シオリはほっと息を吐いて長椅子《ながいす》に背を預けた。

「やはり緊張するか？」

「そうだね」

シオリは苦笑した。

「お店の人はああ言ってたけど……やっぱり上流階級向けの場所は気を使うかも」

「まあ、そうだな。しかしこの店は融通を利かせて客の出身地に合わせた接客をしてくれるんだ。東方料理はさすがにないが、南国の手掴《てづか》みでの食事にも対応しているくらいでな。異国人の接待でよく使われている店なんだ」

「へぇ……すごい」

手掴みでの食事はこういった店でなくとも忌避されそうなものだが。

ちなみにルリィが先ほどから嬉しそうに食べているのは、エナンデル商会謹製使い魔用焼菓子だ。わざわざ取り寄せたのか常備しているのかは分からないが、このスライムへの対応といい、雪菫荘のホスピタリティの高さには舌を巻くばかりだ。

「それに、生垣と前庭のお陰で馬車で乗り付ければ出入りを誰かに見られる心配もないしねぇ。勿論完全個室でプライバシーが守られてるから、あんまり知られたくない会食や商談をするにはうってつけの場所なのさ。ギルドでも仕事の打ち合わせに使ってる奴がいるんだよ」

「そっか。それでこの店なんだね」

数週間前の仕事で親しくなったアンネリエ・ロヴネル。急な商談でトリスに来ることになったという彼女の希望で会うことになり、この店に招待されたのだ。

デニスとの婚約や年末の処理、そして一族のごたごたで多忙らしく、昨日《きのう》来たばかりで明日《あす》にはもう領地に戻らなくてはならないらしい。ロヴネル領まで馬車で丸二日掛かる距離。気軽に行き来できる場所ではない。だからもし都合が付くようなら是非会いたいということだった。

「――それにしても……本当によく似合うな」

話題を変えたアレクの声が熱を帯びる。長椅子に身体《からだ》を預けたままのシオリとの距離を詰めると、髪を結い上げて剥《む》き出しになった項《うなじ》に指先を這《は》わせた。

「さすがはナディアの見立てだ。楚々《そそ》とした上品なデザインがお前の魅力を引き立てている」

熱量が増していく低い声、そして項から肩を撫で下ろし、肩甲骨へとゆっくり滑り降りていく指先が煽情《せんじょう》的で、シオリはぞくりと身を震わせた。

「ちょっ……と、アレクっ」

仲間達がいるというのにこの恋人はなんてことをしてくれるのか。

肩先から胸元の谷間が僅《わず》かに覗ける絶妙な位置まで大きく開いた襟ぐり。ともすれば下品になりかねないそれはしかし、襟を縁取る優美なレースと胸元に優しく輝く一粒真珠の首飾りが品の良さを保っている。それでいながらその下に隠された柔らかな膨らみの存在を確かに感じさせて、気品と色気が絶妙に混じり合った危うい魅力を引き出していた。

礼装用の衣装を持っていないシオリのために、ナディアが知己のドレスメーカーから借りてくれたものだ。王国の一般的な成人女性より小柄なシオリには体格が合わず、未婚の若い娘向けの中から最も大人びたデザインのものを急遽《きゅうきょ》手直ししたドレスだったが、違和感がないのは幸いだった。

そうは言ってもデザインが些《いささ》か煽情的に過ぎるのではないかとも思った。けれどもこれがここ数年の流行りであるらしいのだ。

似合っているのなら嬉しい――のだけれども。

（まさか今ここで悪戯してくるとは思わなかったっ……！）

二人と一匹の同行者からは見えない背の後ろで、アレクの手が怪しげに背筋や腰を這い回る。妙な気分になりそうな気がして見上げると彼は楽しげに笑っていた。

「か……揶揄《からか》って遊ばないでっ」

「いや……反応が初心《うぶ》で可愛いからつい」

「うぬぅぅぅぅ」

「……アレク。見えないつもりかもしれんが、何をしているのかは見当が付くぞ」

「うわぁぁぁぁ」

悪気のないアレクの言葉と、クレメンスの呆《あき》れ気味な指摘にシオリは頭を抱えた。アンネリエ達が来る前にどうにか火照った頬を鎮めようと、手のひらに作った冷気で顔を冷やす。

ちなみにルリィは焼菓子を食べて紅茶を啜《すす》りながら、時折こちらを眺めるような素振りを見せていた。どういうつもりかは分からないが、どうやら恋人同士の遊戯を観賞しながらお茶を楽しんでいたらしい。中々良い趣味をお持ちのようだ。

友人で使い魔のルリィはシオリの味方だ。でも最近ではアレクの肩を持ったり、こうして悪戯を見て見ぬふりをするようにもなった。ルリィなりに何か思うところがあるのかもしれないが、正直どういう心境なのかシオリにはよく分からなかった。

――と、閉め切られた扉の向こうで複数の人間が動く気配があった。ややあってから、扉が軽く叩《たた》かれる。アンネリエの到着を告げる合図だ。

会食の主催者を迎えるために、皆は腰を上げた。足元のルリィも紅茶と焼菓子を飲み込んでから、ぷるんと震える。

開かれた扉の向こうから、支配人とともにアンネリエとデニスが姿を現した。

「ごめんなさいね。主催者なのにお待たせしてしまって。商談が予定より随分長引いてしまったの」

見知った旅装姿ではなく、初夏の森を思わせる若葉色のドレスを身に纏《まと》ったアンネリエは艶《あで》やかに微笑んだ。その耳には真紅の耳飾りが輝いている。微弱な魔力反応。あの火の魔法石の耳飾りだ。よく見るとデニスのタイピンにも魔法石があしらわれている。もしかしたら、二人揃いで――否、バルトと三人で揃いにしたのかもしれない。

「いいえ、どうかお気になさらず。ご招待頂きありがとうございます、アンネリエさ――」

言いかけて彼女にじっとりとした視線を向けられたシオリは口を噤んだ。そうだった。敬語で話す時間の方が長かったから、つい堅苦しい言葉遣いになってしまった。

「ええと、こんなに早く再会できて嬉しいよ。アニー。デニスも」

言い直すと彼女はぱっと顔を綻《ほころ》ばせる。

「ええ、私もよ、シオリ」

残念ながらバルトは留守番らしい。年の瀬とあって事務仕事を滞らせる訳にもいかず、やむを得ず残してきたということだった。もっともそれは彼自身の強い希望でもあるようだ。

「それにしても……」

アレクは二人の顔を見比べて言った。

「二人とも面差しが変わったな」

「それはいい意味で受け取っていいのか？」

「ああ。二人ともいい面構えだ」

あの旅でわだかまりを解消して晴れやかだった表情は、今はさらに覚悟を決めた者特有の強《したた》かさが垣間見えた。

「ええそうね。一度覚悟してしまえば、いくらでも強くなれるって分かったもの」

アンネリエは笑って頷き、それから少しだけ眉尻を下げる。

「……あの後も色々あったの。解決の糸口をくれたのは貴方《あなた》達よ。今日はそのお礼もしたかったの」

まずは食事を楽しんでから。

そう言って招き入れられた奥の食堂。給仕人に椅子を引かれてそれぞれの席に腰を下ろすと、グラスに淡い色合いの果実酒が注がれた。皆でグラスを掲げ、アンネリエの音頭で乾杯する。

楽しい食事会の始まりだった。


――食後の紅茶が振る舞われ、それぞれが思い思いの場所に腰を下ろして寛《くつろ》いだ時間を過ごす。

幾分緊張して迎えた会食は、ドアマンが言っていた通りに思ったほど堅苦しいものではなく、終始和やかな雰囲気だった。カトラリーの持ち方から食べる順番に至るまで小難しい作法が必要なフルコースではなく、初めから全ての料理を卓の上に並べ、好きなものを給仕が取り分ける形式だったのは幸いだった。元々ストリイディアはこの形式での食事が標準的らしい。フルコースは大陸南西部の風習らしく、その国々の要人との交流が盛んな上流階級の晩餐会《ばんさんかい》や会食などで、限定的に取り入れられている程度のようだ。

お陰で緊張することなく純粋に食事と会話を楽しむことができた。足元のルリィも満足げにぷるんぷるんと震えている。

「――うわぁ……それはなんて言ったらいいのか……」

ひと段落したところで「あの後も色々あった」話が語られ、事件にかかわった人々の心中を察してシオリは小さく呻《うめ》いた。

「……まさか、お爺《じい》さんがそんなことをするなんて」

「そうだな」

アレクが眉間《みけん》を揉《も》みながら苦々しい顔で同意する。

「よもや肉親が黒幕だとは誰も思うまいよ」

デニスが極端な移民嫌いになった理由。そしてその理由そのものが彼を陥れるために歪《ゆが》めて伝えられたものだった。しかも実の祖父による陰謀だったという事実は、あまりにも残酷なものだ。そのためにデニスはこの十年もの間恨む必要のない父親を恨み続け、彼の追い落としを企《たくら》む人々に執拗《しつよう》に糾弾されたのだから。

「……実の娘や孫を妬《ねた》むという祖父の気持ちは俺にはよく分からない。多分一生理解できないのではないかと思う」

世間体を気にして意志を貫き通すという気概はなく、それでいて叶《かな》わなかった望みをいつまでも引きずって生きている――しかも己が諦めた望みを叶えた実の娘と孫を妬み、あまつさえ謀略でもって貶《おとし》めようとするなど、真っ当な人間がするようなことではない。

「祖父には祖父なりの事情があった。彼が生きてきた時代は意志を貫くために要する労力は今以上のものだっただろう。だが俺は祖父のようにはなりたくない。何かに言い訳して自分自身さえ欺《あざむ》いて生きる人生なんて俺は御免だ。その末に家族を傷付け恨まれて人生を終えるなんて、そんなのあまりにも寂しいじゃないか。だから俺はまず自分自身に誠実でありたい。そして精一杯に生きてみせる」

失敗したとしても努力の末の結果ならそれでいい。精一杯生きて、なんの悔いもない人生だったと胸を張って最期を迎えたいのだと、彼はそう言った。

「旅に出て本当に良かった。立ち向かう覚悟を決めることができたんだ。あのままでいたらきっと俺は祖父のような結末を迎えていただろうからな」

「……そっか」

彼の人生を決めるその旅にかかわることができた、そのことが嬉しかった。

「でもそれは……デニスが今まで頑張ってきたからこその良い結果だと思うよ。何もしないでいる人にチャンスなんて巡ってこないもの」

辛《つら》くても逃げずに生きてきた、彼のその頑張りを間近で見ていたのはアンネリエだ。彼を思い続けていられたのは、きっと逆境にも負けずに強く生きようとしている彼を知っていたからだ。だからこそ巡ってきた機会は彼女によって齎《もたら》された――。

目を見開いたデニスは、照れ臭そうに微笑んだ。

「そんな風に評価されるとは思わなかった。だが、そうだな……足掻《あが》いてきたこの十年はきっと、無駄ではなかった」

アンネリエのほっそりとした指先が彼の手に触れた。視線を交わした二人は静かに微笑み合う。

「……それにしても……解決の糸口がこんな形で見つかるなんて思いもしなかったわ」

ほんの少しだけアレクに明かされていたデニスの過去は、意外な形で解決を見たのだ。ロヴネルの名を聞きつけたトリス支部の冒険者が何の気なしに語った想い出話から、アレクとクレメンスはその矛盾に気付いた。そこから明るみに出た、十年前の真実。

「きっとそれも縁なのだろうな。二人が紡いできた人と人の縁が解決に導いたのだろう」

二人が繋いで温めてきた縁が、人生の分岐点において最善の結果を導いたのだとクレメンスが感慨深く呟《つぶや》いた。

「……俺もそうだ」

黙って話を聞いていたアレクが口を開く。

「俺もまたこの旅で、今までの人生を真剣に見つめ直そうと思うようになった。十年もの間逃げずにアンネリエ殿のそばで戦い続けたデニス殿を見ているうちに、俺も逃げているばかりではいけないと思ったんだ。きっと俺も分岐点にいるのだと思う。俺に指針を与えてくれたデニス殿との縁は、シオリが繋いでくれた。この縁を――俺は、無駄にしたくない」

アレクは右手をデニスに差し出した。武器を握る利き手で求める握手。それは相手への信用と信頼を示すものだ。

「――ありがとう。覚悟を決める切っ掛けをくれたのはデニス殿だ。俺も胸を張って生きるために、精一杯足掻いてみよう」

「……アレク殿」

驚いたデニスは目を見開き、そしてアレクを正面から見据えて――力強く頷いた。差し出された右手を、己の右手で握り返す。

「これから先の人生が、互いに良いものになるように――共に戦っていこう」

「ああ」

握手を交わして誓い合う二人に、シオリとアンネリエは柔らかく微笑んだ。足元のルリィが嬉しそうにぽよんと跳ね、クレメンスとナディアもまた目を細めて彼らを見守っている。

「それにしても……」

新たな友情と誓いの儀式を終えたアレクは、冷めかけた紅茶を啜りながら気遣わしげに呟いた。

「これから先、バルト殿は大変だろうな」

「そうだね。大丈夫なの？　彼……」

その言葉に二人はほんの少し眉尻を下げた。

「正直に言えば少し厳しい立場に置かれているわ。予想はしていたけれど……騒動の元になった男爵家の跡取りなのだもの。祖父同様責任を取って辞職すべきという意見もあるわ」

「俺もあの祖父の孫だからな。いっそのこと二人纏《まと》めて辞職したらどうだと言う者もいるが、まぁ俺の方は今更だからな。別段気にもならないが」

案の定の展開にシオリは溜息《ためいき》を吐《つ》いた。どうあっても足を引っ張りたい輩《やから》がいるようだ。

「でもね」

アンネリエは決意を秘めた顔で静かに微笑む。

「――今度は私達がバルトを支えるの。支えて、一緒に生きて、一緒にロヴネルの地を護《まも》りたいのよ」

「そうだな」

デニスもまた頷いた。

「あいつはこの十年間、ずっと俺を励まして支えてくれた」

「そして私の恋を応援してもくれたわ。だから、二人で……ううん、三人ね。今までと変わらず三人で支え合っていくのよ」

初めて会ったその日からずっと支え合って生きてきた三人だ。それに心根の良い彼らを応援する者もまた多いと聞いた。だからきっと、大丈夫。

「……うん。うん、そうだね」

「ええそうよ。それにバルトも言ってたわ。デニスがされてきたことに比べたら、こんなもの大した試練にもならないって。そんなことよりも日々の仕事とその日の食事のことで頭がいっぱいだから、構ってる暇はないそうよ」

「……バルトらしいね」

それはきっと強がりもあったのかもしれない。けれども、おどけて言いながら明るく笑うバルトの笑顔が見えたような気がした。

「――ああ。もう時間だわ。名残惜しいけれど……」

楽しく語らう時間はあっという間に過ぎていた。立派な柱時計は間もなく閉店の時刻を指し示そうとしている。

「ううん、会えて嬉しかった。ありがとうアニー」

アンネリエの手を取りそっと握ると、緩く握り返された。

「こちらこそ本当にありがとう。披露宴には呼ぶから是非来てね」

堅苦しい貴族だけの式と披露宴とは別に、親しい人だけで楽しむ宴を計画しているらしい。

「そういうことなら、是非。純白の花嫁姿、楽しみにしてるから」

何気なく落とした言葉に、アンネリエはきょとんと目を瞬かせた。

「純白？　何故純白のドレスなの？」

「えっ……違うの？」

向こうの世界と同じかと勝手に思い込んでいたけれど、どうやら違うらしい。この国では新郎新婦が互いの髪色か瞳の色の生地で縫いあげた衣装を纏って式に臨むのだという。あるいは古い時代の習慣に則って、王国伝統の刺繍を施した民族衣装を着る場合もあるようだ。いずれにせよ、純白ではないらしい。

「シオリの国は違うのね。純白に何か意味があるの？」

「うん。色んな意味があるらしいけど……『貴方色に染めて』っていう意味もあるみたい」

そう言うと、まぁ、と言ってアンネリエが目を見開いた。アレクとデニスは顔を見合わせてから、次の瞬間何故か二人揃って赤面した。クレメンスはこちらも何故か口元を隠して俯き、ナディアにじっとりとした視線を向けられている。

「貴方色に……染めて……か」

「なんとも意味深長だな……」

何か違う方向に考えたらしい。何やらぼそぼそと妙なことを囁き合う男性陣をじっとりと見る。

「でも素敵ね。純白のキャンパスにこれからの人生を共に生きる人の色を乗せていくのでしょう。あ、なんだかいいわ。私達にぴったりだと思わない？」

「あ、ああ……うん、そうだな。ロヴネル家の婚儀に相応しい色だと思う」

話を振られたデニスは頬に赤みを残したまま、それでも頷いてみせた。

「決まりね。二人とも純白の衣装にするわ。ありがとう、シオリ。面白い話を聞かせてくれて」

「うん。どういたしまして。きっと二人によく似あうよ」

互いのキャンバスに描く光景はきっと同じだ。これから二人で積み重ねていく想い出を絵の具に変えて描き足していく——そしていつか完成した絵はきっと、美しく温かなものになるだろう。

温かい握手と挨拶を交わし、そしていつかと同じように再会の約束をして別れたシオリ達は、それぞれの馬車へと乗り込んでいった。


およそ一年と半年後。

盛大に執り行われたロヴネル家当主の婚儀で新郎新婦が身に纏った純白の婚礼衣装は、参列した多くの人々を驚かせた。しかしその後、その無垢の色に込められた意味と共に純白の婚礼衣装を纏う習慣が徐々に広がり、やがて王国の文化として根付いたという。

——同じ色を身に纏うのは、二人がこれから先の人生を共に歩む決意の表れ。そうして纏った純白をキャンパスに見立て、これからの日々を二人で大切に描いていこうという誓いを立てるのだ。

途中、他の店で飲み直すというクレメンスとナディアに別れを告げた二人は、馬車に揺られながら無言で夜の青に沈んだ雪の街を眺めていた。ルリィは少し疲れたのか、転寝《うたたね》をするようにぷるんぷるんとゆっくり身体を揺らしている。

やがてアレクはシオリをそっと引き寄せ耳元で囁《ささや》いた。

「――シオリ」

「……うん？」

シオリは自分の身体を抱く逞《たくま》しい腕の持ち主を見上げた。

「なぁに？」

アレクは紫紺の瞳を柔らかく細め、片腕で抱き寄せたままもう片方の手でシオリの手を取った。そのまま自身の口元に引き寄せて、その指先に口付ける。触れた唇が、ひどく熱い。

「お前もいつか着てくれるか？　俺のために、純白の衣装を」

「あ……え？」

唐突な言葉。その意味するところに思い至って、シオリは目を見開いた。

「色々解決しなければならないことは沢山ある。俺も――多分お前も」

「……うん」

「だが、それに片を付けたらそのときは改めてお前に問おう。俺のために純白を纏ってくれるかを」

「アレク……」

明言はしない。けれども彼の想いは伝わった。この人は本当に、これから先の人生を一緒に生きてくれるつもりなのだ。

「うん」

溢《あふ》れる想いが胸を満たしていく。胸が痛むほどの幸福感。熱い雫《しずく》が頬を滑り落ちる。

「うん。何の憂いもなく返事ができるように——私も頑張るから。一緒に頑張ろう？」

「……ああ」

小さく笑い合い、そして啄《ついば》むような口付けは徐々に深く激しくなっていく。項や腰のラインを撫でていた彼の手が、とくとくと早鐘を打つように鼓動する胸の上で止まった。甘やかで優しく、そして煽情的なその手の動きがシオリの身も心も蕩《とろ》かしていく。

「……アレク……」

「……シオリ」

互いの名を呼ぶ声が熱く掠《かす》れた。再び溶け合う唇。

想いの丈を伝え合うかのような恋人同士の情熱的な遊戯は、やがて馬車がゆっくりと停《と》まるまで熱く密《ひそ》やかに続けられた。

——トリスの夜が、静かに更けていく。

幕間一　弟のおねだり

品の良い調度類や落ち着いた色合いのファブリックで纏《まと》めたザックの部屋は、男の一人住まいにしては小綺麗《こぎれい》で居心地が良く、ごく親しい仲間内の飲みの場になることも多い。

屋台料理を手土産《てみやげ》に訪れたアレクに椅子《いす》を勧め、ザックは棚からお気に入りの銘柄のエールを取り出した。卓の上に並べた二つのグラスにエールを注ぐ。グラスに当たって弾《はじ》けた琥珀《こはく》色のそれは、穀類の香ばしさと果実の爽《さわ》やかさが入り混じった独特な香りを放った。

「――お疲れさん。とりあえずはひと段落ってところか」

「ああ。あんたもな」

エールを満たしたグラスを掲げながら、互いに労《ねぎら》いの言葉を掛け合う。

――アレク達がロヴネル家の依頼を終えて帰還してから数日後の夜。彼から個人的な用向きで話がしたいと誘われてはいたが、都合が合わずに結局今日《きょう》まで延びてしまった。

年末、特に生誕祭の前後は書類仕事や駆け込みの依頼、それに各所との会合が多く、締めの作業が終業時間を過ぎることも少なくないのだ。

「付き合わせて悪いな。久々に定時上がりだったんだろう」

「気にすんな。飯食うか本読む以外にゃ特にすることもねぇしな。飲みの誘いなら大歓迎だ」

気遣う様子のアレクにそう返すと、彼はそうかと苦笑しながらエールを呷《あお》った。互いに用意した肴《さかな》を広げ、適当に取り分けてつつく。

「……お前。少し変わったな」

酒を飲み、肴をつまむアレクをなんとはなしに眺めていたザックはぽつりと呟《つぶや》いた。

二枚貝のオイル漬けを咀嚼《そしゃく》しながら目を細めていた彼は、動きを止めて瞠目《どうもく》する。

「……変わった？　何がだ？」

「雰囲気が、な。少し柔らかくなった」

「そうか？　それほど変わったつもりもないが……」

エールのグラスを手にしたまま不思議そうに首を捻《ひね》るアレクに指摘する。

「ああ、それ。そういう顔だよ。ちょっとしたことで表情が変わるんだ。表情が豊かになったって言えばいいいか」

アレクはどちらかと言えば喜怒哀楽は明確な方だ。だが、怒りや不快感といった感情は特に顕著に表すが、それ以外についてはどこか硬さ交じりだったように思う。それにあまり細かい感情までは表に出さなかった。慣れない者から見れば冷たいようにも思えたかもしれない。

それが今はどうだ。嬉《うれ》しければ柔らかく目を細め、楽しければ素直に笑い、そして悲しければ切なげに眉尻《まゆじり》を下げる。心の柔らかな部分で感じた思いを露《あら》わにするようになった。

「――だとするならそれは……シオリのおかげだろうな」

そんな風に言いながら、今もこうしてひどく柔らかく笑うのだ。

手に入れたい、護《まも》りたいと思って彼女に近付くうちに、いつしか彼自身が癒されていた。感情の発露を押さえ付けていた心の奥底に冷えて凝り固まったものを、彼女の陽《ひ》だまりのような優しさと温かさが溶かしたのだ。

——彼が抱えた心の傷。父と弟に次いで良き理解者であるはずだった恋人からの、別れの際に投げ付けられた「貴方《あなた》にはなんの価値もない」という言葉は今でも彼を苛《さいな》んでいる。

初めてその話を聞かされたときに抱いた激しい怒りは今でも覚えている。生まれの定かではない卑しい庶子と嘲《あざけ》られた彼が傷付いて壊れそうになっていた心をどうにか保っていたことなど、身近にいたその女が一番よく知っていただろうに。止《と》めを刺すような惨《むご》い言葉をよくも吐けたものだ。

（いざ婚約って段で別れ話を切り出されちゃぁ、怒鳴りたくなるのも分からねぇでもねぇが……）

優しく慎み深い女だったというのは知っている。

だが王子妃という立場は単純なものではない。有事の際には夫、もっと言えば王太子妃はおろか、王太子の代役を務めなければならないこともあるのだ。ただ寄り添うだけの女には務まらない。

あの当時、荒れていたのは何も王家を取り巻く環境だけではなかった。僅《わず》か数年のうちに相次いだ王家の訃報は政局の乱れと景気の低迷を招いていた。長く安定していた豊かな王国の政情不安で、これを好機とみて不穏な動きを見せる国もあったのだ。

あのとき求められていたのは国家の危難とも呼べる状況に対応できるだけの人材だ。王家と婚姻を結ぶ者もまた例外ではなかった。

（ただ座って待ってるだけの女に妃《きさき》は務まらねぇ。ましてやあのとき情勢がどうだったか正しく理解しちゃいなかったんならなおさらだ）

——その末の、あの出来事。

多感な少年期に付いた傷は時を経ても癒えることなく、心の奥底に沈んだままじくじくと膿《う》み、時折首をもたげては彼を苛むのだ。

自分もクレメンスも、彼と親しくしていた誰もがその傷を癒すことはできなかった。

――思えば、彼がシオリに惹《ひ》かれたのは必然だったのかもしれない。

そして互いの心に抱えた傷――虚。それは恐らく同質のものだ。安らぐ居場所だったはずものから自らの存在ごと否定されて捨てられた――同じ痛みを持つ者として何か惹き合ったのかもしれない。

痛みを抱えながらも生きるために強く在ったアレクとシオリ。その二人の関係はただ愛情を交わし合うだけのものではない。同じ痛みを分かち合い癒し合い、そして戦う言わば同士だ。

足りないところを補い合い、抉《えぐ》られた心の虚を満たし合って生きる――出会うべくして出会った、まるで定められた番《つがい》のようにも思えた。

数多《あまた》の苦難の果てに邂逅《かいこう》を果たし、そして手を取り合う二人のその片割れを、ザックは万感の思いを込めて見つめた。

「――いい女に会えて良かったな。アレク」

彼は目を見開き、それから綻《ほころ》ぶような笑顔を見せて頷《うなず》いた。

「……ああ、そうだな。あいつは……とびっきりのいい女だ」

――教え子であり、同僚であり、友人であり、そしてもう一人の弟でもあった男の柔らかに笑むその姿に、心の奥に残されていたシオリへの恋情は緩やかに溶けて消えた。

（……想《おも》いを遂げたのが俺じゃなくてこいつで良かったんだ）

グラスに残った最後の一口を飲み干したザックは、唇の端を引いて笑った。

「だがな、これから先も一緒にいるつもりなら解決しなきゃならねぇことがまだ残ってる。そいつはどうするつもりなんだ？」

王族の身分を捨てて市井に下ったとはいえ、それは表向き——と言っても行方不明扱いなのだから
その表現は微妙とも言えるが、実のところは未《いま》だ王家に籍は残されたままだ。
それは、城に残した彼の弟のたった一つの我儘《わがまま》。
『——せめて、お前と僕が兄弟《きょうだい》であることの証《あかし》を形だけでも残しておきたいんだ』
二人の兄も母も既に亡く、余命幾許《いくばく》もない父の命が尽きれば家族と呼べる者が彼を除いていなく
なってしまう弟が、ただ一度だけ口にした我儘だったという。
未だに王族の身分を保持したままのアレク。それを解決せずに身元不明の異国の女を娶《めと》ることは難
しいだろう。
「どうするべきかはまだ決められない。だが、目を背けて逃げるばかりだった過去に向き合うと決め
たんだ。時間は掛かっても必ず消化して結論は出す。その上で——あいつに妻問いするつもりだ」
彼の視線が真っすぐにザックを貫く。揺るぎない決意を秘めた紫紺の瞳《ひとみ》に迷いの色はない。
「……そうか。じゃあ俺からは……もう何も言うことはねぇよ」
互いの空いたグラスにエールを注ぎ直し、願いを込めて高く掲げる。
——その道行に、幸あれ、と。

その後しばらくは他愛もない雑談をしながら酒を酌み交わした。

「そうだ。王族と言えば……」

ふと思い出したようにアレクが言った。

「オリヴィエの奴《やつ》、桃色のスライムを使い魔にしたって噂《うわさ》を聞いたが。あんた、何か知ってるか」

「ぶっ……はぁ⁉」

予想もしない言葉に口に含んでいたエールを噴き出したザックは、慌てて口元を拭《ぬぐ》う。こうなる展開を予想していたらしく、噴き出したエールから肴を守るようにしてさっと卓上に盆を掲げたアレクをじっとりと睨《にら》み付けた。

「なんだそりゃ。俺は知らねぇぞ。どこで聞いた噂だよ」

「ロヴネル家の連中に聞いた。噂の出所はエンクヴィスト家で確からしいんだが……」

エンクヴィスト家と言えば、秋に若き当主が迷子騒ぎを起こした伯爵家だ。堅い家柄でも知られているあの家の者が確証もない噂話に興じるとも思えない。

そうは言ってもあまりに突拍子がない話ではないか。そう思いかけて、ふと思い出す。

「……いや、ちょっと待てよ。すっかり忘れてたがお前に手紙が届いてる」

「俺に？」

ロヴネル家の依頼で出掛けてすぐに、ギルドの住所に届いたアレク宛の手紙。大事にしまい込んでいたそれを手渡すと、彼は封筒に書かれた差出人の名を見て首を傾《かし》げた。

差出人はオリヴィエ・ディア。彼の弟――王の変名だ。

「珍しいな、こんな時期に」

封筒を破って中身に目を走らせていたアレクの口の端が徐々に引き攣《つ》っていく。やがて深い溜息《ためいき》を吐《つ》いた彼は、頭を抱えてしまった。

「……おい、どうしたよ」

恐る恐る声を掛けると、彼は頭を抱えたままその手紙を差し出した。見ろということらしい。遠慮なく受け取り、その文面を読む。


『――親愛なるアレクへ。

寒い日が続くが元気にしているか。秋頃《あきごろ》に体調を崩したと聞いたが無理はしていないか。視察のついでに見舞いに行こうと思ったが、元気そうだったので遠くから見守るだけに留《とど》めておいた。だが、本当に無理だけはしないでくれよ。お前が元気でいてくれることが僕の願いだからね。どうか身体《からだ》は大事にしてくれ。

そうそう、次の誕生日の贈り物は何がいいか訊《き》かれていたけれど、今から頼んでも大丈夫かい？お前が僕のために選んでくれたものなら何でも嬉しいのだけれどね、今回はおねだりしてみようと思うんだ。

スライムが一匹入るくらいの大きさの背嚢《はいのう》が欲しいんだ。視察の帰りに蒼《あお》の森に棲息《せいそく》しているスライムと使い魔契約をしてね。可愛《かわい》い奴《やつ》でお忍びにも一緒に連れていきたいんだが、桃色スライム連れの金髪男だとすぐに僕だってばれてしまいそうだからね。隠して連れていけるようなものが欲しいんだ。お願いできるかな？』


「……」

何がどうしてそうなった。

同じように頭を抱えて唸《うな》り声を上げるザックに、アレクがぼそりと声を掛ける。

「……来てたのか」

「……おう」

「……いつ」

「……秋に、な」

「なんで黙ってた」

「いやぁ……だってなぁ……お忍びって言ってたしよ」

それどころか、彼が愛してやまないシオリに会っていたなどとは口が裂けても言えない。

「……何故《なぜ》スライム……」

「……知らねぇよ」

それはこっちが訊きたい。

——まさか弟分の兄弟にして我が国の王が、可愛い妹分の使い魔を気に入った挙句にその帰りに出会ったスライムと何の躊躇《ためら》いもなく使い魔契約してしまったなどとは知る由もなく、ザックはアレクと共に引き攣った笑いを浮かべた。

幕間二　失恋男達の慰労会

「酔い潰《つぶ》れねぇのは久しぶりだな」

グラスの酒を口に含んでゆっくりとその味と香りを楽しんでいたクレメンスは、そう言われて目の前の男に視線を向けた。言葉そのものは揶揄《からか》うようなものであったが、そう言ったザックの目はどこか気遣うような色を湛《たた》えていた。

「まぁ……な」

クレメンスは些《いささ》か苦みを含んだ笑みを浮かべてグラスを揺らす。透明な酒は緩く波打って小さく弾《はじ》け、柔らかで豊かな穀類の香りを放った。

「そういつまでも引き摺《ず》ってなどいられないさ」

「へぇ？　……じゃあ、ようやく吹っ切れたってことかい」

「……吹っ切れたというにはまだ早いが……まぁ、そうだな。あと少しといったところか」

己の想《おも》いに気付いたときには既に、密《ひそ》かに愛《いつく》しんでいた女は親友と心を通わせていた。

否、本当は薄々気付いていたのだ。だが兄のような立ち位置は心地よかった。懸命に生きる女に抱いた慕情を密かに温めながら、この程良い距離感を壊したくはないと見守るだけに留《とど》めていたのだが——そうしているうちに、あの事件が起きてしまった。防げなかった。ほんの二、三ヶ月会えずにいるうちに、ほとんど全《すべ》てが終わっていたのだ。

残されたのは、ひどく傷付いた彼女とそれを護《まも》れなかったという悔恨の念、そして一番護ってやらねばならないときに何の助けにもなれなかったという自責の念から封じたこの恋情だった。

（……君はきっと知らないのだろうな。君の傷が心に付いたものだけではないということを――私が知っているということに）

見ないで、と。

ひどく取り乱して発したあの悲痛な叫びは、今でも耳にこびり付いて離れない。ニルスと二人であの細い身体を押さえ付けたことも、彼女に口移しで鎮静剤を飲ませたザックと、大人《おとな》しく彼のするままに身を任せた彼女のことも全て覚えているというのに、あのときのことを彼女は何一つ覚えてはいないのだ。

――そして、あの瞬間に気付いてしまった。シオリとザックは想い合っている。想い合っていながらただの一度もその気持ちを伝え合うことなく、兄妹《きょうだい》になるという道を選んでしまった。

彼女に最も近しい立場の彼がその想いを封印するというのなら、同じように彼女の近くにいながら何もしてやれなかった自分はなおさらのこと、この恋情を打ち明ける訳にはいかないではないか。

想いを告げることなく終わりを迎えた恋は、時折ちりりと胸を焼く。

だが、それでも。

新しい恋を見つけて想いを交わし合い、アレクと二人寄り添い微笑《ほほえ》み合うのを見るごとにこの胸は痛みもするが、それ以上に安堵《あんど》するようにもなっていた。逆境の中でも懸命に生きてきた二人の――愛した女と大切な親友の傷が癒えつつあるのだ。

あの二人は十分過ぎるほどに苦労した。だから、もういいではないか。そろそろ幸せになるべきなのだ。これで良かったのだろうと、最近はそう思うのだ。

「……まぁ、お前ならこれからでも十分にいい女が見つけられるだろうさ。むしろ今までいなかったことの方が可笑《おか》しいくらいなんだぜ」

「何度か誘いがあったことは確かだがな」

クレメンスは苦笑しながらグラスを傾ける。

「いい女もいたが……どうもな。その気もないのに付き合うのは相手に失礼というものだろう」

火遊び希望のご婦人も多かったが、本気だっただろう女も中にはいた。だが、その誰《だれ》もに食指が動くことはなかった。少なくともここ数年、シオリに出会うまではそうだった。

無論、クレメンスとて一人の男だ。惹かれた女が全くいなかった訳ではない。

「いい女、か……」

クレメンスが勧めた酒をちびりと啜《すす》り、美味《うま》そうに目を細めながらザックは言った。

「ナディアはどうだ。あれもいい女だぜ。気心だって知れてる」

「……確かにいい女だがな」

まさに今思い浮かべていた女の名を出されてクレメンスは苦笑した。その素性を知らなければ本気で口説いていたかもしれない女なのだ。

「お前の亡き親友の許嫁《いいなずけ》だった女だろう。私では到底釣り合わんよ」

結局婚約者として内定するかというまさにそのときに嫡子であった相手の男の兄が事故死し、彼が後継となったために事情が変わり、その関係は白紙に戻されかけていた。その後まもなくその男もまた不幸な事故でこの世を去り、彼女自身も故国の政変で一時期行方知れずになっていたという。そんな複雑な事情が重なった結果、ナディアは独り身を貫いている。

「あいつにはもうあのときの身分はねえよ。お前と同じ平民だ。それに――さすがにもう心の整理は付いたって言ってたぜ」

「そうかもしれないがな」

「……お前も……難儀な奴《やつ》だな」

ザックは苦笑した。

「お気遣い紳士にもほどがあるぜ」

「言ったな」

クレメンスは少しばかり意地の悪い形に唇の端を上げてみせた。

「そういうお前こそどうなんだ、ザック」

シオリを愛していながら兄という立場に落ち着いてしまった。そしてナディアとも古馴染《ふるなじ》みだ。自分などよりもよほど彼女のことをよく知っているだろう。

「それこそ死んだ親友の女に手ぇ出せるかよ。俺が一番手ぇ出しちゃいけねぇ立場だろうが」

「お前……」

空になったグラスに持ち込んだ酒を注いでやりながら嘆息し、互いに顔を見合わせて苦笑した。

「難儀なのはお互い様だな」

「まったくだ」

それにしても。

「しかし、シオリに会う前だって女が途切れたことはほとんどなかっただろう。あれは全部どうなったんだ、ザック」

どの女ともそれなりに仲睦《なかむつ》まじかったと思うのだが、いつの間にか自然消滅するように関係は解消されていた。

指摘してやれば、途端にザックは眉尻《まゆじり》を情けない形に下げる。

「それがよお……」

ぐびりと酒を呷《あお》ってから彼は溜息《ためいき》を吐《つ》く。

「……最初はいいんだけどよ。付き合ってるうちに皆おんなじこと言って離れていっちまうんだよ。

『恋人というよりなんだかお父さんかお兄さんみたいでちょっと……』ってよ」

「……お前……」

面倒見の良さが裏目に出たか。

もしや、あのままシオリと良い仲になっていたとしてもやはりいずれはそうなっていたのでは――という考えがちらりと頭の片隅を掠《かす》め、慌ててそれを打ち消した。

「……なんというか、その……まぁ、お前にもきっといい女が現れるさ」

「……ありがとよ」

何とも言えない苦笑いを浮かべてもう一口酒を啜ったザックは、グラスの中身に視線を落とした。

「それにしても美味ぇな、こいつは。ちっと癖が強いが悪くねぇ。東方の酒っつったか」

「ああ。なかなかいい味だろう」

クレメンスは頷《うなず》き、東方の肉太の文字で銘柄が書かれた瓶のラベルを彼に示してみせた。

「芋でできた酒らしくてな。『一億年の孤独』というんだ」

「つぶほっ⁉」

途端に彼は口に含んでいた酒を噴き出し、咽《む》せ返った。

「てめっ……なんて不吉な酒飲ませやがる！」

「だが美味いだろう。アレクにも飲ませようと思ったが失敗した」

「おめぇはよぉ……」

クレメンスは声を立てて笑った。悪戯《いたずら》が成功したような顔で笑うクレメンスを恨みがましい目で睨《にら》み付けていたザックもやがて笑い出す。

――夜更けまで続いた失恋男同士の酒盛り。

美味い酒とともに過ぎ去った恋を飲み下し、そして想い出へと返すのだ。

幕間三　使い魔ルリィの日記

■十二月×日

今日は大変な一日だった。塔を下りる途中で水が沢山流れてきて皆がずぶ濡《ぬ》れになってしまった。シオリとアレクを慌てて呑《の》み込んで上まで運んだけど、やっぱり濡れちゃったなぁ。でも皆褒めてくれた。お役に立てて良かった！

身体《からだ》を冷やしたら病気になるから、シオリが急いでお風呂を作ってくれた。うーん、自分は寒いのは平気だけど、温かいお風呂も気持ち良くて好きだなぁ。皆温まったら元気になったみたいだ。

大変な目に遭ってアンネリエは疲れたみたいだから、休んでもらっている間にシオリとアレクと一緒に水浸しになった場所の偵察に行った。水溜《みずた》まりの水を抜いたら沢山魔法石が出てきたから、ご褒美に一つもらった。赤くてつやつやしてて綺麗《きれい》な石だ。ほかほか温かくてシオリにぎゅってしてもらったときみたいに幸せな気分になれるから嬉《うれ》しい。ありがとうアレク！　大事にするよ！

先に進んだら、あの変な三人組の一番嫌な奴《やつ》が途中で死んでいた。皆を殺そうとするくらい嫌な奴だったのに、何故《なぜ》だかシオリとアレクは少しだけ悲しそうだった。こういうところも人間の不思議なところだ。人間が同族を悼む気持ちというのはとても複雑なんだと前に下水道の爺《じい》さんが教えてくれたことがある。自分にはよく分からない。そのうち分かるようになるのかな？

途中で拾った二人はまだ生きていたから連れていくことにした。そんなに悪い感じはしなかったから、いいんじゃないかな。死にそうだったけど、沢山温めてあげたら少し良くなったみたいだ。良かったね！　一晩しっかり休んで、明日《あす》出発。

でも、シオリの「落ちてきたのがこの国で良かった」ってどういう意味かな。空から降ってきたのかな？　天使様かな。アレクはよく俺《おれ》の女神とか聖女とか独り言言ってるけど。

■十二月×日
昨日拾った二人が熱を出した。このままだと本当に死んじゃうかもしれないから、急いで出発することになった。最初はアレク一人で街まで行って、騎士隊を連れてくるって言ってたけど、皆で協力して二人を運ぶことになったたから大丈夫。自分も運ぶよ！　シオリを運んだことあるから平気だよ！

それにしてもユーリャって人、シオリより背は大きいのにシオリよりずーっと軽かった。あんまりご飯食べてなかったんだって。元気になったらご飯沢山食べられるといいね。頑張って運ぶからユーリャも頑張ってね！

途中までは順調だった。でも街に近くなってきたかなっていうところで変な魔獣に会った。見たことがない真っ白で大きな猿みたいな魔獣だ。雪男といって、幻獣と呼ばれているとても珍しい魔獣らしい。凄《すご》く強そうだ。人間の中でも特に強いアレク達を見ても、にこにこ笑ってなんだか楽しそうだった。余裕だなぁ。さすが幻獣。

戦いは皆に任せて、自分はフロルとユーリャを護《まも》ることになった。「スライムに護られるなんて、本当に人生分からんもんダな……」ってフロルがぜえぜえ息切れしながらぼそぼそ言ってた。シオリ以外で運んであげたのはフロルだけだから、レア体験だよ！

それにしても雪男はびっくりするほど強かった。凄く強いアレク達が少し焦るくらい強い魔獣だ。

力持ちのアレクとクレメンスがぶっすりと剣を刺してたのに平気そうだし、ナディアの魔法でもびくともしなかった。剣でも魔法でも平気だなんてずるいなぁ。おまけに口から氷魔法吐くし。

そうこうしているうちに、雪海月《ゆきくらげ》まで出てきた。やだなぁ。あれって数が多くて大変だし美味《おい》しくないからあんまり好きじゃないんだけどなぁと思ってたら、ナディアとシオリがやっつけてくれた。シオリっていつも自分のこと弱いっていうけど、いざとなると強いと思う。アレク達に手伝ってもらって雪男に止《とど》めを刺したくらいだし。もっと自信持って欲しいなぁ。

でも、雪男もお風呂に入って死ぬなんて変わってるなぁと思った。どうやら熱さに弱いらしい。あんなに気持ち良いのに入っただけで死んじゃうなんて大変だなぁ。リヌスがよくお風呂に入りながら「極楽極楽～♪」とか言ってるけど、本当に極楽行っちゃうなんてさすが幻獣だと思った。

ところで雪男って美味しいのかな。バルトも気になるみたいだ。デニスには呆《あき》れられていたけど、やっぱり気になるよね雪男の肉。バルトともいい友達になれそうな気がする。後で騎士隊が調べるから食べられなかった。残念。

■十二月×日
街に帰ってきてご飯食べてから先の記憶がない。気が付いたら朝だった。あれ？　朝というよりお昼だった。お昼ご飯はアンネリエ達と特別なご飯を食べた。美味しかった！　フロルとユーリャも元気になったらきっと美味しいご飯が食べられるよ！　二人とも元気になって、いつか故郷に帰れるといいな。あんまりご飯がないところらしいから、沢山美味しいものが作れるくらい頑張って働くんだって。頑張ってね！　応援してるよ！

シオリはアンネリエと友達になった。デニスとバルトとも友達になった。アンネリエ達はシオリ達と一緒に冒険して、大事なものを手に入れたらしい。シオリも大事なものを沢山持ってたことに気が付いたらしい。シオリはなんだか嬉しそうで幸せそうだ。嬉しいって思えることが増えたみたいで自分も嬉しい。良かった。この調子でいっぱいいっぱい幸せなこと見つけて欲しいなあ。大事な友達だから、もっともっと幸せになって欲しい。

■十二月×日
何日か頑張ってお仕事したから、お休みをもらった。ゆっくり休んで次の仕事に備えるのも冒険者の仕事らしい。

シオリはまだ少し疲れてて身体が凝ってるみたいだ。だからアレクがマッサージしてあげていた。シオリは凄く気持ち良さそうだ。「あっ……そこ、気持ちいい……」って声出すたびに、アレクも真っ赤《まっか》になって何故か息切れしてた。大丈夫かな？

マッサージが終わったらシオリは寝てしまった。アレクは慌ててお風呂にすっ飛んでいった。一生懸命マッサージして汗でもかいたのかな。

シオリにお手紙を持ってきたザックも何故か真っ赤になっていた。大丈夫かな。「ふ、二人に伝えといてくれ。部屋の外に声聞こえてんぞってよ」いいけど、どういう意味だろう。

シオリに届いたお手紙はアンネリエからだった。難しい問題が解決したからお礼をしたいそうだ。今度一緒に食事をするらしい。凄くいいお店で凄く美味しいご飯らしい。それは楽しみだなぁ！

■十二月×日

今日はアンネリエとお食事会だった。

とってもいいお店に行くから、シオリ達はいっぱいお洒落《しゃれ》して行った。なんだか二人ともいつもと雰囲気が違う感じ。シオリは「格好良過ぎて直視できない……」って真っ赤になっていた。アレクは「可愛《かわい》過ぎていくらでも眺めていたい」ってにこにこにこにこにこにこにこにこ。にこにこし過ぎてクレメンスとナディアが変な目で見ていた。

お店に行ったら美味しいお菓子をもらった。これエナンデルとかいうお店のお菓子だ！　美味しくて大好き！　ありがとう！

お菓子を食べている間にアレクがシオリに悪戯《いたずら》してた。自分もクレメンスとナディアもいるのに、背中の後ろでこっそりシオリを撫《な》で回して遊んでいた。そういう遊びは誰も見てないところでやるんだって下水道の爺さんに聞いたけど、アレクは外でも時々こうやって遊んでる。うーん……人によるのかな？　どうせなら家でゆっくり遊んだらいいのに。

それにしても、アンネリエ達と食べるご飯は凄く美味しかったなあ。シルヴェリアで食べた肉料理も美味しかったけど、ここのお店のも凄く美味しい。また来たいなぁ。

帰りの馬車の中で、シオリとアレクは正式な番《つがい》になる儀式をする約束をしたみたいだ。二人とも大事な問題を解決したら番になるんだって。そっか。二人とも何か隠し事してるのは知ってるから、きっとそれを解決するんだと思う。早く解決できるといいな。解決して二人ともいっぱいいっぱい幸せになってね！

番外編　月明かりの聖女

番外編　月明かりの聖女

1

「うう……」

本日何度目になるかも分からない呻《うめ》き声を上げながら、ザックは悩ましげに眉間《みけん》を揉《も》んでいる。その手には一枚の依頼票があった。それを握り締めたまま眉間に皺《しわ》を寄せて考え込むこと一時間。伝書鳥による速達を受け取ってからずっとこの有様なのだ。

あまりにも深刻なその様子に、それまで黙って眺めていたシオリはアレクと顔を見合わせた。ルリィはくねっと身体《からだ》を傾けている。そのうちにザックは再び唸《うな》り始め、とうとうアレクが声を掛けた。

「さっきから一体どうした」

「何か難しい依頼でも入ったの？　兄さん」

二人の問いには答えず、ザックは手にした依頼票をひらりと振った。それを覗《のぞ》き込んだ二人はざっと目を走らせてから、ああ、と同じような声を漏らした。どちらからともなく苦笑が漏れる。

『討伐依頼。緊急度S。難易度A～S。ディマの町近郊の巨大芋虫《キャリオン・クローラー》複数体討伐。変異種多数の可能性あり。依頼者：ディマ駐屯騎士隊』

それは一見何の変哲もない討伐依頼だ。考えなければならない点があるとしたら緊急性と難易度の高さだが、今回に限っては問題点は他にあった。

変異種の魔獣複数体の討伐であることからA級、もしくはS級を含む上級冒険者複数名のパーティが必要となるが、生憎と該当するギルド員はほぼ出払っていた。対応できる者がアレクとザックだけなのである。そしてその最大の問題点とは――。

「あんたが出るより他はないわけだ」

「虫の魔獣の討伐に」

「ぐっ……」

アレクとシオリの言葉に改めて現実を突き付けられたザックは青い顔で頭を抱えた。

――そう、トリス支部のギルドマスターにしてS級冒険者としても名高いザック・シエルは、大の虫嫌いであった。彼が「黒くて触覚が長くてカサカサ移動するあの虫」が嫌いであることは周知の事実であるが、実は虫全般が苦手ということを知る者はそう多くはない。いくら苦手とはいえ、仕事中に委縮するような醜態は見せないからだ。しかしそれを耐えて依頼に臨むために、精神は相当摩耗するらしい。仕事を終えて帰還した日には寝込むこともあるほどだという。

しかも今回の依頼はランクの高いギルド員の帰還を待って割り振る暇は許されてはいない。なにしろ「緊急度S」という条件が付く。二日以内に対応が求められる依頼である。基本的にザックは、ギルド員が苦手とする系統の魔獣討伐には作業効率や精神衛生的な問題を考慮してメンバーを割り振っているが、今回はそんな余裕もないのだ。

「……悩んでもしょうがねぇ。俺《おれ》が出るからアレク、お前も来てくれ」

遂に覚悟を決めたザックは、一転して表情を引き締めるとパーティメンバーの選定と日程の調整を始めた。

「泊まりになるだろうからシオリと……リヌスも入れてぇところだな」

虫系魔獣は成体になるのが早い。既に蛹化《ようか》を経たものもいるかもしれない。巨大芋虫の成体は美しい蝶《ちょう》の形をした飛行系の魔獣。腕の良い弓使いが必要だ。そして棲《す》み処《か》は森の深部。泊まりになることを考慮してシオリも加えられた。

すぐにメンバーが集められ、打ち合わせが始まった。

出発は午後だ。それぞれが遠征の準備のために一度解散した。

2

日没が近い時間。雪馬車で目的地に向かった一行は、なだらかな丘陵地帯を覆う森のほとりに佇《たたず》む町、ディマに降り立った。トリスより遥《はる》かに規模は小さいが、豊かな自然に囲まれたディマは活気に溢《あふ》れていた。寒冷地に特化した魔獣の家畜化や蜂蜜《はちみつ》採集など、農業資源に恵まれて農閑期でも潤っているらしい。大通り沿いには商店や飲食店が立ち並び、仕事帰りの人々で賑《にぎ》わっている。

出で立ちから冒険者だと気付いたのだろう。正門で見張りを務める騎士隊の詰め所から若い騎士が姿を見せた。彼はイリス・ミルヴェーデンと名乗った。この駐屯騎士隊の隊長を務める男で今回の依頼者だ。聞けば二十代半ばをようやく超えたところだという。一つの町を任される駐屯騎士隊のトップとしては随分と若いが、適当な人材がおらず自分に白羽の矢が立ったのだと言って彼は苦笑した。

彼はパーティの代表であるザックと力強い握手を交わし、ぐるりと一行を見回した。そして最後、シオリに視線を向けて目を見開く。

一目で大陸極東地域の辺境民族と分かる風体のシオリに対して、こんな反応をする者は少なくはない。いつものことだからと微笑《ほほえ》みながら軽く会釈してその場を流したけれど、隣のアレクが僅《わず》かに緊張する気配があった。

「……ああいや、失礼。少し驚いたのでね」

イリスは正直に答えて謝罪した。嫌悪感を抱いた訳ではなく、ただ単純に東方系が珍しかっただけのようだ。でも。

町を護《まも》る外壁の内側の、詰め所からほど近い場所にある騎士隊隊舎に案内されるごく短い距離の間に、遠巻きにこちらを見ている人々の姿にアレクは渋面を作った。その視線のほとんどが明らかにシオリに向けられていたからだ。若者はただ純粋に物珍しく思っているようだけれど、年配者の目には微《かす》かな警戒心があった。

「ストリィディアは移民には寛容だけどさー。こういう山里なんかでは、まだまだ余所《よそ》者に強い偏見があるんだよ。年寄り連中なんかは特にねー」

こっそりとリヌスが教えてくれた。彼は山間部の村出身でそういった事情に詳しいらしい。

「……それに」

先導して歩くイリスがぼそりと付け加える。

「女性が戦うことに抵抗がある者は未《いま》だに多い。かつては騎士だった王妃陛下の影響で戦う女性が増えてはいるのだが……な」

古い考えが根強く残る、田舎《いなか》町特有の偏見ともいえる。少なくともトリスでは性別での偏見を感じたことはあまり多くはない。

「妙な横槍《よこやり》入れてこなけりゃいいがな」

「兄さん。私は平気だよ」

依頼人の手前、不快感を露《あら》わにするようなことはしなかったが、苦々しく呟《つぶや》くザックの腕にそっと手を掛けてシオリは言った。

仕事に不都合が出るなら困るけれど、今回の仕事は直接住民とかかわるようなものではない。トラブルには多分ならないだろう。それにロヴネル家の依頼でデニス・フリュデンと初めて顔を合わせたときに比べたら遥かにましだ。幸い彼とは短期間で打ち解けたのだったが。

「……お前がそう言うんなら、まぁ……分かったよ」

隣の恋人にさり気なく肩を抱かれているシオリを見下ろした兄貴分は、がしがしと赤毛の頭を掻《か》いて苦笑いした。


簡素だが居心地よく清潔に整えられた隊舎。応接室に案内されたシオリ達は互いに自己紹介を済ませ、銀髪が美しい女性騎士が淹《い》れてくれた紅茶を啜《すす》りながらイリスの話に耳を傾けた。

「本来我々で対応すべきところなのだが……無理を言って呼び立てて申し訳ない。まさかS級冒険者として名高いザック殿自らご足労くださるとは思わなかった」

「こっちも適当なのが出払っちまっててな。緊急性が高ぇと聞いて出てきた次第だ。騎士隊の事情も分かってる。人手が足りねぇんだろ?」

「ご理解頂けて幸いだ。なにしろ住民からの突き上げが酷《ひど》くてな」

イリスは苦笑した。早くどうにかしろと連日のように押し掛けられているらしい。

「人的な被害はまだ出ていないが時間の問題だと思う。いくつかの畑は壊滅状態でな。家畜を食われた農家も出始めた」

巨大芋虫は雑食だ。特に蛹化前の個体は食欲が旺盛で、巣の周辺だけでは飽き足らず人里まで下りてくることもあるのだ。少なくとも農村地帯なら確実に餌《えさ》がある。冬野菜や家畜などの人間が手塩に掛けて育てた栄養たっぷりな餌だ。人間も例外ではない。見つけ次第駆除しなければならない。

「収穫を早めて無事な家畜は安全な壁内に移動させたいという意見も出てるんだが、巨大芋虫を警戒してか、普段は森の奥地にいるような魔獣が付近に出没していて少々危険でな。時間制限を付けて段階的に進めてはいるが、警備の都合もあって思うように進んでいないのが現状だ」

「自警団の手を借りる訳にゃいかねぇのか。それともここにはねぇのか？　田舎町にゃあ大抵はあるもんだが」

ザックの指摘にイリスは口を噤《つぐ》んだ。一瞬考える素振りを見せたが、すぐに口を開く。

「……あるにはあるが、団員のほとんどは本業が農夫か商人、良くてもせいぜいが猟師だ。魔獣の前に出すには心許《こころもと》ない。近場で弱い魔獣を狩るのとは訳が違う。彼らもまた我らが護るべき民間人だ。住民に怪我《けが》をさせる訳にはいかない」

シオリは仲間達と目配せした。アレクは肩を竦《すく》め、リヌスはなんとも言えない表情で苦笑いしている。戦いが本業ではない自警団を出すには不安があるというのも分からなくはない。しかし冒険者の中には自警団出身の者も多く、決して弱い者ばかりではないはずだ。イリスが言い切ったということは戦力的に難でもあるのだろうか。

「ともかく、現状は人手が足りないことに変わりはない。そのあたりは住民も理解してはいるようだが、被害が増える一方で不安なのだろう。今朝《けさ》も詰め所でひと悶着《もんちゃく》あったばかりだ」

「まぁ、警備だけで手一杯だというのは分かる」

このディマ駐屯地に勤務する騎士は全部で十一名。人口千五百人強という町の規模を考えれば、その十一名の中から討伐隊員として人員を割き、なおかつ少なくとも一晩は留守にするという状況は警備面からみて些《いささ》か心許ないのは確かだ。

ディマは国境の難民キャンプ地まで徒歩二日と近い地域。治安に不安がある現状では戦力を半減させたくはないというのも分かる。

「……それで巨大芋虫に話を戻すが、何度か通報を受けてその都度倒した。しかし何しろ回数が多くてな。そのうちの三体は変異種だった」

「確かか？」

アレクの問いにイリスは頷《うなず》く。

「体色はどれも緑がかった銀色だった。間違いない」

「三体もか……」

魔獣の突然変異体はその特性ゆえに単体であることが多い。しかし短期間で複数体出現したということは、既に変異種の状態で繁殖し始めている可能性が否定できなかった。その点だけ見ても緊急性は高いと言えよう。

森林地帯で演習をすることもある騎士隊では近郊の森や生態系を熟知しており、問題の魔獣の出現地域や時間帯から巣の位置はある程度割り出しているようだ。あとはその場所を目指していくだけなのだが、肝心の討伐隊に割く人員が不足しているという訳だ。

「難民の中には物資目当てに野盗化している者も出ている。奴《やつ》らは徒党を組んでくる。一昨日も近郊の村が襲われた。幸いすぐ取り押さえたが、たった一晩でも戦力が半減するという状況は避けたい」

単純な町の警備だけなら自警団と連携しても良いのではないかという意見もあるが、これも互いの主義主張が噛《か》み合わずに難航しているらしい。イリスは言葉を濁していたが、習慣や仕来たりに強くこだわる田舎町ゆえの難しさもあるようだ。

「……なるほどねー」

リヌスは唸るように言った。山間部の田舎出身の彼には覚えがあるのだろう。

「――で、問題の巣についてだが」

巣があると推定される場所は二ケ所。この二つの地点の距離はおよそ一キロメテルほど離れていた。雪の森林を歩いて目指すことを考えると相応の時間が必要だ。それに二つの群れが近場に縄張りを作ることは滅多にないというが、二ケ所共に営巣している可能性も絶対にない訳ではない。

「……これ。両方の中間地点まで行けばどっちに巣があるか探れるけど、どうする？」

「なるほど、お前の探索魔法を使う手があったか」

ザックやリヌスと目配せしたアレクは頷いた。

「探索魔法？　というと、魔導具を探す、あれか？」

「その魔法を改良したものです」

基本的には狭い場所で強く魔素を帯びた物体を検知する魔法だ。その探索範囲を魔力を節約しつつ可能な限り広げたものが、シオリ独自の探索魔法だ。索敵魔法と言ってもいい。

怪訝《けげん》そうに首を捻《ひね》るイリスに簡単に解説すると、彼は感心したように頷いた。

「なるほど、そんな応用方法があるのか。器用なものだ。興味深いな」

言いながらイリスは気を利かせて地図を取り出し、目の前に広げた。

「これが現地の地図だ」

現地付近までは緩やかな傾斜。巣があると予想される二地点間には、幸い木々を除けばこれといった障害物はない。歩いて分け入るには問題はないようだ。

「それならまずはこの中間地点を目指すか？　そこでシオリが探索する……のはいいが、大丈夫か。探索魔法を使うにはかなり距離があるぞ」

普段の探索範囲は最大でも八十メテルほど。今回は五百メテルという長距離に探索の網を伸ばさなければならないけれど、秋の迷子騒ぎで一度広範囲に使った経験はある。

「少し休ませてもらえれば大丈夫。すぐに出発するとか何回も続けて使うと疲れるけど……」

「あまり無理をさせたくはないが……やむを得んか」

アレクが眉根《まゆね》を寄せて唸るが、このやり方が一番効率的だった。

「両方とも近くまで行ってみるっていうと、そっちの方が疲れると思うよー。ずっと上り坂だしさ。確実な手段があるなら使わない手はないんじゃないー？」

「……だな。よし、そんじゃあ中間地点を目指してそこから探索。特定後十分な休憩をとってから出発ってことでいいか？」

話を取り纏《まと》めたザックに皆が頷いた。

「そんなら方針が決まったところで、すぐにでも出発してぇところではあるが……」

巨大芋虫は夜行性だ。雪の中、獰猛《どうもう》な魔獣の活動時間帯に敢《あ》えて出発するよりは、眠っている日中を狙《ねら》っていくのがいいだろう。出発は明日《あす》早朝。イリスの計らいで今夜は騎士隊隊舎の空き部屋に泊まることになった。

「――それで、依頼しておいて言い難いことではあるのだが……」

彼は心底申し訳ないといった態で遠慮がちに切り出した。

「部下を一人同行させたい。その……一応騎士隊の面子《メンツ》もあるのでな」

少ない人員で討伐隊を結成することもできないが、だからといって冒険者に丸投げするのも世間体が悪いということだった。

「同行者？」

冒険者と騎士隊は友好的な間柄ではあるが、戦闘方針には大分異なる点が多い。危険を伴う変異種の討伐に、ある種の「余所者」ともいえる者をパーティに加えて良いものだろうか。できれば断りたいところだとザックは正直に言った。

「足手纏《まと》いにはならんよ。腕は保証する。それにそちらの指示には従うようによく言い付けてある」

些か面倒なことになったと戸惑うシオリ達の前に、一人の女性騎士が立った。紅茶を淹れてくれた騎士だ。美しく背筋を伸ばして直立した彼女は、綺麗《きれい》な敬礼をしてみせた。

「ディマ駐屯騎士隊第三班所属、ファンヌ・エディンです」

魔法剣を得意とし、トリスの本部隊では魔法部隊所属だったという。アレクと同じ魔法剣士だ。腕前は冒険者に置き換えるなら、B級相当だということだった。

短く刈り上げた、光の加減で淡い紫色にも見える美しい銀髪。琥珀《こはく》色の瞳《ひとみ》は意志が強そうに輝いていた。しかし全体の印象は柔和で我を通す質には見えない。人当たりは良さそうだ。

思うほどには厄介でもなさそうだと安堵《あんど》したシオリは、仲間達と顔を見合わせて苦笑した。

3

「もしよろしければ、夕食を隊舎の食堂で一緒にいかがですか」

与えられた部屋に下がろうとした一行をファンヌが引き留めた。断る理由もなく——というより、外で夕食を取るにしても悪目立ちしそうでどうしたものかと思っていたところだった。シオリに偏見を持つ輩《やから》が妙な手出しをしてこないとも限らず、これについては恋人のアレク以上に兄代わりのザックの方が神経質になっていた。シオリとしてはもうこういう偏見には慣れてしまっていたのだが、無用なトラブルは避けたいところだ。遠征用の食料をいくらか出すか、あるいは人当たりの良いリヌスに買い出しを頼むか思案していた矢先のことだった。

「それならご一緒させてもらうか」

アレクの返事にファンヌは微笑みながら頷いた。

「こちらへ」

簡単な武装を残して荷物を部屋に置いたシオリ達は、彼女の案内で食堂に通された。雇いの料理人がいる小綺麗《こぎれい》な食堂は、騎士隊が持つ堅苦しい印象に反して居心地の良い寛《くつろ》げる場所になっていた。交代前の者達だろうか、二人の騎士が談笑しながら料理をつついていた。彼らはシオリ達に気付くと人のよい笑みを浮かべて小さく目礼する。

「へぇ？　思ったよりメニューは豊富じゃねぇか」

「ほんとだー。おっ、串焼きがある。俺これにしよー」

「山間部で娯楽が少ない場所ですからね。せめて食事だけでもと配慮されているんです。非番のときはお酒も飲めるんですよ」

「へぇ……あ、白身魚のシチュー美味《おい》しそう」

たった十一名のこの駐屯地では食堂の規模は小さく、料理人は一人だけのようだ。献立は色々あるようだけれど、それぞれが異なる料理を頼んだのでは忙しいのではないかと妙な気を回してしまったシオリは、アレクと同じ料理を頼むことにした。

退役騎士だという料理人の作る一皿は素朴でどこか懐かしく、家庭料理のような優しい味わいだった。郷里を離れて各地に赴任する騎士にとって、飽きの来ない家庭の味は何よりのご馳走《ちそう》なのだ。

「コンセプトは故郷の定食屋だそうですよ」

そう言ってファンヌは笑った。

しばらくは当たり障りのない会話をしながら食事を進めた。けれども別のテーブルで食事を終えた騎士達が席を立ち、そのうちの一人が「ファンヌ。討伐隊に抜擢《ばってき》されたからってあんまり気負い過ぎんなよ」と声を掛けた瞬間、彼女の顔が目に見えて曇った。

「お前、言い方」

別の騎士が咎《とが》めるように言い、それからファンヌの肩を叩《たた》いた。

「こいつも悪気があって言った訳じゃないんだ。お前が心配なのさ」

「……すみません」

彼らの間に漂う微妙な空気に訳有りの気配を察したシオリは小さく首を傾《かし》げた。人当たりが良いように思えた彼女に何か問題でもあるのだろうか。

「ああ、申し訳ない」

こちらの疑念を感じ取ったのか、もう片方の亜麻色の髪の騎士が気まずそうに苦笑した。

「こういう田舎町なもんですから……その、女性騎士に対する偏見がまだ根強くて、一部の住民と折り合いが良くないんです。こいつなりに頑張ってはいるんですが、どうにも空回り気味で」

「えっ……そう、なんですか」

ディマの町に着いたときの、人々の視線が脳裏を掠《かす》めた。それからイリスの「女性が前に出て戦うことに抵抗がある者もいる」という言葉も。

「……いや、ぶっちゃけると騎士隊自体が一部からあんまり良く思われてねーんだ。ファンヌは女だから俺達より不満をぶつけやすいのかなんなのか、当たりがきついんだわ」

トリスやその近隣の村のように、住民と騎士とが極めて良好な関係を築いているところしか知らないシオリは目を丸くした。

「元々ディマは駐屯地が置かれていない小さな村でした。でも、農業で成功したここ十数年で急激に人口が増えて、ちょっと自警団だけでは手が回らなくなって、ずっと駐屯地設置の要望が出されていたんです。しかしそう簡単でもなく、二年前にやっと設置されたところなんですよ」

「設置の要望が出ていたのに、良く思われないんですか」

「主に古株の住人と、だなぁ。折り合いが悪いのは」

シオリの疑問にはやや口の悪い方の騎士が答えてくれた。

「元々昔っから住んでるのと新しく来たのとで意見が合わなくて、町の運営方針でしょっちゅう揉めてたらしいんだ。人口の半分以上が移住者なもんだから、無視もできねぇでさ。そーいう事情もあって、いくら騎士でも余所者にこれ以上でかい顔で介入されたくねぇってのが一定数いるんだわ」

新しい住民が増えるとともに次代の担い手も増えるのは良いことなのだろうが、町の急激な発展と変化に気持ちが追い付かないのだろう。町のやり方で全《すべ》て解決してきた揉め事も、騎士隊という権威ある組織が介入するようになって面白くない者もいるという。

「変化を良しとはしない者もいるからな」

「どっちが良い悪いって話じゃねぇが……人が増えりゃあそれだけ揉め事も増えるってこった。こいつはまぁ、時間が解決してくれるのを待つしかねぇな」

アレクとザックはそう言って苦笑いした。

国が豊かになるにつれて変化の少ない辺境や山間部の小さな集落は人が減り、この数十年で消滅した村は多いという。代わりに近隣の条件の良い村や町に移り住む者が増え、古参住民と移住者との間に軋轢《あつれき》を生むことも少なくはないらしい。

国家権力と民間人との摩擦もだ。ディマのような問題は決して珍しくはないようだ。

「……もっとも、うちの場合は隊長もなぁ……あれでいて意外に融通利かねぇっつうか、真面目《まじめ》過ぎるっつうか……線引きし過ぎるのがな。トリスの出身だっつーから、田舎のやり方に付いてけねーってのも分からんでもねーが」

「おい」

「先輩」

口の悪い方の騎士がぼそりと付け加え、今度はファンヌ達が二人掛かりで制止した。上官の悪口とも取れる発言を止めたのとも少し違う様子が気に掛かりはしたけれど、依頼人の内部事情に口を挟むのはあまり得策ではない。

――余所者に対する偏見と警戒心、女性騎士への白眼視だけが問題でもないようだ。

なんとはなしに漂う気まずい空気を払うように、騎士は言う。

「……いや、まぁでも。騎士の扱いはストリィディアなんてかなりいい方ですよ。余所の国では騎士は国家の犬とか税金で養ってやってるだなんて言われたりもするらしいし、それに比べたら……」

「……そうだな。汚職塗《まみ》れで騎士隊が正常に機能していないところも多いんだ。民との信頼関係なんて築ける訳がない。それに」

異国で仕事をしたこともあるというアレクがしみじみと言う。

「国外では冒険者と騎士の関係だって良くないんだ。むしろ互助関係にあるストリィディアの方が珍しいかもしれんな」

「えっ、そうなの？」

「ああ。今回のように騎士隊からの依頼で冒険者が駆り出されるなんてことはまずないぞ。なにしろ仕事内容がほとんど被《かぶ》ってるからな。言ってみれば商売敵だ。騎士は冒険者をならず者の集団なんて煙たがるし、冒険者は騎士を……まぁ、国の命令しか聞けない犬だなんて揶揄《やゆ》する始末でな」

「だな。おまけに騎士ってのは言ってみりゃ『国』ってでけぇ括《くく》りを護る組織だ。大衆を護る分、どうしたって細けぇところで取りこぼしが出る。反面、冒険者はそういう取りこぼしや騎士隊じゃ扱いきれねぇ個人の細けぇ仕事まで請け負うんだ。どっちが民衆からの支持が厚いかっていや、そりゃあ民衆に近い方にならぁな。そういう訳で、騎士にとっちゃあ冒険者は煙たい存在なんだ」

アレクとザックの言葉に騎士達は苦笑いを隠せない。

「正直言えば、この国だって騎士隊のお偉方の中にはそういう人も多いぜ。隊長がファンヌを同行させるのにはその辺にも理由があるんじゃねぇかなあ。本部への報告は多分『騎士隊の指揮の下』って装飾が付くんじゃねぇ？」

「うわ、俺達が添え物扱いじゃん」

「ちょ……先輩」

リヌスは可笑《おか》しそうに笑ったけれど、あっさりと騎士隊の内部事情を口にした先輩騎士にファンヌは慌てた。どこの世界でも面子にこだわる輩はいるものだ。そして抱える問題も似通っている。

「……どこに行っても似たような問題があるんだなぁ……」

「なんだ、お前の故郷も同じか」

アレクの問いにシオリは曖昧《あいまい》に頷いた。

「うん、まぁ……」

世界という隔たり、魔素と魔法やそれに付随する生態系の違いはあれど、人の営みや心の機微にさほど違いはない。だからこそ異世界の人間でありながらこの世界に馴染《なじ》むことができたのだとも言えるのだが、なんとはなしに複雑な気分になったシオリは苦笑いするしかなかった。

4

翌朝、五時。夜は早めに床に就いて十分な休息を取ったシオリ達は、日の出までまだ数時間という真夜中のように暗い中、森に向けて出発した。

正門を出るとき、早起きの農夫が数人こちらをじっと眺めていた。彼らに騎士隊主導の討伐隊だと示すためだろうか、イリスとファンヌが先頭に立ち、いかにも冒険者を率いているかのような動作で雪馬車に乗り込む。イリスは何食わぬ顔だったけれど、ファンヌは気まずそうだ。

仲間達と視線を交わして苦笑いする中、雪馬車はゆっくりと走り出した。

森へと分け入る小径《こみち》の入口までは、町から雪馬車で五分ほどの場所だった。途中、半壊した小屋に規制線が張られているのが見えた。巨大芋虫に襲撃された家畜小屋だという。元々老朽化していて大型魔獣相手なら多分壊れるだろうと言われていたらしいが、それにしてもあれを簡単に破壊する魔獣の凶暴さに内心ぞっとした。些か顔色を悪くしたシオリの手を、隣に座るアレクがそっと撫《な》でる。

やがて雪馬車は雪に半ば隠れた小径の前で停車した。

「ここからしばらくは住民が狩りに使う小径伝いに行ける。途中から道を逸《そ》れるが、その先はファンヌが把握している。ファンヌ、案内を頼むぞ」

「は」

彼らの言葉を聞きながら、シオリは濃い青色の闇《やみ》に沈んだ森に視線を向けた。仲間達が発する声以外に音らしい音の聞こえない、静寂に包まれた森。雪に吸収されて音が響き難く、反面遠い場所の音が近くに聞こえることもあって、雪の中では音だけに頼った危険察知は難しい。気配と探索魔法が頼りになるが、これはベテラン揃《ぞろ》いのこのパーティなら問題ではないだろう。

特に狩人でもあるリヌスは森の中での探索を得意としているというから、よほどのことがない限りは探索魔法を使わない方針で行くことになった。決して後れを取るつもりはないけれど、このパーティで最も体力がないのは自分なのだ。可能な限り魔力と体力は温存したい。

「魔力回復薬は十分過ぎるほどに持ってきたからな。魔力切れになる前に小まめに飲んでおけ」

「うん」

アレクの真新しい「シオリ専用ポーチ」に初級魔力回復薬がびっしりと詰められているのを見たザックは、ぎょっと目を剥《む》いた。

「アレクお前、それ……ちっとばかり過保護過ぎやしねぇか」

「……あんたほどじゃないと思うが」

ほとんど囲い込みのような状況でシオリを護ってきた兄貴分の言葉にアレクは呆《あき》れ顔だ。その足元をルリィが宥《なだ》めるようにぺしりと叩き、リヌスは「愛だねー」と笑った。シオリは赤面するしかない。

「現地までは雪のない季節で三時間強。十分な休憩を入れて五時間というところです。雪道ではプラス二、三時間は掛かるかと」

出発前の最終の打ち合わせ。ファンヌの言葉にアレクは唸る。

「余計な戦闘は回避したいところだな」

日没までに討伐を終えなければならないことを考えると、時間ぎりぎりといったところだ。

「毒矢があるから、できる限りこいつを使うよ。まぁマスターとアレクの旦那《だんな》がいればそうそう襲ってはこないと思うけどねー」

言いながらリヌスが矢筒を叩いた。手製の麻痺《まひ》毒を塗った小さな矢は、獲物を生け捕りにするだけではなく戦闘回避の手段にもなるようだ。

「眠りの魔法はアレクとシオリは使えなかったな。ファンヌ殿は？」

身体に直接作用する魔法は治癒魔法や聖魔法のように先天的に持って生まれる能力に近く、使用できる者は限られている。アレクは筋力増強の魔法は使えるけれど眠りの魔法は使えない。シオリはどちらも使えなかった。それはファンヌも同じだったようで、残念ながらと首を振った。

「じゃあ面倒な相手の場合はリヌス、頼むな。幸い雪海月《ゆきくらげ》や雪熊《ゆきぐま》は出ねぇ場所だが、白猪《しろいのしし》と氷蛙《イス・グロダ》はちょいちょい出るようだ」

「おっけー。そんじゃ、白猪と氷蛙は俺が眠らせるねー」

「あとは虫系の魔獣も数種類棲息《せいそく》しています。ほとんどは冬眠中なので心配ありませんが、今冬は雪原カマキリと虹色《にじいろ》テントウの群れがいくつか確認されています」

「……虫だらけですね……」

虫嫌いの兄貴分は大丈夫なのだろうか。ちらりと見たザックは涼しい顔だったが、よくよく見れば口元が若干引き攣《つ》っているように見えなくもない。

しゅるりとザックに近付いたルリィがちょいちょいとその足元をつついた。「虫が出てきたら自分が駆除するよ！」と言いたげにぷるんと震えるルリィに、ザックは「お、おう。ありがとよ」とぼそぼそ答えている。それを見たシオリは、アレクと二人でこっそりと噴き出した。

「よし、じゃあ、現地までは可能な限り戦闘回避。接近時にはリヌス、頼むな」

「りょーかい」

「雪原カマキリは……回避してぇが連中は好戦的だからな。こいつは見つけたら先制攻撃する。虹色テントウも同様だ。アレク、それからファンヌ殿。見つけ次第やっちまってくれ」

「承知した」

「了解しました。あと、私のことはファンヌとお呼びください」

イリスが言った通り彼女は大人《おとな》しく指示に従う姿勢をみせた。馴染もうとする姿が好ましい。

「分かった。じゃあファンヌ、頼むな。リヌスとシオリ、ルリィは援護を頼む。それ以外の魔獣は適宜対応。隊列は俺が先頭、中間にリヌスとファンヌ、殿《しんがり》はアレクとシオリ、ルリィ」

「了解だ」

「休憩は一時間ごとに十分の小休止。目的地の一・五キロメテル圏内に入ったら一時間の大休止だ。その後、二地点の中間地点を目指し、そこで探索魔法で巣の位置を特定する。後はその場で小休止してから現地に向かう――ってことでいいか。日没一時間前までに到着できそうもねぇ場合は、早めに切り上げて野営しよう」

皆で目配せし合い、頷いた。ザックもまた頷くと、イリスに向き直った。

「よし、じゃあ出発するぜ。何もなけりゃ、明日の日没までには戻る」

「承知した。すまないがよろしく頼む。ファンヌも頼んだぞ。いい機会だから余所の流儀も見てくるといい」

「……は」

眉尻《まゆじり》を下げてどことなく不安げにも見えるファンヌの肩を、イリスがとんと軽く叩いた。

「――今の君は少々視野が狭くなっている。少し外の空気に触れて気分転換してこい」

気分転換とは言ったけれど、それは恐らく「勉強してこい」の意だ。彼女を同行させるのは単純に「体面を保つため」という理由だけではないのかもしれない。

「……とんだ狸《たぬき》だと思っていたが、こうしてみると案外面倒見のいい上官殿のようだな」

「うん」

こうしてファンヌを隊列に加えた一行は、森の深部に向かって歩き出した。その背をイリスと御者を務めていたもう一人の騎士が、敬礼で見送った。


真冬のストリィディアは雪深く、多いところでは積雪三メテルを超える場所もある。幸いディマ近郊は地形の関係か比較的雪は少なく、森の中では張り出した枝が雪除けとなって、多いところでも一メテルほどらしい。しかし歩きにくいことに変わりはない。雪深い場所ではアレクやファンヌが火魔法を発動し、雪を溶かして通路を作り先に進んだ。

背に遠征用の荷物を背負って雪道を歩くというのは重労働だ。冒険者に成りたての頃《ころ》はすぐに息が上がって足が棒のようになり、こんなことでやっていけるのかと途方に暮れたものだけれど、案外慣れるものだ。あの頃よりはずっと体力も付いた。それでも緩やかな上り坂の雪道では多少なりとも疲れを感じて、シオリは襟巻の下で小さく息を吐いた。

「疲れたか？」

「少しだけ」

目敏《めざと》く気付いたアレクにそう返すと、手袋をはめた大きな手にそっと頬《ほお》を撫でられた。それだけで少し体力が回復したような気がする。支えてくれる人がそばにいる、ただそれだけで全然気の持ちようが違うのだ。

恋人を見上げて、ありがと、と声を出さずに呟く。彼は前を向いたままだったけれど、なんとなく気配でそれを察したのだろう。口の端に笑みを浮かべた。

「……そろそろ一時間だな。休憩にするか」

間もなく先頭を行くザックがそう言い、一行は枝を張り出した大きな木の下で足を止めた。シオリは氷魔法を展開し、雪を成形して二つの長椅子《ながいす》を作った。雪熊の毛皮を上に敷き、魔法で適温に沸かした白湯を手早く皆に配る。十分ほどの小休止にしては贅沢《ぜいたく》な休息だが、効率良く身体を休めるためには必要なのだ。

「あんがとよ……っと、しかし見事なもんだな」

S級のザックとは雪のない季節に二度ほど一緒に仕事をしただけだ。冬の遠征でのシオリの仕事を直《じか》に目の当たりにした彼は、小さく感嘆の声を上げた。リヌスも似たようなもので、ややはしゃぎ気味に長椅子に腰掛けた。

「……驚きました」

野営地で身の回りの世話をするのがシオリの仕事だとしか聞かされていなかったファンヌは、目を丸くしている。

「その、失礼ながらせいぜい食事の支度くらいだと思っておりましたので」

「普通はそう思うだろうな」

身に覚えがあるらしいアレクが苦笑気味に白湯を啜っている。

「俺も最初はそうだった。食事と洗濯くらいだと思っていたが……いや、あのときは驚いたな。まさか野営地で風呂を勧められるとは思わず、肝を潰《つぶ》した」

「え、お風呂!?」

いよいよ絶句したファンヌに、シオリは思わずくすりと笑ってしまった。こんなやり取りは毎度お決まりの流れなのだ。

「お前、笑いごとじゃないぞ。あのときは本当に驚いたんだ。普通はせいぜい濡《ぬ》れタオルで身体を拭《ぬぐ》う程度なんだからな。それを浴槽付きの立派な風呂を勧められるんだ、驚きもする」

「……あのときのアレク、凄《すご》くびっくりしてたものね」

目付きが鋭く近寄りがたいと思っていたアレクが実は意外にも感情豊かだと知ったのは、初めて一緒に出掛けた遠征だった。何をするにも驚いてみせた彼が可愛《かわい》いと思ってしまったのは内緒だ。

「では今日《きょう》もお風呂を？」

きりりとした騎士然とした表情が崩れ、きらきらした期待いっぱいの顔で訊《き》く彼女が可愛らしい。

「ええ。どこでもという訳にはいきませんが、平らで雪深くない場所だったら作れると思います」

「それなら何ヶ所か心当たりがあります」

「じゃあ、野営地の場所はあんたが決めてくれ」

演習で付近の地形はほとんど記憶しているというファンヌは、ザックの言葉に「お任せください」と力強く頷いた。

どことなく浮足立つ彼女を微笑ましく思いながら、小休止を終えて一行は再び歩き出した。

「今んとこ何も出ねぇな。この森は普段からこんなもんか？」

気配はそれなりに感じはするが、その程度だ。姿は全くといっていいほど見えない。

元より雪の季節に出る魔獣や動物は限られている。その分出没する魔獣は危険なものが多いのが特徴ではあるけれど、鳥の一匹すら見当たらないというのは些か腑《ふ》に落ちない。ザックの問いにファンヌが少し思案してから言った。

「いえ、普段はもっと小動物がいるはずです。住民が狩りに出掛けることもありますし、これほどいないというのは理由があるのではないかと」

「……なるほどな。巨大芋虫の影響か？」

「かもしれないねー。目ぼしいのは食い尽くしたから町に下りてくるんだろうなー」

山や森の事情に詳しい元猟師のリヌスが油断なく辺りを見回す。

「森の空気がピリピリしてる。警戒して隠れてるんだ。あ、ほら、あれなんかそうじゃないー？」

何気ない動作で頭上を指差した彼の指し示す方向を見上げたシオリは、そこに広がる光景に目を見開いた。周辺に生えている背の高い針葉樹の葉裏がぼんやりと淡い黄色に輝いている。明滅を繰り返すその光はまるで蛍のようだ。

「うん、まさに蛍だよー。雪蛍の幼虫。普通はもっと低いところにいるんだけど、あんなに高いところに集まってるのは警戒してるからなんだよ」

「……幼虫？」

唸るようにザックが言った。知らない者が見れば警戒しているように聞こえただろうが、彼の虫嫌いを知っている身としてはそれが怯《おび》えを孕《はら》んでいることに気付いてしまう。

「幼虫……ということは」

想像してしまったシオリは、ぞくりと身を震わせた。幼虫といえば姿形はほとんど決まり切っている。まさに今その巨大な虫系魔獣の幼生の討伐に向かっているというのに、思わぬ形で別の虫の幼生体に遭遇してしまい、些か動揺してしまった。それはファンヌも同じだったようで、若干顔を引き攣らせている。

「巨大芋虫ともなれば大き過ぎてかえって嫌悪感もありませんが、さすがにこう、普通サイズの幼虫となると……」

「……ですよね」

純白の雪景色の中、蛍が放つ淡い光は幻想的で美しい。しかしながらその光を放つ本体が幼虫とあっては感動も半減以下だ。もしあれが頭上に落ちてきたらと思うとぞっとする。

「……なんだ、ああいうのは駄目か」

「う、うん」

ふるりと身震いしたシオリの肩を、苦笑いしながらアレクが抱き寄せてくれた。

「ほら、そばに寄っていろ。もし落ちてきたら払ってやるから」

「……ありがと」

ほっと息を吐いて彼に寄り添うシオリの横で、リヌスもファンヌを気遣っている。

「ファンヌは平気ー？」

「演習で慣れてはいます。が、平気かと言われれば正直申し上げると……あまり」

「そっかー」

さすがにアレクの旦那みたいなことはできないけどと前置きしてから、リヌスは外套《がいとう》の上から羽織っていた丈の短いポンチョを彼女の頭に被せてやっている。

紳士達に気遣われている女二人をどこか羨《うらや》ましそうに眺めながら、ザックは一人唸り声を上げた。

俺も助けてくれ。

きっとそう言いたいのだろうが、さすがに言葉にするのは憚《はばか》られたのだろう。

と、ザックの足元に移動したルリィが自分に任せろと言わんばかりにぷるんと震え、しゅるりと彼の身体をよじ登って赤毛の上に鎮座する。「これで虫が落ちてきても平気だよ！」とでも言いたげだ。ありがたくも微妙なスライムの善意になんとも言えない表情になったザックは「……ありがとよ」とぼそぼそ呟いた。

「兄さん……」

「良かったじゃないか。最強装備だぞ」

「……うるせぇよ」

ザックとしては微妙だろうが、アレクの言うことも事実だ。こうしてスライムを頭に被るという些か締まらない出で立ちのS級冒険者を先頭に雪蛍地帯を切り抜けた一行は、森の奥へと歩を進めた。途中で小径を逸れ、道なき道に足を踏み入れる。

「――さて、そうは言っても半ばも過ぎるとさすがに見逃しちゃあくれねぇか」

真《ま》っ赤《か》な警戒色に変化した頭上のルリィに下りるように促したザックは、視線を鋭くして大剣に手を掛けた。

「このまま大人しく隠れたままでいればいいものを――わざわざ出てくるとはご苦労なことだ」

シオリを後ろ手に庇《かば》ったアレクもまた愛用の魔法剣を抜いた。リヌスとファンヌも油断なくそれぞれの得物を構える。

冷たい大気に混じる異様な気配。魔素を強く帯びた魔獣特有の気配だ。そして空気が震えるような低い振動音。

「来るぞ！」

アレクが叫ぶのとその魔獣が姿を現すのは同時だった。耳障りな羽音と共に、真っ白な虫の群れが木々の合間から飛び出した。

「……雪原カマキリ！」

体長一・五メテルはあろうかという巨大なカマキリの群れ。肉食の魔獣だ。夏の間は単体で行動するが、餌が少なくなる冬は効率を求めてか群れを成して行動する習性を持つ。これが十五体ほどの群れとなってシオリ達の前に立ち塞《ふさ》がった。

虫系の魔獣としては大型の部類に入るその純白のカマキリは、半透明の翅を大きく広げて激しく震わせた。威嚇行動だ。機械の駆動音のように腹に響く低い音と、どこを見ているかよく分からない複眼が不快感を煽《あお》る。

大剣を引き抜いたザックは笑みを浮かべた。普段の陽気なそれではない、獰猛な笑みだ。対人戦であれば、これだけでも相手の戦意を挫《くじ》きそうなほどの凄《すさ》まじい笑み。

「――行くぜ！」

当初の打ち合わせ通り、相手の出方を待たずにザックは踏み込んでいった。咆哮《ほうこう》と共に凄まじい殺気を振り撒《ま》き、先頭の雪原カマキリが一瞬怯《ひる》む。その隙《すき》を見逃さず力任せに大剣を一閃《いっせん》して二体同時に真っ二つにしたザックは、返す刀でもう二体を両断した。

「……凄い。討伐難易度Aの魔獣を一瞬で四体も」

兄貴分の凄まじい戦いぶりにシオリは身震いした。心が弱ければあの気迫だけでも卒倒してしまいそうなほどだ。

ザックに遅れて参戦したアレクとファンヌもまた、次々と魔獣を片付けていく。同じ魔法剣士なが

らも二人の戦い方には大分違いがあった。

アレクは魔法剣に炎や雷を纏《まと》わせて戦う、いわゆる付加魔法の剣技がメイン。剣に魔法の威力が上乗せされ、与えるダメージ量が大幅に増加するのが特徴だ。体格を生かした重量のある攻撃が得意なアレクに適した戦法と言える。

対してファンヌは魔法で攻撃しながら細身の鋭い長剣を振るうという戦い方だ。魔法で相手の体力を削いで牽制《けんせい》しつつ、繊細な剣技で的確に相手の急所を突く。魔法攻撃では魔導士には敵《かな》わず、剣技でも女の身ゆえに威力が劣る——その短所を補い合うようにしているのが彼女の戦法だ。

どちらの戦法も一長一短。しかし二人は自分の性質を正確に理解して、最も適した戦法を選んでいるのだ。

雪原カマキリの数は既に三分の一。討伐難易度Aの魔獣だとは思えないほどの呆気《あっけ》なさだ。S級のザックとS級打診中だというアレクの二人だけでも片が付きそうではあるが、B級相当だというファンヌも善戦している。集団での戦闘に慣れた者の戦い方だ。

「うーん、これ、俺達の出る幕はないねー」

「そうですね……でも」

矢筒に手を掛けたリヌスは人のよい笑みを引っ込め、眼光鋭くある一点を睨《にら》んだ。シオリもまた油断なく身構え、その二人の死角を護るようにルリィが身体の位置を変えた。

澄んだ鈴の音のようなちりちりという音。元々低かった周辺の温度がさらに下がるような感覚。強い氷の魔素を帯びた魔獣が接近する兆候だ。

「嗅《か》ぎ付けてきたねー！　っと、それっ」

木々の合間から飛び出した虹色に輝く塊のいくつかを、リヌスは狙い過《あやま》たず撃ち落とした。キン、という硬質な音と同時に奇妙な甲高い悲鳴を上げて地面に落下したそれは、しばらくもがいた後に小さく痙攣《けいれん》して絶命した。

光沢を帯びた虹色の巨大な甲虫、虹色テントウだ。硬質な翅にきらきらと輝く霜を纏わせた異常に低体温のこの魔獣は、美しい見た目に反して悍《おぞ》ましい死肉食らいなのだ。雪原カマキリの死臭を早くも嗅ぎ付けてきたのだろう。後から姿を現した群れの一部が、早速雪原カマキリの死骸《しがい》に取り付いている。体長三十センチメテルの虫が魔獣の死骸に群がる様は悍ましいの一語に尽きる。

「虫ってのはどいつもこいつも群れやがってめんどくせぇな！」

「全くだ。おまけに気が立ってるときてる。シオリ、リヌス！　気を付けろよ！」

「うん！」

「ファンヌ！　悪ぃが向こうの護りに回ってくれ！」

「了解！」

死肉食らいのはずの虹色テントウが一行を取り囲んだ。餌が足りず、手っ取り早く「死肉」を作ろうというのだろう。一斉に羽ばたいて氷の粒交じりの冷気を吹き付ける。

咄嗟《とっさ》に風の障壁を展開してその攻撃を躱《かわ》す傍らで、アレクとザックが剣を振るって数匹を巻き込み切り裂いた。ぶんぶんと耳障りな音を立てて飛び交っていた虹色テントウの一部がばらばらと地面に落ち、それをルリィが喜んで取り込んでいく。

「食欲旺盛な連中に餌を食い散らかされて、気が立ってるのかもねー」

「ですね」

虫に食われて終わりという人生はできれば御免被りたいところだ。けれどもC級以下のパーティだったら全滅しかねない状況でも皆落ち着き払っているのは、これを危機と捉えていないからだ。

「……凄い安心感」

S級とA級二人というパーティにB級で補助職の自分が交じるという状況に些か気後れしないでもないけれど、自分の本分は戦闘ではないと言い聞かせてシオリはぐっと前を見た。数が多く、冬にしか出没しない低体温の魔獣――とくれば。

「無理しない程度に援護します！」

空調魔法を周辺に展開する。高温でなくてもいい、人肌には快適に感じられる程度の温度。冷気で凍《い》てつくようだった空気がふわりと温む。冬に活動する魔獣は気温の上昇に弱い。目に見えて虹色テントウの動作が鈍り、思惑通りになったシオリはほっと息を吐いた。

「おっ……こいつぁ」

シオリの空調魔法による攻撃補助を初めて目の当たりにしたザックは短く口笛を吹く。

「空調魔法か。やはり冬の魔獣には有効なようだな」

「うん」

ぽんと肩を叩いて称賛するように笑みをくれたアレクを見上げ、シオリもまた微笑む。

それとは対照的に目を丸くしたのはファンヌだ。

「えっ……あの、今の、合成魔法!?」

「あー……」

慣れてしまっている同僚の前では当たり前のように使っている空調魔法は、風と火、二種類の魔法を合成したものだ。基本的に複数魔法の同時発動、そして合成ができる魔導士は稀有《けう》だ。魔力出力の調整が難しく、それぞれの魔法の均衡が保てなければ、出力が大きくなった魔法でもう片方の魔法を打ち消してしまう。記録に残っている限りでは、この数百年で三種類の魔法合成に成功した魔導士が過去に一人。二種類でさえ二十人に届くかといったところだという。

「気にはなるだろうが、話は後だ」

アレクに促されてファンヌははっと我に返った。

「後で是非お話を！」

電撃を放って怯んだ魔獣の急所を一突きして絶命させた彼女はそう叫ぶと、群れの中に飛び込んでいった。

「隊長殿が推薦するだけあって度胸があるな」

呟いたアレクもまた、ザックと共に虹色の魔獣に向かっていった。

素直で人当たりも良く、戦闘中の動きも申し分ない。ディマの人々は一体彼女の何が気に入らないのだろうとシオリは思った。やはり余所者だからか。

（――人の好き嫌いに理屈なんてないとは思うけど）

女だから、余所者だから。そう言って爪弾《つまはじ》きにする人々にも恐らく本当は大した理由などありはしないのだ。誰《だれ》しも理屈抜きになんとなく受け入れがたいと思うものはある。だとしても、理不尽に無下に扱われて何も感じない者はそうはいないだろう。

（兄さんが言うように、時間が解決してくれるといいな……）

得体の知れない辺境民族と遠巻きにされていた四年前の自分を思い、小さな痛みに心が疼《うず》く。

――戦いが終わり、アレク達が剣を収めて戻ってくる。リヌスは撃った矢を回収がてら、戦利品になるものはないかと探して回っている。

「お疲れ様。怪我はない？」

仲間達を出迎えたシオリは素早く彼らの様子を確かめる。さすがと言うべきか、擦り傷の一つもない。「空調魔法、助かったぞ」とそう言って笑いながら、アレクは腰元のポーチから魔力回復薬を取り出した。勿論《もちろん》シオリ用だ。

「飲んでおけ」

「う、うん」

戦いが思うよりも早く終わった分、魔力消費は総量の三割程度と大したことはないのだが、アレクとしては心配なのだろう。大人しく受け取ったシオリは、その瓶の半分ほどを飲み下した。

「あの空調魔法の補助。話には聞いちゃいたが、悪くねぇな。良い思い付きじゃねぇか」

空調魔法の応用は、温度変化に弱い魔獣相手には有効な手段だ。

妹分の細やかな活躍が彼としては嬉《うれ》しかったのだろう。ザックは嬉しそうにシオリの頭を撫でようとした手をふと止め、思い直して肩をぽんぽんと叩く。恋人に褒められたのとはまた違う嬉しさが胸を満たし、シオリは小さく微笑んだ。

「……あの。先ほどの話の続きですが」

皆の会話が終わるのをそわそわと待ち構えていたファンヌが口を挟む。早く話を聞きたくて堪《たま》らないといった様子だが、実のところ大した話はできないだろうと踏んでいたシオリは眉尻を下げた。

「合成魔法……のことですよね」

「ええ。失礼ながら、シオリ殿は低級魔導士ということでしたが、そんな貴女《あなた》でも簡単に合成魔法を使える理由をできればお聞かせ願いたいものです。あれはシオリ殿独自の魔法とお見受けしますが」

「その通りです。でも、うーん」

「……やはり、研究内容をおいそれと話すことはできませんか」

言い澱《よど》んでいると彼女はしょんぼりと肩を落としてしまい、シオリは慌てた。

「いえ、そういう訳ではありません。ですがこの魔法、研究というよりは練習の成果なので……それに低魔力だからこそ成功したとも言えますから」

「というと？」

「同時発動した魔法の均衡を保つのは、多分魔力が低い方が楽なんです。微調整しやすいので、練習さえすればできないこともないということが分かりまして」

「というと……合成魔法は、むしろ魔力が高い方が不利だと？」

「だと思います」

呆気にとられたファンヌは、ぽかんと口を開けて黙りこくった。しかしそれも束《つか》の間、いまいち納得できないといった様子でシオリを見る。

「私も検証した訳ではないので、絶対そうとは言い切れませんが……そうですね、例えば水とジュースがあったとします。これを一瞬で同じ分量を混ぜ合わせろと言われた場合に、コップ一杯分の水とジュースと、バケツ一杯分の水とジュース、どちらが楽そうだと思いますか？」

「それは……コップ一杯の方ですね。といっても練習しないと難しいとは思いますが」

「ええ。合成魔法も同じ理屈です。コップ一杯であれば練習すればなんとかなりますが、バケツ一杯となると練習してもできるかどうか……という気がしませんか」

「……ああ……そうですね」

いまいち釈然としないようではあったけれど、言いたいことは察してくれたようだ。それでも諦《あきら》めきれないのか、両の手にそれぞれ炎と風を発生させた。しかしそもそもが同時発動自体そう楽なことではない。きゅるる、と奇妙な音を発して炎が立ち消え、風の魔法だけが手元に残る。この状況から察するに、ファンヌは多分火魔法よりも風魔法の方が得意なのだろう。相性のいい属性の魔法はより発動と維持が容易なのだ。

「……残念です。合成魔法を簡単に使う方法があるのなら、私の戦力を底上げできると思ったのですが——どうやら一筋縄ではいかないようですね。貴女の器用さが羨ましい」

「私からしてみればファンヌさんの魔力と剣技が羨ましいです。どうあっても低級魔導士なので補助がせいぜいで、家事のために使うのが関の山です。私一人では魔獣一匹倒すことすら難しいので」

それを聞いたファンヌははっとした。僅かに目を伏せ、「すみません」と呟くように謝罪する。

「無神経でした。戦力が劣ると言われる辛《つら》さは私も知っていたはずなのですが」

「いえ、お気になさらず」

どことなく気まずい空気が流れ、アレクがそっとシオリの肩を叩いた。足元のルリィがぷるんと震えながら気遣うようにファンヌをつついている。

「お待たせー。矢尻《やじり》は全部回収できたよー」

偶然なのか、それとも気遣い上手ゆえか。絶妙なタイミングで戻ったリヌスが場の気まずい空気をあっという間に取り払ってしまった。

「ついでに目ぼしいもの拾ってきたよ。といっても大したものはなかったけどさー」

「悪いな。任せちまって」

「大丈夫ー。こういうのは得意分野だからさ」

言いながら広げた手のひらには、小粒の魔法石がいくつか載せられていた。淡い水色に色付いた透明な石。氷の魔法石だ。虹色テントウの落とし物だ。もう一つは雪原カマキリの翅《はね》。半透明の磨《す》りガラスのような材質の薄い板で、光の加減で虹色にも玉虫色にも見える不思議な輝きを放つ。

「ほう？　変異種が交じっていたか」

「そんなのいたっけ？」

アレクの言葉に首を捻る。特に変わった個体はいなかったように思えるのだけれど。

「あー……雪原カマキリの変異種はな、翅が通常種より硬ぇってくらいで見た目は変わらねぇんだ。だからぱっと見じゃあまず分からねぇな」

「へぇ……そんなのもいるんだ」

見た目が美しい翅は細工物に加工されるらしいが、カマキリの身体の一部だったという理由で嫌悪感を覚える者も少なくはなく、大抵は好事家や昆虫好きの紳士のコレクションとしてひっそり愛《め》でられることが多いようだ。「それなりの値は付くと思うから一応持って帰ろう」と言って、リヌスは戦利品を丁寧に包んで背嚢《はいのう》にしまい込んだ。

その横で倒した魔獣をこっそりと何匹か取り込んでいたルリィに声を掛け、再び歩き始める。

「それにしても……死肉食らいがわざわざ生きた人間を襲ってくるたぁ物騒なもんだな」

次の休憩場所に向けて歩きながらザックが言った。餌は死肉だけのはずの魔獣が生きた獲物を襲うというのは珍しいが、例はなくもない。餌が足りない場合だ。

「臆病《おくびょう》で人里には下りないとは言うが、この状況が続けばいずれは町にも被害が及ぶだろうな」

「うん」

大食いの巨大芋虫が既に何度も町周辺の畑や家畜を襲っているのだ。森の中の生物だけではもう足りなくなっているのかもしれない。

「――申し訳ありません」

眉尻を下げて突然詫《わ》びの言葉を口にしたファンヌに、皆目を丸くした。

「えっと……何故ファンヌさんが謝るんです？」

「それは……冒険者ギルドに我々の尻拭《しりぬぐ》いをさせてしまっているからです」

騎士隊の支給品だろう、北方騎士隊の紋章が刺繍《ししゅう》された手袋をはめた手で剣の柄を撫でながら、彼女は気まずい顔で打ち明けた。

「ご存じの通り、帝国の内乱の関係で一部が国境警備に派遣されていて、現在騎士隊はどこも人手不足です。その影響もあって魔獣の定期駆除に手落ちが多く……我々としては手を抜いているつもりはないのですが、狩り漏らしが例年より多く出ているようなのです。今年の魔獣発生数が多いだけではないかという者もおりますが、我々の手落ちによるところも少なからずあるのではないかと」

どうかこの発言はご内密にと、そう付け加えて彼女は小さく嘆息した。

「ご存じかもしれませんが、秋にはトリス近郊の森で大蜘蛛《おおぐも》の営巣が確認されています。幸い駆除は完了したということですが、野遊びに来ていた貴族の子供が襲われたとのことで……それも救助と駆除の成功は冒険者の協力によるところが大きく、内部では少々問題になったようです」

覚えのある話にシオリはアレクに視線を流した。彼は肩を竦めて苦笑いする。駆除して子供を救助したのは自分達だと敢えてこの場で言う必要はないだろう。

町周辺に棲息する魔獣――特に繁殖力の高い虫系魔獣の定期駆除は、騎士隊の重要な仕事の一つでもある。大群を成す虫系魔獣は狩り漏らしが発生しやすく、駆除を逃れた個体から再繁殖してしまう場合も少なくはない。しかし騎士隊としては気掛かりなのだろう。

「騎士隊の人手不足のせいかどうかは何とも言えねぇが……住民を護るのに騎士も冒険者もねぇよ。どっちもできることにゃ限りがある。足りねぇところを補い合って護りてぇもんが護れるなら、それで良しとしようぜ」

そう言ってザックは笑い、彼女は「そう思いたいのは山々ですが、難しいですね」と苦笑した。

5

さくさくと雪を踏みながらさらに奥を目指して歩く。やや消沈気味のファンヌを元気付けるようにリヌスが話し掛けているのを見ながら、シオリはほうっと息を吐いた。

「……一人一人の付き合いだって難しいことも多いのに、組織ともなるともっと大変だよね」

「まぁな。だが人間社会で生きる者は皆、誰もが何らかの組織に属しているんだ。村、町、国……そういった枠組みに護られて俺達人間は生きていられるとも言える。様々な思惑が絡み合って息苦しくなることもあるが……そういう中で生きている以上、どこかで折り合いを付けるしかないだろうな」

彼の言葉に何か含むものを感じて、シオリは隣にちらりと視線を向けた。前を向いて歩く彼の、その紫紺色の瞳は何かを思い出すかのようにどこか遠い場所を映している。

——アレクの実家は由緒正しい家らしい。でも彼自身は庶子——つまりは私生児で、家での立場はあまり良くなかったと言っていた。幸い嫡子の弟とは良い関係を築いていたようだけれど、家督を巡って周囲が争い家が荒れたことに耐えかねて出奔したのだという。

家という枠組みから外れ、冒険者としての道を選んだ彼。彼もまた折り合いを付けて、今まで生きてきたのだろうか。

(私も……冒険者っていう枠組みに護られて生きてる)

騎士隊とは違い、現住所と氏名年齢さえ言えれば登録できる。得体の知れない者の集まりと揶揄されることもあるにせよ、貴族階級出身者も多く登録している冒険者ギルドは公的に認められた、認知度が高い組織だ。下手《へた》をすれば地元住民で構成される自警団よりも信頼度が高い。

身元不明の東方人ということになっている自分は、冒険者ギルドという組織に属しているからこそ身分が保証されているようなものだ。言葉に多少難がある以外に問題はないとして登録を認めてくれたギルドには、感謝してもしきれない。身元保証人になってくれたザックは言わずもがなだ。

(組織……か)

この国に落ちてきてから四年。自分はこのストリィディアという枠組みを構成する要素になっただろうか。なれただろうか。

そんなことを考えていると、ふとその頬に何かが触れた。アレクの手だ。彼は柔らかく微笑んでシオリを見下ろしている。お前はここに存在していいのだと、そう教えてくれた人。

(ありがと、アレク)

自分は今この国に生き、この国を護る組織の一員としてここに在る。もうこの国の民なのだ。

愛《いと》しい人に微笑むと、彼の指がシオリの頬を優しく撫で、離れていった。


その後何度か魔獣と遭遇したが、ほとんどはリヌスの毒矢で眠らせて回避した。避けきれないものはやむを得ず戦って倒したけれど、S級含む手練れの冒険者達の敵ではなかった。予定より多少早い時刻には目的地に近い地域に到達する。

「そろそろ一・五キロメテル圏内です」

周囲をぐるりと見渡しながら地図を見たファンヌが言った。

先頭のザックは辺りを見回し、降ってくる雪を適度に凌《しの》げる場所で足を止めた。

「よし、そんじゃあここらで大休止にするか。連中は眠っちゃいるだろうが、営巣地にかなり近い場所だから一応気は抜くなよ。適度に警戒しつつ、しっかり身体休めとけ」

それでも一時間という僅かな時間だ。効率的に休むために家政魔導士という自分の仕事がある。

「シオリ、頼むな。つってもあんまり働き過ぎんなよ。飯は手持ちがあるから無理しねぇでも」

「大丈夫、兄さん。携帯食出すだけだから」

アレク以上の過保護ぶりを発揮する兄に苦笑するシオリの横で、ファンヌが首を傾げている。

「……お二人はご兄妹《きょうだい》なのですか――っと、申し訳ありません。出過ぎたことを言いました」

ザックとは明らかに人種が違うシオリの、兄さんという言葉に疑問を持ったようだ。しかし何の気なしに口にしてしまった問いの無神経さに気付いたのだろう、すぐに謝罪した彼女をシオリはお気になさらずと言って宥めた。

「血の繋《つな》がりはねぇよ。保護者代わりみてぇなもんでな。兄役をやらせてもらってんだ」

「東方人は珍しいということで、少しトラブルに巻き込まれやすいものですから。兄さんはこの国に来たばかりの私を保護してくれた人でもあるんです。どう見ても余所者の私がこうして無事に過ごせているのは、兄さんのお陰もあるんですよ」

ザックがいなければ今の自分はなかったと言っても過言ではない。自分を拾い、この国での生活の基盤を整える手助けをしてくれた彼は命の恩人とも言える。

ザックは気恥ずかしそうに赤毛の頭を掻き、事情を知るアレク達は多少の痛みを含んだ微笑を浮かべている。ルリィは気遣うようにシオリの足をぺたぺたとつついた。

彼らの様子を見てファンヌは訳有りだと察してくれたようだ。

「――それでも……皆さんに馴染んでいるのはやはり、貴女の努力あってこそなのではないでしょうか。正直、羨ましい……と思います」

最後に小さな声で付け加えられた言葉はしかし、思いの他に大きくその場に響いた。

アレク達は何も言わなかった。ただ少しだけ眉《まゆ》を上げるか首を傾げただけだ。僅かに漂う気まずい空気を振り払うように、シオリはわざと音を立てて手袋をはめた手を打ち合わせた。

「さ、じゃあとりあえず座るとこ作るね」

小休止のときと同じようにして長椅子を二つ、そして食卓を一つ真ん中に生成した。毛皮を敷くのはアレクが手伝ってくれた。

「ありがとー。よっと……はぁー、やっぱ椅子に座れるっていいよねー」

だらりと身を投げ出すようにして座ったリヌスに苦笑しつつ、それぞれの背嚢から好みで持ち込んだ食料を取り出した。中にはシオリが販売しているフリーズドライの携帯食もあるようだ。

「あ、スープは私が出すから、それ以外の選んで」

愛用のケトルを出して魔法で沸かした熱湯を満たし、木の器と一緒に卓の真ん中に置いた。

早速アレクとリヌスが手を伸ばし、器に携帯食を入れて湯を注いでいる。アレクは茄子《なす》とトマトの牛肉炒《いた》め、リヌスは煮豚の薄切りのようだ。

鰯《いわし》の酢漬けの缶詰を開けようと悪戦苦闘していたファンヌがぎょっと目を剥いた。

「ちょ……ええっ？」

「あ……そうか」

そういえば部外者がいるのだったと思い出したシオリは、眉尻を下げた。そっと差し出した根菜スープの器を受け取ったファンヌはしげしげと中身を眺めている。

「乾物か何かかと思いましたが、これは一体……」

「フリーズドライ食品といって、私の故郷の技術で再現した携帯食です」

参考までにと出した携帯食の包みをしげしげと眺め、それから根菜スープを恐る恐る口に運ぶ。それを飲み下したファンヌは、一瞬遅れてから目を丸くした。

「……美味しい。え、凄い、何これ」

騎士然としていた口調がすっかり崩れて、素のものになっている。

それを黙って眺めていたアレク達は苦笑半分得意半分といった様子だ。

「……軽くて持ち運びしやすく、作りたてのように美味しい携帯食、ですか。これは是非とも野戦食に加えたいところですね。慣れてはいても、ビスケットに干物、それにせいぜい缶詰が付くかどうかという野戦食はどうしても味気なくて」

　量産はできるのかという問いに対しては、手作りで週に一度だけ同僚にしか販売していない現状では難しいと伝えておいた。あからさまにがっかりしてしまったファンヌに申し訳なく思ってしまう。実際、同僚にももう少し数が作れないものかと何度か訊かれて断るしかなく、些か心苦しくも思っていたからだ。

「業者に委託するって手もあるぜ。言うほど簡単じゃねぇだろうがな」

「うん。これ、凄く便利ではあるんだけど、ちょっと保存の仕方間違えると湿気吸ってすぐ悪くなっちゃうから……下手に量産してそこのところよく分かってない人の手に渡ると、危ないかなって思うの。ギルドで売るときだって、毎回念押しするくらい湿気には気を付けてって言ってるくらいだし」

　いくらか貯金を切り崩してフリーズドライ用の魔導具を大型にするという手もなくはない。けれども、蝋引《ろうび》き紙に包んで光を通さない金属製の密閉容器に保管という些か面倒な保存方法では、無精者にまとめ買いでもされたら厄介だ。雑に保管して傷ませてしまうのは目に見えている。

「なるほどな。その辺りを考慮してくれる業者を選ぶ必要がある訳か」

「うん。そう」

　雑な業者に傷んだフリーズドライ食品を販売されて、食中毒を出して「発案者」としてその責任をなすり付けられでもしたら目も当てられない。そういう訳で、あくまでもお手製保存食として同僚に安く分けている今のやり方が一番問題がないのだ。

「……残念です」

　スープに雑穀パンを浸してもそもそと咀嚼《そしゃく》してから、ファンヌはしょんぼりと肩を落とした。

遠征での食事事情を改善したいと願うのはどこも同じなのだろう。騎士隊は特にだ。演習で料理訓練も一応あるらしいけれど、味まではあまり重要視はされないようだ。温かい食事ができればそれで良し、そもそもが男性や貴族階級出身者が多い騎士隊では料理ができる者は限られているという。料理上手の人材は条件の良い上の部隊が持っていってしまうと、ブロヴィート村の雪狼《ゆきおおかみ》襲撃事件で知り合った騎士も言っていた。

「……あの、材料を入れて煮るだけの簡単レシピがありますから、お分けしましょうか」

あらかじめ炒めておくとか入れる順番があるとかいう面倒な工程は一切なく、とりあえず切った材料と調味料を全て一緒に鍋に入れて煮るだけの簡単スープだったら、大抵は失敗なくできるはずだ。妙なオリジナリティを出そうとしたり入れる調味料を間違えたりさえしなければ、だが。

「……是非、お願いします」

器に残ったスープに視線を落としたファンヌは、しみじみと頷いた。

その後は適当に雑談しながら食事を済ませ、いくらかの食休みを挟む。

「――さて、そろそろ行くか」

ザックの合図で手早く荷物を纏めた。食事を終えてからずっとシルヴェリアの塔で拾った火の魔法石で遊んでいたルリィは、いそいそと体内にそれをしまい込む。

「シオリ、体調に問題はねぇな？」

「大丈夫。問題ないよ。魔力回復薬も飲んだ」

そうやって自分を気遣うザックを相変わらずの心配性だと思ったが、それは口にしないでおいた。彼がここまでシオリの身を案ずる理由に薄々気付いていたからだ。

――あの暁の事件後、彼はシオリが現場に早々に戻ったことを良しとはしなかった。少なくとも一年は休養するべきだと言ったのだ。それほどまでにあの事件でこの身体は弱っていた。けれども必死の思いで体力を戻して、半年ほどで仕事に復帰してしまった。せっかく生き延びたのなら、この先も恙《つつが》なく過ごしたいと思った。そのためには稼がなければならないという半ば強迫観念じみた思いがあったというのもある。前マスターやかつての仲間の悪事で財産のほとんどを失ってしまったからだ。

あの後、不正で搾取されていた報酬や、本来受け取っているはずだった昇格通知と祝い金は纏めて受け取ることはできたけれど、あのとき抱いた先の人生に対する不安感が、シオリを早期復帰へと追い立てていた。

きっとザックはそのことに気付いていた。当面の生活費や寝泊まりする場所も貸してくれた。なんならずっと自分の元で「妹」として養うとも言ってくれた。そしてそれをシオリは受け入れはしないだろうということにも気付いていただろうし、事実、実際に断っている。

あのときひどく辛そうに、もどかしそうに、「いいか、俺はお前の兄だ。だから遠慮なく俺を頼れ。お前にはお前がしてぇように生きる権利があるから、それを無理に止めたりはしねぇ。だが忘れねぇでくれよ。辛くなったらいつだって受け入れてやる。ちょっとでも辛ぇと思ったら――俺のところに戻ってこいよ」とそう言って、久しぶりの現場に復帰する自分を送り出してくれた。

――今でも心配してくれているのだ。無理をして仕事に戻ったシオリの身体に負担が掛かっていないか、後遺症が出ているのではないかと、ずっと案じてくれている。

「……大丈夫だよ、兄さん。無理ならちゃんと言うから。今はもう、隠さないよ」

もう本音を偽ったりはしないから。

今まで見守ってくれていた「兄」の空色の瞳を正面から見つめると、ザックは僅かに息を呑《の》んだ。それも束の間、口の端に笑みを浮かべてシオリの肩を静かに引き寄せ、優しく叩いてくれた。

ごく短い会話に込められた意味を知るのは仲間だけだ。ただ一人、ファンヌだけは何も知らない。彼女は何も言わなかった。けれどもその場の空気で何がしかの事情を察したのだろう、無言で仲間達の顔を順繰りに見てから僅かに目を伏せた。

ザックは微笑んだままシオリの頭をひと撫でし、そして表情を引き締める。

「――さて。そんじゃあ行くか。じきに連中の縄張りに入る。活動時間までにゃあまだ間があるが、勘付かれる可能性もあるからな。気ぃ引き締めていくぜ」

接近に気付いた魔獣からの襲撃があるとすれば、それは恐らくは機動力の高い幻妖蝶《げんようちょう》だろう。まだ見たことはないけれど、一目見て怯むほどの巨大さだという。そんなものが複数体出現するかもしれないという状況に、シオリはごくりと唾《つば》を呑み込んだ。

皆が前を向いて歩き始める。彼らの後を追って踏み出そうとしたシオリを、そっとアレクが押し留《とど》めた。不審に思って彼を振り仰いだ瞬間その唇を塞がれて、シオリは目を見開いた。

ほんの一瞬の出来事。仲間達は気付いていない。ただ一人――否、ただ一匹だけ、ルリィが動きを止めてぷるんと震えた。

「……さ、行くか」

その行動の意味を弁明するでもなく、アレクはシオリの手を引いて歩き始める。手袋越しでも握ったその手は温かく、それ以上に彼が触れていった唇が熱かった。

空いた方の手で唇をそっと撫でる。

恋人の不意打ちのような愛情表現は、きっと元気付けてくれる意味もあったのだろう。ほわほわと温んだ胸を押さえながら、シオリはそっと微笑んだ。

6

巨大芋虫の縄張りに入ったからだろうか。数百メテルほど歩いた辺りから魔獣の襲撃がぱったりと途絶えた。今のところ巨大芋虫とも幻妖蝶とも遭遇はない。けれども何か気味の悪い気配が蠢《うごめ》いているような気がして、シオリはふるりと身を震わせた。勿論気配はまだ感じられない。きっと周辺を漂う張り詰めた空気がそう感じさせているのだろうが、途中で見掛けた巨大な魔獣の移動した痕跡《こんせき》は、シオリをぞっとさせるには十分なものだった。張り出した木々の枝で遮られて薄く雪が降り積もったその場所は、雪が不自然に抉《えぐ》れていた。何か巨大なものが這いずった跡だと分かる。間違いなく巨大芋虫のものだとアレク達は言った。

「……これがあるということは、この方向で間違いないということだな」

「だねー。これ辿《たど》っていったら巣に着くかな」

リヌスはそう言って前方を見据えた。しかし十数メテルほど進んだところで森が開けて雪深い場所に出てしまい、魔獣が歩いた痕跡は分からなくなってしまった。積雪や風の悪戯《いたずら》でできた吹き溜《だ》まりが、痕跡をすっかり覆い隠してしまっている。

「そう上手《うま》くもいかねぇか」

ザックは苦笑いする。

しかし、およその方角はこれで特定できたのではないだろうか。

「……中間地点まであとどのくらいかな」

「ああ。あと百メテルほどだろう」

目配せするアレクにファンヌは頷いてみせた。

「ええ、そのくらいかと」

念のためにと地図を取り出して確かめた彼女は、間違いないと言った。

「うーん……せっかくだから、ここから探索してみようか？」

「大丈夫か？」

眉根を寄せているアレクを見上げてシオリは頷いた。

「うん。秋の迷子探しのときと違ってある程度方向と距離は分かってるから、あのときほどは大変じゃないと思うよ」

「……そうか。分かった。だが本当に無理はするなよ」

「うん」

多少不安げにしているアレクに、魔力切れの症状が出る前に回復薬を飲むからと言うと、彼は小さく嘆息しながら微苦笑した。分かったという合図だ。シオリは静かに探索魔法を展開する。

「……わ。凄い……」

ファンヌの嘆息が聞こえた。魔力のないザックやリヌスとは違い、魔法剣士のファンヌには魔力の流れを読むことができるのだ。

探索の網の目を薄く長く伸ばしていく。頭の中で数を数え、魔力の網を伸ばす速度からある程度の距離を計算していたシオリは、五百メテルを超え六百メテルを過ぎてもごく小さな生き物以外なんの反応もないことに小さな溜息《ためいき》を吐《つ》いた。もしかしたらもう成虫になり、地上よりもずっと上にいるのかもしれないと思って探索の網を上方に伸ばしてみたが結果は同じだ。

魔法を解除する。疲労感ばかりが残った。顔には出さないつもりだったけれど、アレクには気付かれてしまった。

「大丈夫か。疲れたか？」

「うん、少し。でも気持ちの問題もあるかも」

外れたのだと告げると、そうかと眉尻を下げて背を擦《さす》ってくれた。

「でも無駄足踏まずに済んだじゃん。この距離行って帰ってくるだけで相当なロスタイムだよ」

リヌスもまた励ましの言葉をくれた。

王国の冬、特に年末年始にかけては驚くほど日没が早い。そのロスタイムで日が暮れてしまうだろう。なるべくなら巨大芋虫の営巣地近くで野営などはしたくない。夜間戦闘の危険性が跳ね上がる。それだけは避けたいのだ。

「まぁ、そうだな。お陰で俺達は体力温存できるんだ。その分戦闘中は間違いがないよう必ず護る。今はシオリに甘えさせてもらおう」

心配性ではあるけれど、アレクは自分の気持ちを細かいところまで汲《く》み取ってくれる。そういうところが好きだとシオリは思う。

「ありがと、アレク。探索魔法、前よりはずっと効率良く使えるようになったの。だから前ほどは疲れなくなったんだよ」

この探索魔法は使い始めてまだ半年ほどという、開発して間もない魔法だ。迷子探しのときにはまだ数百メテルという広範囲の探索には慣れておらず、一回使っただけでかなり消耗していた覚えがある。でもあれから何度となく使い、魔力の出力加減にも大分慣れた。

「だから大丈夫。回復薬を飲んだら、もう片方も探索してみるね」

「……ああ。頼んだぜ」

ザックはまだ多少気に掛かるようではあったけれど、苦笑いして頷いてくれた。

アレクに手渡された魔力回復薬を飲み、一息吐いてから再び探索魔法を展開した。先ほどと同じように時折小さな生き物の気配が掛かるけれど、それ以外は静かなものだ。いよいよ予想されていた地点に網の先が到達すると思われたそのとき、違和感に気付いてシオリは息を呑んだ。

「何かいる。だいたい五百五、六十メテルくらい先」

「巨大芋虫か？」

「ちょっと待って」

集中が途切れないように努めながら、慎重に探索の網をその先に伸ばした。

大きな気配が複数。気配が停滞しているのは眠っているからなのだろう。

「数は分かるか？」

「ん……ごめん。一ヶ所に集中してるから正確には分からない。けど、多分三、四個くらいの大きな気配の塊が一つと、もう少し離れた場所にそれより小さな気配の塊が一つ……」

探索の網を少し上方に移動すると、巣の上にも気配が感じられた。

「あ。巣の上にも大きな気配の塊がある。こっちの塊の方がずっと気配の数が多い気がする」

「……やっぱり群れてやがったか」

検知した気配のいくつかが巨大芋虫で、いくつかが幻妖蝶なのかまでは分からない。しかし。

「常識的に考えれば巣の上にいるのが蛹《さなぎ》か成虫だろうな。とすれば……」

「運が良けりゃ動けねぇ蛹の状態で相手ができるが、悪けりゃ……飛び回る奴らを何匹も相手しなきゃいけねぇってこった」

襲い掛かってくるならまだいい。しかし空を飛んで逃げるようなことにでもなれば、別の場所に繁殖させてしまう危険がある。それだけは絶対に避けなければならない。

思うより状況は悪いかもしれないという事実に、しばらく重い空気が漂った。

しかしそれを振り払うように笑みを浮かべたザックは、無駄足を踏むことなく巣の位置を特定できたのはお手柄だと言った。

「具体的な戦略は現地を見なけりゃ何とも言えねえ。だがよくやってくれた。疲れさせちまって悪いが、お陰で俺達の体力がかなり温存できた」

「うん。お役に立てて良かった」

兄の賛辞に微笑んだシオリは、しかしすぐにそれを微苦笑に変えた。彼の言う通り、それなりに疲労感があるからだ。

「兄さん。少し余分に休憩取ってもいいかな」

「おう、勿論だ」

懐から取り出した懐中時計で時間を確かめたザックは頷いた。

「だがあんまり長くは取れねぇな。せいぜい三十分ってところか」

「十分だよ。ありがと、兄さん」

最後の休憩は三十分。色々しなくていいとは言われたけれど、せめて座る場所と白湯だけでもともうひと働きしてから魔力回復薬を飲み干した。アレクが敷いてくれた毛皮の上に横になる。彼に膝枕《ひざまくら》してやろうかと言われて少しだけ心惹《こころひ》かれたけれど、皆の手前だからと丁重に断っておいた。ザックが「それは是非帰ってから誰も見てねぇところでやってくれ」とぼそりと言い、皆が小さく噴き出す一幕もあった。

彼らが白湯を飲みながら小声で談笑する中、目を閉じて静かに身体と心を休める。それを許してくれる仲間達の存在が嬉しい。時折アレクやルリィが優しく触れていく。

仲間達の声以外は鳥の鳴き声さえ聞こえない静寂。時折枝の上から雪の塊が落ちる音が聞こえる。強力な魔獣との戦いの前だというのに、この場所はひどく穏やかだ。

強くて優しい恋人と兄。そして気の良い仲間。

（――【暁《あかつき》】の皆も、最初はこんな感じだったな）

もう今は顔さえも正確には思い出せない。でもパーティに入ったばかりの頃は毎日が楽しかった。皆が頼りにしてくれて、自分も皆を頼って、そうしてパーティが保たれていた。そのはずだった。

でもいつしかその関係はぎくしゃくとしたものになり、シオリを邪険にすることが多くなった。彼らだってあんなに仲が良かったはずなのに、互いに言い争うことが増えて険悪な空気の中仕事をすることが増えていった。たった半年という期間に彼らに一体何が起きて、どうして自分をあんなふうに扱った挙句に殺そうと考えるまでに至ったのか、今でもよく分からない。主犯だと言われていた前のマスターによほどの影響力があったのだろうか。

でも、それを確かめる術《すべ》はもうなかった。恋人気取りだった魔法剣士のトーレを残して、当時の仲間は皆死んでしまったのだから。一人残ったトーレですら、逃げるように移籍した先のギルドでトラブルの末に登録抹消処分を受け、その日暮らしがやっとの生活をしているという。

どうして、と。機会があれば聞いてみたいと思う一方で、もう二度と会いたくないという思いもあった。多分会う必要はないし、彼の方も弁明のためにトリスに来るほどの余力もないだろう。自分自身もわざわざ出向いてまで問い質《ただ》したいとは思わない。

あの事件は終わったのだ。シオリに残った心身の傷と幾許《いくばく》かの疑問を残して、もう終わった。あとは心の傷を癒すだけだ。それもアレクという存在のお陰で、随分と癒えてきたように思う。

「——そろそろ時間だぞ」

いつの間にかうとうとと微睡《まどろ》んでいたシオリを、アレクの低く優しい声が起こす。

「少しは休めたか？」

「うん。少し身体が軽くなった気がする。ありがとう、皆」

シオリの言葉に、それぞれが微笑んだり片手を上げて返した。アレクからもらったらしい使い魔用の焼き菓子を取り込んでいたルリィも、足元でぷるんと震えた。

「お陰様で私も十分な休憩を取らせて頂きました。士気は十分です」

シオリに合わせた休憩時間に便乗して、自分もまたゆっくり休めたとファンヌは笑った。

騎士隊はその組織の性質上、基本的な扱いに男女差はない。休憩や食事はおろか、訓練まで全て男性と同じ量をこなさなければならない。体力的に劣るからという理屈は通らないのだ。そのあたりが個々に合わせて柔軟に対応している冒険者とは違うところだ。

勿論一長一短はあるけれど、どちらのやり方が良い悪いというのではない。

「騎士隊はどちらかと言えば対人戦の比率が多いので、女性騎士は真っ先に標的にされます。ですから男性と同じように、いえ、それ以上に鍛錬しなければなりません」

そうは言っても同僚の男性騎士のほとんどは騎士道精神を持ち合わせているからか、対人訓練などでは敢えて手を抜いてくる者もいるようだ。物事の良し悪しではなく、力を以て女性を制することにどうしても抵抗があるというのが彼らの言い分だという。

しかし「敵」はそんなことはお構いなしだ。ただ斬《き》り捨ててくれるだけならまだいい。けれどもし捕虜になったとしたら、女性騎士に待つのは女としての尊厳を殺す拷問だ。だから女という性別が弱点となり得ないように、女性騎士は厳しい鍛錬を自らに課す者が多いという。

「互いの弱点を補い合うというやり方は騎士隊にはあまりない考え方です。新鮮に感じました」

「ある一点では強くても、別の面から見れば弱点は当然ある。その弱点を補完しうる者がいるなら、そいつが率先して補ってやるべきなんだ。全てが完璧《かんぺき》な者などいないからな。互いに補い合えるのなら、それに越したことはないということだ」

冒険者は自由な働き方が認められている代わりに、実は集団での立ち回りを苦手とする者は多い。見習い時代に集団行動をして一律で同じ訓練を受け、基本技能を同じ水準に均《なら》してから各部隊へと配属される騎士隊とは違い、組織的な教育を受ける機会はほとんどなく、戦いの流儀がそれぞれ異なるからだ。せいぜい新人教育として各職業に適した教官から個別指導を受けて済ます程度だ。

そして中堅以上の冒険者は集団での戦闘に長《た》けた者しかいない。戦いの中で自らそれを学び取ったか、誰かに教えられて気付くかした者ばかりだ。あまり知られてはいないが、それができない者はB

級以上への昇格はできない。パーティで請け負う仕事が格段に増えるからだ。

――巨大芋虫の営巣地に向かって歩きながら語る仲間達の話に耳を傾けていたシオリは、【暁】の弱点を思い出してそっと目を伏せた。

皆強かった。なまじ強かった分、他の仲間に合わせて戦うことができなかった。冒険者になったのが二十代後半だったというのも大きな理由の一つだろう。若手にはない社会経験と、長いこと自分の流儀で戦果を挙げてきたという自負が余計な矜持《きょうじ》を生んでいた。

だから同僚の助言にあまり耳を傾けなかった。戦闘中はほとんど連携らしい連携をせず、同郷だというリーダーと副リーダーの二人以外は各自が好き勝手に戦うというやり方になっていた。相性の悪い魔獣相手では棒立ち状態になる者もいた。それを誰かが補うということもしなかったし、その戦いでは役に立てないのならせめて回復や補助に務めるということも勿論なかった。やり方が分からなかったのだ。それゆえに一定以上の戦果を挙げられず、昇格できずにずっと燻《くすぶ》っていた――。

(プライドを捨てる必要なんかない。他に合わせればいいだけなんだもの)

矜持と傲慢《ごうまん》、この二つは似て非なるものだ。彼らにあったのは傲慢さだ。矜持と傲慢を履き違えて――前マスター、ランヴァルド・ルンベックの誘惑を切っ掛けに、心も人間関係も歪《ゆが》んでいった。

「――そろそろ二百メテル圏内だ。気ぃ引き締めていくぜ」

ザックの声に皆が臨戦態勢になる。敏感な個体なら気配に気付いて襲撃してきてもおかしくはない距離だ。ここから先は出力の大きい魔法は使わずに進むことになる。通路を作るために使う魔法も、出力の大きい火魔法から氷魔法に切り替えた。雪を溶かすのではなく、凍らせてその上を歩くのだ。多少は歩き辛くなるが、これも少しの間の辛抱だ。

「……現地に着いたら足元を『地均し』する？」

「状況によっては頼むことになるな。連中が踏み固めていれば一番助かるんだが」

探索魔法のようなごく微弱な魔力反応なら気付かれずに済む可能性は高い。しかし彼らが休んでいる足元を魔法で地均しすれば、さすがに気付かれるだろう。けれども、もし雪深い場所だったら足場を確保しなければ戦えない。

これは冬の魔獣討伐の難しいところだ。足場の確保と同時に攻撃開始という素早い連携が必要になるからこそ、熟練の冒険者にしか任されない仕事なのだ。

「俺が見てこようか？　遠くからでも様子は分かるよー。視力には自信あるし」

自然豊かな村で育った元猟師のリヌスは極端に視力が良いらしい。遥か上空を飛ぶ鳥の種類をはっきりと見分けることができるというから、動体視力も含めて彼の視力は相当なものだ。

リヌスの提案に一瞬だけ考えてから、ザックは頷いた。

「頼む。無理はしねぇでいいからな」

「おっけー」

目的地まであと百メテルというあたりで「じゃ、ちょっと見てくるー」とリヌスは足を速めた。雪深い場所を避け、踏んでも問題ない場所を即座に見抜き、低い位置に張り出した枝すらも利用してあっという間に遥か先まで行ってしまった。

「……凄い。忍《しのび》みたい」

つい口にしたシノビという言葉は聞き取れなかったようで、アレクは首を傾げながらも感心したように呟いた。

「あれを見ていると、俺達は足手纏いなんじゃないかと思えてくるな」

「だな。身軽とは聞いちゃいたが、ありゃあすげぇ」

口々に誉めそやす二人の横で、ルリィが「自分もできるよ！」と言いたげに雪の上をすいすいと這ってみせる。それを見てある者は苦笑を浮かべ、ある者は微笑ましく思いながら歩を進めた。

濃厚な気配が固まる場所に近付きつつあるが、殺気までは感じられない。ルリィも普段通りの瑠璃《るり》色だ。まだ大丈夫。

間もなく戻って合流したリヌスが、油断なく背後に視線を流しながら結果を報告した。

「この先のアルファンジイの木に巣を作ってる。周りの木は葉を食い尽くされて丸裸だったよー」

しかし巨体を支える体力を保つには、木の葉の栄養だけでは足りなかったのだろう。周辺の動物や魔獣を食らい、果てに栄養価の高い「餌」があるディマの町に目を付けたのだ。

「雪はそんなに深くなさそうだったけど、慣れてないと足を取られるかもって感じだね。で、問題の数なんだけど……ちょっと厄介かも。シオリの探索通りだよ」

いつもは陽気なリヌスの顔が深刻さを帯びた。

「というと？」

「蝶になっちゃってる奴が多くて幼虫の方がむしろ少ないくらいだね。木の手前に幼虫が三、卵は木の根元をぐるっと取り囲むようにして視認できる限りは十、幹に繭《まゆ》が五で、もう少し上の方に成虫が七。そのうち変異種は幼虫が一、繭は二、成虫が四」

はっきりと数まで言い切った彼にシオリは目を丸くしたが、口には出さずに黙って続きに耳を傾ける。しかしファンヌは思った以上に数が多いことに幾分顔色を悪くした。

アレクとザックは視線を交わし、眉根を寄せて小さく唸る。

「変異種が七体。ディマで駆除されたのが三体……か。全部で十体。無視できん数だ」

「こいつぁ完全に変異種が繁殖してやがるな」

このまま繁殖を続ければ、種としては強い変異種の方が数を増やしていくだろう。

「イリス殿は英断だったな。面子にこだわって手をこまねいていたら、森一帯が変異種の繁殖地になるところだった」

巨大芋虫の大量繁殖を許した森の末路は悲惨なものだという。周囲の生物を食らい尽くし、最終的には硬い木の幹まで食い始める。そうなれば丸裸になったその場所が森として再生するにはかなりの時間を要するのだ。森を資源の一つとして捉える王国の民にとっては死活問題だ。

アレクの言葉にファンヌがなんとも言えない表情を作った。

「……多少の葛藤《かっとう》はあったようです。本部からの追加人員を待つべきではないかという意見もない訳ではありませんでしたから」

巨大芋虫とその成虫の幻妖蝶は棲息地を限定しない魔獣だ。幻妖蝶は気ままに空を飛んで適当な場所を選び、降り立った場所に卵を産み付ける。しかし大抵は孵化《ふか》して成長するまでの段階で他の魔獣に捕食され、一、二体程度しか生き残ることができない。群れを作るということ自体が稀《まれ》なのだ。

だから既に数体が倒された状況では全滅、あるいは一、二体を残すのみで、わざわざ冒険者を雇わずとも内部で処理できるのではないかという意見が出るのも分からなくはない。しかし絶対の確証がない以上、責任者としてはそれを素直に聞く気にはならなかったはずだ。

騎士隊の面子を取るか、住民の安全を優先するか。

騎士としての矜持は勿論あっただろうが、自警団の協力を断ってまで住民の安全確保に努めようとした男だ。結局選ぶ答えは一つしかなかったのだろう。

「で、繭は孵《かえ》りそうだったか？」

「うーん、そこまではもっと近付かないと分かんないね」

「……そうか」

しばらく考え込んだザックは、足元で大人しく皆の話を聞いていたルリィにふと視線を落とした。

「一応聞いとくがよ、ルリィ。お前、連中を食ったりは……しねぇよな」

常識的に考えて無理、というようにルリィは激しく触手を振って否定した。

それを見て皆で苦笑する。いくらルリィでも体長六メテルはある魔獣を丸呑みにするのは難しいだろう。ザックもまた苦笑いして「悪い、一応聞いてみただけだから気にしねぇでくれ」と言って赤毛の頭を掻いた。

「いかんせん数が多いんでな。後れを取る気はさらさらねぇが、有効な手段があるなら一つでも手を増やしておきてぇと思ってよ」

「面倒だが地道にやるより他はないだろうな。最初の一手でどれだけ数を減らせるかだ。幼虫には麻痺毒もあるから食らうと厄介だぞ」

「それに変異種でしょー。あれって毒の種類は一定じゃないっていうしさ」

「やるなら本当は変異種からなんだろうけど……」

「状況を考えたらまずは蝶から片付けたいところだな。何匹も飛んで逃げられたら大問題だ」

「それに幻妖蝶は攻撃力は大したことないけど、鱗粉《りんぷん》攻撃が面倒なんだよねー。ばら撒かれたら効率落ちるし、とりあえずは翅を縫い止めるか切り落とすか、ともかく動けなくしないとね」

「とすると、遠距離攻撃ができるお前らが幻妖蝶ってぇことになるか。そんなら巨大芋虫の方は俺が引き受ける。片付け次第合流するってことでいいか」

対策を立てる輪の横で黙って話を聞いていたファンヌが遠慮がちに口を開いた。

「……あの。石鹸《せっけん》水を使ってはどうでしょう。群れを成す虫系魔獣には有効と聞いています」

「石鹸水？」

彼女に集中していた視線が次の瞬間には一斉にこちらを向き、シオリは思わず仰《の》け反った。

「えーと、それって泡沫《ほうまつ》水流のこと……ですよね。もしかしなくても」

「冒険者ギルドではそう呼ぶのですか。大蜘蛛討伐で冒険者が使っていた魔法とのことです。効果は絶大で騎士隊でも採用されたのですが」

しかし石鹸の適切な使用量が不明確で、魔獣の大きさや群れの規模によっては効率的な駆除ができなかった他、需要が増えて一時的に業者からの供給がストップしてしまったそうだ。結局採用されて一ヶ月足らずで「大規模な討伐及び緊急時を除き、積極的な使用は避けること」と相成ったようだ。ただ、虫系魔獣が多く棲息する森林地帯や山間部近隣の駐屯地では、緊急時用に騎士一人につき石鹸二個の携帯が義務付けられたということだ。実際少人数での遠征中に虫系魔獣の大群に襲われ、石鹸水で難を逃れたケースもあったことから、お守り代わりに持つ騎士もいるらしい。

それを聞いたシオリは曰《いわ》く言い難い心持ちになり、微妙な半笑いを浮かべた。隣のアレクも鼻の頭を掻きながら苦笑している。

秋にトリス近郊の森で起きた子供二人――若きエンクヴィスト伯と従者の少年の遭難事件では、成り行きでシオリも捜索に協力したという経緯がある。そのときに大蜘蛛の群れと遭遇し、たまたま買い物帰りで所持していた石鹸と水魔法を使って全滅させたのだったが。

「……周りの生態系に悪影響があるかもしれないので、あまり多用はしない方がいいと注意はしたはずなんですが……」

注意だけが上層部に届く前に報告から抜け落ちてしまったのか、それとも効果ばかりが注目されてしまったのかは分からないが、一時的にとはいえ業者の在庫を枯渇させるほど石鹸を多用していたとは思わなかった。自分の蒔《ま》いた種で面倒事になるかもしれない可能性に思い至ったシオリは、今更のように冷や汗をかいた。

しかし大蜘蛛討伐で「活躍」した件の冒険者がシオリだと知ったファンヌはひどく驚いたようだ。

「す……ごいです！　あのような強力な魔法を考案してしまうとは！　水魔法と石鹸さえあれば誰でも使うことができるのです。画期的な発明ですよ、これは」

「落ち着けファンヌ」

興奮気味にシオリに詰め寄ったファンヌを、アレクが押し留めてくれた。

「ファンヌはこう言っているが、実際のところはどうなんだ？　有効なら俺とファンヌで試してみてもいいが」

石鹸水を彼らの頭上から降らせるという訳だ。しかしシオリは首を横に振った。

「正直言うと難しいかも。あんなに大きな魔獣の群れに手持ちの石鹸だけじゃ足りないと思う。それに……さっきも言った通り、あんまり広範囲に大量に使うと生態系に影響があるかもしれないの。あれ、虫にとっては猛毒みたいなものだから、もし益虫がいたらそれも殺しちゃう」

石鹸を水魔法に混ぜ込んで放出する「泡沫水流」は確かに便利な魔法だ。反面、使い方を誤れば危険もある。雪山で無闇《むやみ》に威力の大きい魔法を使えば雪崩《なだれ》を誘発してしまうように、一見無害に見える泡の魔法にも危険性はあるのだ。どうしても使うのならその事実は知っておいた方がいい。

「益虫っていうとさー」

「……だな。ディマは確か」

何かに思い当たったらしいアレク達に頷いてみせる。

「うん、そう。確か養蜂もやってるって言ってたでしょ」

「あっ……」

ファンヌもまた気付いたようだ。もしこの周辺にその蜂の巣があったとしたらどうなるか。

「……確か、飼育している蜂のほとんどはトリスハナミツバチだと聞いています。この蜂は森全域に棲息していると聞きました。それに……希少な蜂蜜を作る珍しい蜂もいるとかで、名前は失念しましたが土中に巣を作って冬を越すと……」

付近にトリスハナミツバチの巣があったとしたら。その希少な蜂が万が一にも討伐対象の巣の下に営巣していたとしたら。あの大食いの魔獣に食い尽されている可能性もあるが——。

「石鹸水、黙って使えば分かんないかもしれないけどさー……でも」

「だな。住民の貴重な農業資源だって思やぁ滅多なことはできねぇ」

「うん」

益虫と害虫の区別は人間基準の考え方だ。それで生かすも殺すも決めてしまうのは人間のエゴ。しかし魔獣が生きるために他の生物を殺すように、人間もまた生きるためにそうするのだ。ある程度は仕方ないと割り切ることにする。

「危険魔獣の討伐が最優先……と言いたいところですが、駐屯騎士隊に対してこれ以上住民が悪感情を抱くようなことになっては元も子もありません。他のやり方があるのなら、そちらの手段を取った方が……ずっといい」

魔獣討伐における石鹸水の利用問題については、報告書を纏めて提出するとファンヌは言った。ストリディアは農業大国。農業資源に悪影響を及ぼす手段は可能な限り避けるべきだろう。

「私も帰ったら報告書書くね。石鹸水使ってる人が他にどれくらいいるか分かんないけど」

「ああ。頼むな」

現状、石鹸水に頼った魔獣討伐はなしだ。

「よし。そんじゃあ話を纏めるぜ」

空を見上げて日の傾きを確かめてからちらりと懐中時計を見たザックは、巣があるだろう方角に視線を向けた。まだ討伐対象がこちらに気付いている様子はない。ルリィもまだ警戒色ではなく、綺麗な瑠璃色を保っている。

「卵と繭は後回しだ。蝶と芋虫から片付ける。基本は変異種からといきてぇが無理はしなくていい。まずはシオリ。お前は最初の一手で足場の確保。同時に俺が巣に踏み込む。芋虫は俺がやるから、蝶はアレク、リヌス、ファンヌの三人で頼む。やり方は任せる」

「了解」

「りょーかい」

「ルリィはシオリの護衛。シオリ、余裕があればでいい、合間見てこっちの援護を頼むな」

「了解」

シオリは頷き、足元のルリィもぷるんと勇ましく震えた。

「蝶は倒すことよりもまずは逃亡阻止を考えよう。リヌスは弓、俺とファンヌは氷の矢で全個体の翅を狙う。木に縫い止めるか地面に叩き落とす方向で。原則火魔法は禁止だ。火の粉が舞い散って危険だからな」

「おっけー」

「了解です」

「戦闘中卵と繭が孵《かえ》るようなら適宜対応。なんにしろ数が多いからな。難しいとは思うが、周囲への警戒は怠らねぇようにな」

戦略と言っても簡単なものだ。ただ自分の役割を理解し、それに即した動きをすればいい。

（――もっとも、それが難しいんだけど……）

仮に自分に戦えるだけの魔力があったとして、満足のいく働きができるかと言えばそれはまた別問題だ。アレク達には長年蓄積した戦闘経験と知識がある。自分には冒険者となって三年分の経験と日本で得た知識しかない。たったそれだけのものを最大限に生かすことしかできないけれど、でも。

（それでも私はここにいる。ここに必要だと思われたからこそここにいる）

自信を持つというのは案外難しいことだ。しかし、自分をパートナーに選んでくれた恋人と、この遠征に必要だと言ってくれた兄の名に恥じない働きをしたい。

（頑張ろう）

でも気負い過ぎは禁物だ。深呼吸一つしたシオリは、アレクに促されて歩き出した。

7

討伐対象の営巣地までおよそ三十メテル。木々の合間からでも雪に紛れて何かがいると分かる距離だ。身軽なリヌスが先行し、問題ないと判断したのだろう、右手を上げて合図するのが見えた。

「よし、行くぜ」

ここから先は最接近するまで魔法の使用ができない。生物の発する気配程度なら誤魔化せても、魔法使用による魔力放出までは誤魔化せないからだ。道具を使って音を立てることも極力避けるべきだ。

こんな寒い冬でも黄緑色の瑞々《みずみず》しい葉を付ける常緑広葉樹の下、積雪の少ないところを選んで営巣地を目指す。歩きにくい場所はルリィが率先して器用に押し固めてくれた。既に皆の手はいつでも抜けるようにそれぞれの得物に掛けられている。

そしてリヌスが待機する距離十メテルの位置で足を止めた。その場に背嚢を下ろして身軽になる。

この距離からだと魔獣の姿がよく見えた。渋い黄緑色の巨大な芋虫が二体と、銀色がかった個体が一体。丸裸になったアルファンジイの大木の幹にはやはり巨大な繭と卵が張り付き、その上には淡い桃色と水色の斑《まだら》が美しい蝶と、光に透けるような半透明の身体を虹色に煌《きら》めかせた蝶が数体、翅を畳んで休んでいた。あの翅を広げたら小屋の屋根ほどの大きさにはなりそうだ。

しかし一体どれだけ不快な見た目だろうとは思っていたが、あまりの巨大さにかえって普通の虫よりは嫌悪感は少なかった。もっとも、あれが目を覚まして動き出したら感じ方も変わるのかもしれない。あんなものと接近戦を強いられる恋人と、虫嫌いの兄の精神状態が些か心配になった。

しかしアレクは厳しい表情をしている以外は普段と変わるところはなく、ザックも少々顔色が悪いように見える程度だ。獰猛な肉食魔獣の群れを目の前にしているにもかかわらず、危機感などまったく感じさせないその佇まいが頼もしい。

「……そんじゃあ、手筈《てはず》通り」

ぼそりと低い声でザックが言う。いつもの朗らかなものではない、歴戦の戦士の顔だ。空色の瞳が研ぎ澄まされた刃のように冷たく鋭い。

皆が頷く。それぞれが音を立てぬよう静かに得物を抜いた。

「俺は真ん中の二体をやる。ファンヌは一番下の二体を。リヌス、お前は上の三体を頼めるか」

「大丈夫。多少タイムラグは出るけど、問題ないよ。優先順位は変異種ってことでいいね」

「ああ」

アレクとファンヌはすぐにも氷魔法が放てるように構え、リヌスは上で翅を畳んで眠る幻妖蝶とその変異種に照準を定めている。

「シオリ」

「うん」

戦場となる営巣地の足場及びその場所までの通路の確保が自分の仕事だ。

アレクの手が背に触れた。防寒具越しにその手の温もりが伝わるようで、シオリは僅かに唇の端を引いて微笑んだ。そして次の瞬間にはくっと表情を引き締める。

前を見据え、脳内で「通路と足場」のイメージを練り上げた。

「いきます」

緊張感が最大に達した瞬間、練り上げた術式を展開した。発動の言葉すらない、静かな魔法。その氷魔法はシオリの足元を起点に積雪を削るようにして真っすぐな通路を作り、さらにその奥の営巣地を押し潰して真四角な広場を形作った。

異変を察して身動《みじろ》ぎする魔獣がこちらを視認する間もなく、魔法剣士二人の氷魔法と弓使いの矢が射出された。アレクの太く大きな氷の矢は二体の幻妖蝶を貫く。一体は翅の根元に命中して千切れ、ほっそりした胴体が雪の上に落下した。もう一体は翅と胴体を幹に縫い留められて激しくもがく。

ファンヌは細長い針のような無数の氷柱で翅を穴だらけにして雪の上に叩き落とし、リヌスは弓を連射して次々に蝶を幹に磔《はりつけ》にした。

「下に落ちたやつから片付けるぞ！」

「了解！」

「俺は上のやつをできるだけ削っとくねー！」

「頼む！」

リヌスが再び矢をつがえるのを尻目《しりめ》にアレクとファンヌが駆け出す。

勿論この間にもザックは動いていた。

「おらあああああああああ！」

激しい怒声と凄まじい殺気を放ちながら、大剣を振りかざして突っ込んでいく。気迫負けしたか、彼の間近にいた二体がびくりと身を竦ませた。無論その隙を見逃すザックではない。重量と腕力に任せた凄まじく重い一閃が魔獣を斬り裂き、体液がその場に飛び散った。返す刀で再び斬り付けて、早くも巨大な芋虫を一体片付けてしまった。

素早く木陰に入って待機していたシオリは、Ｓ級冒険者の手腕に舌を巻いた。あれはきっと急所を狙ったのだ。急所の位置を知ってはいても、それを的確に狙えるかどうかは微妙なところだ。

「凄い。難易度Ａの魔獣がまるで小物みたいに……」

見る間に二体の巨大芋虫を倒した彼は最後の一匹、変異種に狙いを定めている。

しかしその合間にも忘れることなくシオリの様子を確かめているようで、何度かこちらに視線を送っているのが見えた。勿論アレクもだ。

ファンヌは少々余裕がないのか周囲には目もくれずに幻妖蝶に集中していた。しかしながら、アレク達には劣るもののその戦いぶりにほとんど無駄はない。

飛行手段を失ってなお激しく抵抗する三体を倒した二人は、次は木の上の蝶を片付けるつもりのようだ。

「よっしゃ、やっと一匹倒した！」

「お疲れ様です」

「ありがとー。そんじゃあ次ー！」

シオリのやや前方で幻妖蝶相手に遠距離攻撃していたリヌスは、もう一体に弓を構えた。

「あのほっそい身体であんなにばたばたされたら、さすがに命中させるのは難しいねー」

そう言う割にはこれまでに外した矢はたったの二本。彼が自身に求める水準が高いのだろう。

「……皆凄い。私が下手に支援したらかえって足手纏いになりそう」

仲間達の猛攻はあっという間に高難易度の魔獣を追い詰めてしまった。補助職の自分に出る幕はないと呟いたそのときだった。

「げ、まずい！　翅千切る気だ！」

リヌスが叫ぶ。連射した三本を命中させた直後、二匹の幻妖蝶が示し合わせたかのように胴体を激しく捩《よじ》り始めた。ただ痛みにもがくのではない、明らかに何らかの意図がある動きだ。木に縫い留められた翅が、見る間に千切れていく。一度千切れた翅は再生しない。けれども生き延びるために、否、子供達――あるいは兄弟《きょうだい》かもしれない幼体のためにか、その幻妖蝶の変異種は自らの翅を犠牲にしてでも、拘束から抜け出そうとしていた。

複眼のその目はどこを見ているのか分からない。しかしこちらを捉えているだろうことが察せられて、ぞわりと悪寒が背筋を這い上がる。あの変異種が狙っているのは木のそばに佇む二人と一匹だ。

「気を付けろ！　そっちに行くぞ！」

アレクが叫ぶのと幻妖蝶の翅が千切れるのはほぼ同時だった。ぴりりという薄衣を斬り裂くような音が響き渡り、二体の幻妖蝶が歪《いびつ》な形に残された翅でぎこちなく空に舞い上がった。

ふわふわと予測できない動きで飛ぶ蝶は照準が定まらず、魔法と弓の攻撃を掻《か》い潜《くぐ》った一体が力尽きたか、もう一体を巻き込み、どすんと音を立ててすぐそばの木に激突した。途端に煌めく大量の粉が舞い散る。否――力尽きたのではない。敢えて身体をぶつけて鱗粉を周囲に撒き散らしたのだ。

「鼻と口を塞げ！　吸い込むんじゃねぇぞ！」

最後の巨大芋虫を力任せに叩き切ったザックが叫ぶ。

鱗粉そのものに毒はないが、粒子が細かく吸い込むと咳《せき》やくしゃみを誘発する。目や口に入れば不快感で注意力が低下してしまうだろう。

咄嗟に襟巻を引き上げて鼻先まで覆った。しかし微量吸い込んでしまったらしい。口の中がほんの少し粉っぽいと感じた瞬間、ぶん、という奇妙な振動音と共に目の前の景色がじわりと滲《にじ》んだ。水彩画に水滴を落としたように、仲間達の姿や魔獣の輪郭が不鮮明になっていく。

――幻影魔法の一種だ。魔素を帯びた鱗粉を媒体にして、幻を発生させようとしている。

ぼやける視界の中、ぴしりと何かがひび割れる音を聞いた。それが二度、三度と続く。

「卵が孵りやがった！」

ザックの声。仲間達が気配を頼りに攻撃を仕掛けた。氷魔法と弓矢、重く鋭い剣の攻撃だ。

あの二体の幻妖蝶が捨て身の攻撃を仕掛けてきたのは、きっと卵から注意を逸らすためだったのだろう。殻が次々と割れていく音を聞きながら、シオリは朧《おぼろ》の光景に目を凝らした。ほんの数メテル先の景色が霞《かす》み、辛うじて見える輪郭と色合いで誰であるかを認識できる程度の視界。

「鱗粉を……なんとかしないと」

殻が割れる音と共に聞こえる金属をこすり合わせたような甲高く奇妙な鳴き声は、一つや二つではなかった。孵ったばかりの幼虫にも麻痺毒があるはずだ。視界が幻影で朧に霞んだ中で孵化したての腹を空かせた群れに襲われたらと思うとぞっとする。

トリス支部でもトップクラスのアレクとザックは戦う手を緩めてはいないようだったが長引けば必ず影響が出るはずだ。鱗粉除《よ》けに呼吸器を塞いだ状態では息が上がるのも早い。リヌスとファンヌも気掛かりだ。

足元に迫りくる二体目掛けてルリィが溶解攻撃を仕掛けるのを横目に、シオリは戦場全体を覆うように魔法を放った。風魔法で空気の流れを作り、その場に停滞していた鱗粉を手近な雪の中に集めていく。雪の中を選んだのは再び舞い上がらないようにするためだ。

簡易的な空気清浄機のようなものだったが、幸い効果はあったようだ。ぼやけていた視界が晴れていく。元より翅が千切れたお陰で飛散した鱗粉の量が少なかったのも幸いしたようだ。

念のための解毒薬を片手に襟巻を引き下ろして、軽く呼吸してみた。大丈夫。

「シオリー、お手柄！」

ファンヌと二人掛かりで手負いの幻妖蝶を仕留めていたリヌスが、親指を立てて片目を瞑《つぶ》る。そしてよく通る声でアレクとザックに知らせてくれた。

「マスター！　アレクの旦那！　鱗粉はもう大丈夫！」

孵化したばかりの群れを一閃して片付けた二人からの返事はなかった。しかし、襟巻を引き下ろしたそのどちらの口元にも一瞬だけ笑みが浮いたのが見えた。

そのままさらに孵化しようとしている卵に剣を叩き付け、次々に無力化していく。彼らにリヌスとファンヌも加わった。シオリは戦場に横たわる魔獣の死骸を極力視界に入れないようにしながら、彼らの元に駆け寄った。

地面からおよそ一・五メテルほどの高さに掛けて不規則な列の形に産み付けられている卵は三十を優に超えていた。

「これが全部孵って無事育ったら大変です」

「普通は育つ前にほとんど他の魔獣か動物にやられちゃうんだけどねー」

定期駆除から逃れ、運良く――他の生物にとっては運悪く、森や近郊の町に影響を及ぼすほどに育ってしまった個体が今回は多かったのだろう。

――最後の一つを割ったアレクが剣を一振りして汚れを振り払い、鞘《さや》に収めた。戦場となった巣は

悲惨の一語に尽きる有様だったが、ともかく繭を除いて討伐対象は全て倒したようだ。

「終わったねー」

「お疲れ様です」

ほっと息を吐くリヌスとファンヌの足元で、ルリィもぷるんと震えた。戦いに参加したかったかもしれないけれど、このスライムは完全な護衛役に徹してくれた。後でたっぷりのお湯で労《ねぎら》ってあげようと思いながら、恋人と兄を出迎えた。

「よう、お疲れ」

「アレクと兄さんもお疲れ様」

「ああ。お前もな」

鱗粉を浴びた程度で済んだシオリはともかく、魔獣と接近戦を強いられた彼らはすっかり汚れて苦笑いしている。

「シオリを連れてきて正解だったぜ。生臭ぇ」

「まったくだ。このまま一晩明かすのは御免被りたいところだからな」

シオリが来る前はそれが当たり前だったんだがなと言いながら、アレクは装備にこびり付いた体液を指先で弾いて顔を顰《しか》めている。

「俺達も鱗粉で粉っぽいしねー」

「家政魔導士殿の風呂魔法とやら、今から楽しみです」

「じゃあ、野営地が決まったら急いで風呂支度しますね」

シオリの言葉に場の空気が華やいだ。

しかしザックは一転表情を引き締めて頭上を見上げた。

「ま、それもあれを片付けてからだな」

大木の幹や張り出した枝に付いた大きな繭。卵とは違ってこちらはまだ孵化する様子はない。

「あの繭からは糸が採れるんだったな。あまり傷付けずに中身だけ始末したいところだが」

アレクが顎先《あごさき》に指を当てて思案げに呟いた。

「魔法で煮ればいいじゃん……って言いたいところだけど、繭玉煮るのって結構気を使うっていうしねー。温度とか気を付けないと糸の品質が悪くなるんだよねー」

出身地の村では絹糸を取り扱う農家もあったというリヌスが唸る。

「変異種の繭も色がいいってんで高値で売れるぜ。傷入れちまうから長ぇ糸は採れねえだろうが……あれ全部売ったらいくらかは損失の補填《ほてん》になるんじゃねぇか？」

「……そうですね。数がありますから、それなりの額にはなるのではないかと」

しかしこの場に繭を煮る適切な温度を知る者がいるはずもなく、五人は無言で顔を見合わせて苦笑した。足元のルリィも首を傾げる皆の真似《まね》をするように、くいっと身体を傾けている。

「仕方がない。繭に穴を開けることになるが、剣で止めを刺すことにしよう」

「だなぁ」

「私もやります」

「あ、じゃあ足場作るね。あんまり広くはできないけど」

「あるだけでも十分だ。木に登るよりは遥かに楽だからな」

蛹は頭上四メテルほどの位置にある。魔力回復薬を飲んだシオリは幹の根元に意識を集中すると、氷魔法を展開した。幹伝いに雪を螺旋《らせん》階段状に形作っていく。

「丈夫には作ったつもりだけど、一応先頭の人はゆっくり上って確かめてね」

「ああ、分かった。ありがとう」

「おっ……こりゃあいいな。木登りの手間が省けたぜ」

「……本当に器用ですね……」

三者三様の反応を示した彼らは、慎重に雪の螺旋階段を上っていく。

それを見ながらシオリはもう一度魔力回復薬を呷《あお》った。規模の大きい魔法は魔力消費が多い。

「大丈夫ー？」

「このくらいなら大丈夫ですよ。小まめに回復しながらだったら体調にも影響出ませんしね」

「そっかー。でもあんまり無理しないでね」

「はい」

リヌスの気遣いに微笑みで返してから頭上を見上げた。

螺旋階段を上って繭の下に到達したアレク達は、一つ一つを念入りに見て繭に付ける傷を最小限に抑えられる場所を確かめているようだった。やがてアレクが剣を一つの繭に突き入れた。得意の火や雷の魔法を纏わせていないのは、繭を焦がさないように気遣っているのだろう。三度ほど突き入れて中の気配が途絶えたことを確かめてから、剣を引き抜く。

ザックはファンヌに正しい位置を教えているようだった。彼女は頷き、ザックが指差す場所に一気に細身の剣を突き刺した。それを確かめたザックは、同じようにして隣の繭に止めを刺す。

そうして最後の繭から生命反応が消えたところで、シオリはようやく肩の力を抜いた。しかしこれからが自分の本来の仕事だ。雪の螺旋階段から下りてくるアレク達を出迎えながら、密《ひそ》かに気合を入れ直した。

「そんじゃあ最後の一仕事だ。検分と討伐完了の証拠品を回収する。繭は置いていくとして……卵の殻と幼虫の触覚、成虫の翅を持ってくか」

「それは俺が引き受けよう」

「俺もー。ついでに売れそうなもんは拾っとくよ」

「おう、頼むぜ」

「私は報告書用にメモをしたいので、お時間を頂ければと」

「ああ、そんなら検分に付き合ってくれ。俺も記録しておきてぇんでな」

「了解です」

役割分担が決まり、各自がそれぞれの場所に散る。

シオリはアレクとリヌスを手伝うことにした。

糸の原料になるという繭玉は巨大過ぎて持ち帰ることができず、これは後日詳しい者に回収させることになった。危険が取り除かれた今、下手に手を付けて傷物にするよりは取り扱いに詳しい住民に任せた方がいいだろうという判断だ。量が多い卵の殻も同様だ。大きい欠片《かけら》をいくつか証拠品として持ち帰る程度に留めておいた。

「この殻もな、煉瓦《れんが》の原料になるんだ」

「えっ、そうなの？」

「ああ。低温に強く凍りにくいし、おまけに保温性も高い。だから砕いて煉瓦に混ぜ込むと保温性抜群の住宅建材にもなるし、路面凍結しにくい舗装建材にもなる……というのが専門家の弁なんだが、いかんせん数が採れないからな。大抵は物好きな金持ちが買っていくんだ」

「へぇ……なんだか帆立《ほたて》の殻みたい」

日本でも大量廃棄される帆立の殻の再利用先として、確か舗装建材や融雪剤などにも使われていたはずだ。もっともそれもコスト面の問題でまだまだ研究の余地はあるらしいのだが。

それを聞いたアレクは苦笑した。

「種族や国を隔ててはいても、人間考えることは一緒だな」

「……だね」

そんな雑談を交わしながら作業を進めていく。

「うーん、鱗粉も結構いい値で売れるんだけどなぁ。あんだけ散らばったら集めらんないよねー。というか、大抵は集められないんだけど」

解毒剤の原料として触手を回収していたリヌスがぼやく。

幻妖蝶の鱗粉は塗料や顔料、化粧品の他、人工真珠の光沢素材になるという。本来光沢素材には水棲魔獣や蝶類の鱗粉が原料として使われているらしいが、幻妖蝶の鱗粉はその希少性と光沢の美しさから高値で取引されているようだ。

「ま、翅を持っていけばいいんだけどさー」

「ばら撒いた分も結構な量だからな……」

気合の入った者になると周辺の土や雪を掻き集めて持ち帰り、ふるいに掛けて取り出すという強者もいるらしいが、輸送費と不純物を取り除く費用が高く付いてあまり現実的ではないようだ。

「……あ。それならさっき集めたよ。戦闘中に」

「は⁉」

さらりと言い放ったシオリに二人は目を剥いた。

「また飛び散ったら困るからって、雪の中に吸い集めておいたの」

集塵機《しゅうじん》のようにしてごく小さな天然の雪の洞《うろ》の中に集めたその場所に案内すると、二人は驚き半分苦笑半分という表情を浮かべた。

「わぁー。器用だねー……」

「だな……おっ、大瓶一つ分くらいにはなりそうじゃないか」

それだけの量があの戦いの最中に撒き散らされたのだと思うと今更ながらにぞっとするが、ともかくこれを放置しておくのは惜しい。アレクは保存瓶に丁寧に鱗粉を入れていく。

「……顔料の原料かぁ……」

なんとはなしに気に掛かったシオリはぽつりと呟いた。

光沢素材。塗料。顔料――絵の具。

「あ」

連想式に親しくなったばかりの友人の顔を思い出し、アレクの手元に目を向けた。

「ね、アレク。それって私でも買える値段？」

「うん？　なんだ、欲しいのか？」

アレクは素材に興味を示したシオリに目を瞬《また》いた。

「うん。アニーにどうかなって」

名門貴族の婦人相手に魔獣素材を贈るのはどうなのだろうかと思わなくもないが、高価な顔料の原料にもなるのなら、画家である彼女だったら有効活用してくれるかもしれない。

（……それに、なんだか魔獣素材にも興味がありそうだったし……）

創作活動のインスピレーションを高めるためなのかどうかは分からないが、氷蛙の毒腺《どくせん》を欲しがって恋人のデニスを困惑させていたアンネリエを思い出して、シオリはつい噴き出してしまった。

「なるほどな。まぁ、わざわざ買い取らずとも取り分としていくらか持っていけばいいじゃないか」

ザック達にも相談してみたが、少量なら構わないということだった。

淡く上品な美しい光を放つその鱗粉は、ファンヌも興味を覚えたようだった。彼女にも取り分として勧めてみたけれど、任務として来た以上受け取ることはできないと辞退されてしまった。そうは言っても多少の未練がある様子だ。

アレクやザックと視線を交わして頷いたシオリは、受け取った鱗粉を採集用の小瓶に取り分けてファンヌに手渡した。

「じゃあ、一緒に仕事をした記念ということで、個人的な贈り物です。それなら問題にはならないのでは？」

個人の私物を譲られたという建前だ。もしかしたら「今後ともご贔屓《ひいき》に」という賄賂《わいろ》のように受け取る者もいるかもしれない。しかし「著名なS級冒険者率いるパーティから平騎士へ贈られたもの」と聞けば、賄賂というにも無理があると解釈されるだろう。

ファンヌは目を見開いた。けれども手に握らされた小瓶に視線を落とした彼女はやがて、ぱっと花が綻《ほころ》ぶような笑顔を見せる。銀髪が揺れ、戦闘中に浴びた鱗粉がきらきらと輝いた。

「……ありがとうございます。大切にします」

真冬の曇天から透けるごく淡い日差しに小瓶をかざしたファンヌは、小瓶の中の煌めきに目を細める。それから大事そうに腰元のポーチにしまい込むと、もう一度微笑んだ。

――魔獣の屍《しかばね》累々《るいるい》という場所ではあったが、最後は穏やかな空気の中で各々の仕事を済ませる。

「よし。検分は終わったぜ。そっちはどうだ？」

検分結果を書き留めていたザックは、手帳を懐に入れながら訊いた。

「私の方も完了です」

ファンヌも必要事項は全てメモし終えたようだ。

「こっちも終わった」

「荷造り完了ー。おっけーだよ」

魔獣素材を詰めた革袋を軽く手で叩きながら、アレク達も作業終了を宣言する。

卵の殻にはまり込んで遊んでいたルリィも、満足そうにぷるんと震えた。

「良さそうだな。よし、じゃあお疲れさん！　あともうひと踏ん張りだ。適当な場所で野営しよう」

討伐完了。あとは一晩過ごして町に戻るだけだ。気を緩め過ぎるのは禁物だが心は軽い。達成感に浸るのも悪くはない。

「ファンヌ。近場で手ごろな場所があったら案内してくれ。風呂を作りやすいところを頼むぜ」

ザックの言葉に皆が噴き出す。ファンヌも笑顔になった。

「お任せください！」

後日の魔獣素材回収時のために木の枝に目印用の布を結び付けた一行は、案内役のファンヌを先頭に野営候補地へと向かって歩き出した。

8

ファンヌが案内した場所は、巨大芋虫の営巣地から徒歩で十分ほど下った平地だ。候補地は二ヶ所あったが、五人と一匹が収容できる広さがありなおかつ積雪が少ないという条件を満たす場所は一つだけだ。もう一方の方が広さがあったが、木々が疎《まば》らで積雪量が多過ぎるのだ。風呂を作るには適さない。入浴が最重要条件と判断した一行は、満場一致で狭い方を選択した。

念のためにと「希少な蜂」らしき気配が地中にないことを探索魔法で確認したシオリは、その場に設置した天幕の中に立派な浴槽を作り出してみせた。

「ああ……夢のようです」

浴びた鱗粉や体液を洗い流して身体を温め、清潔な服に着替えてこの上なくすっきりとした気分で温かな食卓に付いたファンヌは、うっとりとした吐息を漏らす。

寒冷地ゆえに衣服の濡れは命取りと着替え一式の携帯を義務付けられてはいたが、入浴も洗濯も基本的には現地ではしない。しかしシオリは食事の支度の合間に洗濯まで済ませてしまった。洗濯魔法と乾燥魔法――またもや合成魔法だ――は見事なものだった。その上振る舞われた料理も温かで味も素晴らしく、野戦食とは比べるべくもない。下手な貴族の野遊びよりも上等な待遇だ。湯気が立ち上る根菜と羊肉のスープに、飴色《あめいろ》に艶《つや》めくソースが芳しい香りを放つ豚肉の東方風ソテーは絶品だった。

家政魔導士の仕事ぶりを目の当たりにしたファンヌは、惜しみない称賛をシオリに贈った。雪中行軍と気味の悪い魔獣との戦闘の疲れどころか、気疲れまで全て吹き飛ぶようだと言うと、冒険者達からは笑い声が漏れる。

「隊に家政魔導士が一人いれば、士気も随分と違うでしょうね」

危険な任務の達成率、生還率にも影響があるのではと述べると、その通りだと彼らは言った。自分が褒められたかのように得意げなアレクの傍らでスープを啜っていたシオリは、恐縮ですと頬を染めて俯《うつむ》いている。

――著名なS級冒険者のパーティの一員として紹介された彼女を初めて目にしたときには、ひどく驚かされたものだった。薄い体格と低い背丈から初めは少女かとも思ったが、間近で見れば恐らく二十代半ばから後半くらいの年頃だろうことが知れた。ザックを除けば他のメンバーより多少若い程度だろうが、それでも女性、それも明らかな異民族の彼女が彼らに受け入れられ、あまつさえ大事にされているという事実に驚かされた。

冒険者は騎士より遥かに女性は多い。しかしそれでもまだまだ男社会だとも言われている稼業だ。そんな中、異郷の地で冒険者として受け入れられているシオリの存在が心底不思議だった。そして自分とは違う、と。そう思うと同時にこれは好機だとも思ったのだ。

――イリスにはあらかじめ「基本的には同行させるつもりだが、派遣された冒険者の顔ぶれによっては別の者に行かせよう」とは言われていた。万一人柄の疑わしい者達だった場合、その中に女一人を放り込むことはできないという訳だ。

女であることを嫌と思ったことはない。女として気遣われることにも慣れてはいるが、それが弱点や欠点であるかのように思われるのは歯痒《はがゆ》かった。

『若い娘が男の世界に首を突っ込むもんじゃあない。そんな傷までこさえて一体何の得になる』

そんなふうに町の古老に苦言を呈されたことはこの数ヶ月で幾度もあった。

確かに騎士になりたいと言ったとき、普通の家庭で育った両親や友人達には当然のように反対された。最終的には折れて送り出してはくれたが、どうせすぐに音を上げて戻ってくるだろうとも思われていた。しかしなんとか食らい付いて結果を出し、男ばかりの同期に交じって騎士の叙任を受けるまでに至ったファンヌを、今では認めてくれているのだ。同期の仲間や、先輩、上官もだ。

それを今ここに来て庇護《ひご》すべき者達に否定されるとは思いもしなかった。どれだけ努力しようと決して認めてはくれない種類の人間がいることが、ファンヌを強く打ちのめした。

——国と民を護る騎士として生きる、これがファンヌ・エディンという人間だというのに。

(……だから、シオリさんがどうやって異郷で皆に認められたのか……それを知りたい)

ちらりとその横顔を見る。艶やかな黒髪の下から覗く深い色合いの瞳は柔らかな笑みの形に細められ、不思議な光を宿して輝いていた。


——夜半。見張りのために焚火《たきび》のそばに腰を下ろしていたファンヌは、振る舞われた薬草茶を啜りながらシオリを眺めていた。彼女は手帳や携帯図鑑を開いて熱心に何か書き付けていた。どちらも使い込んで擦り切れている。勉強家なのだろうことが窺《うかが》い知れた。彼女の隣では使い魔のルリィが水溜《みずた》まりのように広がって熟睡している。

彼女の書き物が終わるのをじっと待った。やがてシオリは小さく息を吐くと、そっと手帳と図鑑を閉じてポーチの中にしまい込んだ。様子を窺っていたことを知られないよう、すぐに声を掛けたいのを我慢する。一分ほど経《た》っただろうか。

「……何を書いていたのですか？」

不自然にならないように差し障りのない質問を投げ掛けると、常に柔らかで不思議な微笑を浮かべた顔がこちらを向いた。王都の知人が言うにはこの微笑は東方系特有のものだという。感情の起伏が少ない、しかし無表情というのも違う不思議な表情。

「今日のことや、初めて知ったこととか――色々書いていました。初めて見る魔獣もいたものですから、次のときのためのメモ書きです」

「勉強熱心なんですね」

「……まだまだ新人に毛が生えた程度なので、毎日追い付くのに必死なんです」

上手い具合に最も訊きたい事柄に会話が転がっていきそうな予感に、ファンヌは僅かに身を乗り出した。

「新人、なんですか？」

「うーん……というほどでもないんですけど、冒険者になってからまだ三年ほどなので、知らないことが沢山あるんです。それでもベテランの皆さんと仕事をさせてもらう機会も増えてきたので、置いていかれないようにと」

三年。たったそれだけの年数でS級冒険者のパーティに認められるまでに至ったのか。

一日彼女といて分かったのは、彼女が非常に聡明だということだった。とにかく機転が利くのだ。天性の才能かと思ったが、郷里では普通の水準だと彼女は苦笑気味に言った。しかし人一倍に努力していることは分かる。もう何年も使い込んだように見える擦り切れた手帳、書き込みと付箋《ふせん》だらけの携帯図鑑がそれを物語っていた。得た知識を次に生かすための努力だ。

努力は自分でもしているつもりだった。だというのにディマの人々に認めてはもらえないのだ。たった三年で異郷の地での立場を築いたシオリと比べたら、自国民にすら認められない自分の努力など細やかなもののように思えてしまう。

「……まだまだ足りないのかなあ、努力……」

無意識に漏らした弱音をシオリは拾ったようだった。濃い色の瞳を瞬かせている。

──訊いたら教えてくれるだろうか。努力が足りないのか。もっと頑張らなければならないのか。

「どうしたらシオリさんのように認めてもらえるんでしょう。努力が……足りないのでしょうか」

「どうしたら……ですか」

シオリは首を傾げ、それから微かに笑った。どことなく苦みが目立つ笑みだ。

「……私の場合、この国で生きていくために生活基盤を整えることに必死でしたから。認めてもらうとかそういうことを考えたことはなかったです。というより考える余裕もありませんでした。言葉も全く分からなかったし、おまけに無一文でしたから」

「……え」

世間話をするかのような、なんでもないような口振りだった。けれども見なかったことにしようと蓋《ふた》をした記憶──入浴時に見たシオリの二の腕の傷を不意に思い出したファンヌは視線を泳がせる。言葉の不自由な無一文の女性とあの惨《むご》い傷痕《きずあと》が、「奴隷」という言葉を連想させたからだ。

しかし、彼女の素性とストリィディアに来た経緯は気にはなったが説明では省かれてしまった。ともかく彼女は帰り方はおろか帰る場所も分からず、この国で生きる決意をして今日までを過ごしてきたのだという。

この国で暮らすために言葉を覚え、馴染むために食生活や暮らしなどの文化を学んだという彼女。冒険者のランクが上がった今では貴族社会の習慣や作法も学び始めたということだった。貴族相手の仕事が増えるからだ。

――馴染むために学ぶ。相手に合わせるために、学ぶ。

何かが心の琴線に触れたような気がした。

「――でも、そうして頑張っているうちに、少しずつ結果を出せるようになりました。仲良くしてくれる人や仕事を認めてくれる人も増えて、いつの間にか受け入れてもらえてたんだなって……この間ようやく気付いたんです」

「いつの間にか……」

「ええ。勿論色んな人がいますから、今でも認めてくれない人もいるみたいですけど。でもこれは仕方ないですね。誰しも合わない相手というのはいるものですから」

合わない相手。ディマの古老達。

「……理屈では分かります。でも、頑張っているのに認めてもらえないというのは、悔しくありませんか？」

「それは勿論、悔しいです」

穏やかなシオリの表情が、ほんの少しだけ悲しげに歪められた。

「面と向かって言われて、とても悔しい思いをしたことだってありました。でも、自分には自分の考え方や生き方があるように、その人にだってその人なりの考えや生き方がありますから、どうしたって相容《あいい》れないことがあると思います。気に入らないからって危害を加えるとかそういうことになったらさすがに困りますけど、そうでなければ……なるべく気にしないように努めます。人の気持ちって理屈どうこうじゃないですから」

他人の考えを改めさせることは容易ではない。要はどう折り合いを付けるかということだ。

「……確かに他の人が自分をどう考えてるかっていうの、気にはなりますけど。でもそれよりは自分の人生を生きて、そういう自分を認めてくれる誰かがいて、それで……その誰かの人生にかかわることができたなら……その方がずっと嬉しいと思うことにしています」

自分を否定する人間とかかわってこれ以上神経を擦り減らすよりは、これが自分なのだと認めてくれる人と生きる人生こそを喜ぼうと、そう彼女は言うのだ。

それは、相反する意見の尊重――ある種の消極的な受け入れとも言えるかもしれない。

でも、人の心を変える力がある者などそうはいない。意図して変えようなどよほどの大人物でもなければ為し得ないことだ。少なくとも今の自分にはそうするだけの力も気概もない。しかし、自分のために自分の人生を生きるということくらいなら、今すぐにでも始められそうな気がした。

それに。

『もっとも、うちの場合は隊長もなぁ……あれでいて意外に融通利かねぇっつうか、真面目過ぎるっつうか……線引きし過ぎるのがな』

昨夜、隊舎の食堂で同僚が言った言葉が脳裏を掠めた。

(多分、もしかしたら……私達の方にも問題があったのかもしれない)

線引きし過ぎる、それは相手を信用していないこととほとんど同義ではないだろうか。

シオリはストリィディアで暮らしていくためにこの国の言葉や文化、風習を学んだと言っていた。言葉も通じないほどの異郷に馴染むために費やした努力は並大抵のものではなかっただろうが、しかしその結果得たものは人々からの信用と信頼だった。彼女は人々に受け入れられたのだ。

（受け入れてもらう……か）

生きるためにこの国のことを学ばなければならなかった異民族のシオリと、この国の民として生まれ育った騎士の自分とでは立場も事情も違う。けれども、彼女の辿った道筋が何かの手掛かりになりそうな気がした。

ぱちりと焚火の炎が爆《は》ぜる。舞い上がって夜空に溶けていく火の粉の輝きが美しいと、どことなく軽くなった心でそんなふうに思った。

9

翌日は雪もなく、雲間からは青空が覗いていた。懸念の種だった獰猛な魔獣の討伐を無事終え、一晩身体を休めて気力体力を取り戻した一行は、軽い足取りでディマの町を目指した。稀に腹を空かせた小型魔獣が目の前に飛び出すこともあったけれど、S級冒険者率いるパーティの敵ではなかった。行きに対して僅かに下り坂となる帰り路は所要時間が短く、昼前には森の外縁部へと降り立った。

「特に変わりがなければいいのですが」

ファンヌはそう言ったが、幸い何事もなかったようだ。門を目指して歩く一行の前方から馬が一頭向かってくるのが見えた。定時の見回りだ。

ファンヌが片手を掲げて振ると馬は速度を緩め、やがてシオリ達の前で止まった。馬上の男はひらりと飛び降りて破顔する。隊舎の食堂で会った騎士だ。

「ファンヌ！　その顔は無事終わったみてーだな」

「はい。この方々のお陰で恙なく」

細やかな報告と労いの言葉を交わし合った後、その騎士は迎えの馬車を呼ぶと言って引き返して行った。それから間もなく騎士隊の雪馬車が姿を現す。ありがたくその馬車に乗ったシオリ達は、無事ディマの町に帰還した。

報《しら》せを聞いて待ち受けていたイリスは、一行をいそいそと出迎えた。先日と同じように応接間に通され、今度は彼の手ずから淹れた紅茶が振る舞われた。報告を聞き証拠品の検分を終えた彼は、ほっと胸を撫で下ろす。変異種が既に繁殖を始めていたと聞いたときには少々顔色を悪くしたが、完全に駆除したというザックの言葉に安堵したようだった。

「貴殿達のお陰で変異種の大繁殖は防がれた。ご協力感謝する。これで……少しは枕を高くして寝られそうだ」

どうやら今朝も住民に押し掛けられたらしい。早速町長に知らせると言ってから、彼は僅かに顔を曇らせた。

「しかし……せっかくの貴重な素材も、改めて人を出して回収しに行くとなると時間は掛かりそうだな。回収費用と冒険者を雇う費用を考えると、被害を受けた住民にはそれも少々厳しいだろう」

室内に沈黙が下りる。シオリはアレクを見上げた。彼もまた何か思うところがあるのだろう。じっとイリスを見つめている。やがて彼は静かに口を開いた。

「……内情に口を出すようで申し訳ないが……敢えて冒険者を雇わずとも、町の者達にやらせたらいいんじゃないのか。今回のような魔獣討伐はさすがに無理だろうが、危険がなくなった今、素材回収だけなら彼らに任せても問題はないんじゃないか？　自警団があるなら腕に覚えのある者も当然何人かはいるだろう。心配なら騎士を一人か二人同行させればいい」

「……しかし」

僅かに逡巡《しゅんじゅん》したイリスは首を振った。

「それはできない。住民を危険に晒《さら》す訳にはいかん」

民を護る騎士、その騎士隊の隊長としての責任が彼にはある。それはシオリにも理解できた。けれども全てを彼一人が、この駐屯騎士隊が背負うのは到底不可能だ。できることには限りがある。

（……ブロヴィート村の雪狼の事件のときだって、騎士と冒険者だけじゃない、村の人達だって協力し合って警備してた）

村を護るために彼らだってできることをしていた。騎士隊もそれを許していた。自然な流れでそうなった。それは緊急事態だったからという理由だけではない。きっと普段からそうしているのだ。

「……以前仕事でかかわった村の人達もそうしていました。村の人達も騎士隊もごく自然に協力し合っていました。緊急事態でも自然な流れであああいうふうにできたのは、きっと普段からそうしてたからなんだと思います。互いにできる範囲で補完し合うことが、きっと普通だったんです」

そこに至るまでには、このディマのような問題を経てきたのかもしれない。でも前例がある。今すぐには難しいだろうけど、互いに歩み寄る気持ちがあるならきっといつかはと思うのだ。

「イリスさんよ。もうちったぁ町の連中を信じてやってもいいんじゃねぇのか。あんたらが来るまではずっと連中でなんとかしてきたんだろ？　そりゃあ訓練された騎士みてぇにはいかねぇだろうが、決して護られてばっかでいるほど弱くはねぇはずだぜ」

アレクの言葉、シオリの言葉、そして世間にも名の通ったザックの言葉がイリスを動揺させた。きっと彼も分かっているのだ。ただ、一歩踏み出す勇気がないのかもしれない。そうでなければここまで悩んだりなどしないはずだ。

「……隊長」

それまで成り行きを黙って見ていたファンヌが口を開く。その瞳に浮かぶのは確かな決意だ。

「この方々は急に同行することになった私を、それでも受け入れようとしてくれました。だから部外者の私でも気負うことなく入っていくことができました。ですから我々も受け入れましょう、この町のやり方を。全てとはいいません。ですが、彼らにもできることがあるのなら、それを受け入れましょう。ここでは……我々が部外者なのですから」

「……ファンヌ……」

他ならぬ部下、同じ騎士隊の仲間の言葉にとうとうイリスは心を動かされたようだった。ファンヌの視線を正面から受け止めていた彼は、ゆっくりと周りの人々を見回した。シオリ、アレク、ザック、リヌス……そして「大丈夫！」というようにぷるんと震えたルリィ。

彼は一度だけ視線を俯けて目を閉じた。しかしそれも束の間、顔を上げてファンヌを見据える。

「――学ぶべきは……お前ではなく、私の方だったな」

イリスは強張《こわば》らせていた表情をふっと緩めて薄く微笑んだ。

「すぐに実行に移すというのはなかなか難しいが……少し考えてみよう」

「ああ。それがいい」

アレクの言葉に彼は頷いた。小さいが曖昧なものではない、決意を秘めた首肯だ。

微笑みながら見上げるシオリの視線を受け止めたアレクもまた、柔らかく目を細める。ザックはにやりと笑い、リヌスはまるで少年のように邪気のない笑みを浮かべる。足元のルリィもぷるるんと嬉しそうに震えた。


――こうしてディマの町を悩ませていた「害虫騒動」は幕を下ろした。森はいつもの静けさを取り戻し、人々は無事普段と変わらぬ生活を送れるようになった。

なお、この話には後日談がある。

駐屯騎士隊隊長のイリス・ミルヴェーデンは、騒動解決に尽力した冒険者達を見送ったその足で町長を訪ねた。巨大芋虫の駆除を報告した上で、冒険者達が損害の補填にと残した貴重な魔獣素材の回収作業及び今後の街の警備について、自警団の協力を願い出たという。それまで頑《かたく》なに自警団の協力を拒否していた彼の心変わりに当初住民達は懐疑的であったというが、素材回収の成功を機に少しずつ歩み寄る者が増えたようだ。

「……まったく若い娘がそんながりがりと痩《や》せ細りおって。ちゃんと食っとるのか」

警邏《けいら》中、いつものように近寄るなり小言を言う老人に、ファンヌはにっこりと笑って言い返す。

「痩せているのではなく、引き締まっているといってください。毎食ちゃんと頂いていますよ」

「ふん。小娘が口だけは達者じゃの！」

忌々しげに吐き捨て、手にした籠《かご》を押し付けて足早に立ち去った老人の背に向けて「いつも卵、ありがとうございます！　皆で頂きます！」と叫ぶと、「余りもんの処分に困っとるだけじゃ！」という乱暴な返事があった。

「……余りもん、か」

イリスが苦笑気味に籠を覗き込む。中には卵が十二個。駐屯騎士隊の人員と料理人を合わせた数と同数だ。そしてまだ温かい。

「なんで毎回ちょうど良く人数分余るんですかね……」

「それも産み立てのが、な」

二人で顔を見合わせてくすりと笑う。態度こそ厳しいが、あの老人は彼なりに騎士隊の若者達を案じているのだ。

あの一件以来、こうしてぎこちないながらも歩み寄る者が増えた。まだまだ余所者への偏見を持つ者は多く、一朝一夕には解決しないだろう。偏見や警戒心を抱き続ける者もいるだろうが、もうそれはそういうものなのだと思えばいい。少なくとも、自分達が歩み寄る姿勢を見せたことで態度を緩める者が増えたことは事実なのだ。

――受け入れられるためには、自らもまた受け入れること。そのことを二人は身をもって学んだ。

ファンヌは襟元からそっと首飾りを引き出す。革紐《かわひも》の先に括り付けた小瓶には、あのときシオリからもらった鱗粉が入っている。小さく揺らすと陽光を受けてきらきらと輝いた。

ほんの一時を共にしただけの仲だったが、心根の良い者達だった。彼らとの旅で得たものは多い。

（いつかは私もあんなふうに、他の誰かを導ける存在になれるだろうか）

なれたら、いい。そのためにもこれからの日々を丁寧に過ごし、鍛錬を重ねていくのだ。

「さて、行くか。あともう一区画だ」

「はい」

気を引き締め直したファンヌは歩き出した。別の区画を巡回していた自警団の一隊とすれ違いざまに挨拶《あいさつ》を交わし、卵の籠を抱え直す。

吹き付ける風は冷たく、まだまだ春は遠い。けれども町の人々との間にあったわだかまりの雪解けを確かに感じながら、ファンヌは口の端に小さな笑みを浮かべた。

10

――夜の帳《とばり》が下りて魔法灯が街路を照らし、そこかしこの家から夕餉《ゆうげ》の香りが漂い始める頃。ギルドに帰還した一行は、報酬の分配を終えてようやく帰路に付こうとしていた。

「報告書は俺が纏めとく。後日皆で目ぇ通してくれ。お疲れさん」

そう言ってザックがパーティの解散を告げると、「お疲れー！　お先するよー」とリヌスが報酬を手にうきうきと出ていった。早速夜の街に繰り出すつもりのようだ。

「さて、どうするか。俺達も少し引っ掛けていくか？」

アレクは隣に寄り添っている恋人を見下ろした。シオリはほんの少し考えてから首を振る。達成感によるものかその表情は明るいものの、滲み出る疲労感は隠し切れてはいない。

「うーん……ちょっと疲れたから今日は何か買って帰るよ。アニーに手紙も書きたいし」

できれば朝の第一便に間に合わせたいと彼女は言った。

「そうか。まぁ、ほどほどにして今日は早く休むんだぞ」

「うん。二人は飲みに行くの？」

「いやぁ……俺も今日はとっとと帰ることにするわ。さすがにちっとばかり疲れた」

ザックはそう言って苦笑したが、その顔色が冴《さ》えないことにシオリは目敏く気付いたようだ。

「……兄さん？　少し顔色悪くない？　というかなんか脂汗かいてない⁉」

慌てて駆け寄った彼女の手がザックの頬に触れ、ついアレクは「あ」と声を上げてしまった。彼女の行為に兄妹以上の意味はないのは分かってはいるが、その声色に微かな嫉妬《しっと》を感じたのだろう、大人げないといった態でルリィがじっとりと見上げる。

「熱はないみたいだけど……」

「ああ……いや、馬車がちっと暑かったんでな」

確かに帰りの雪馬車には暖房魔道具が設置されてはいたが、暑いというほどではなかったはずだ。しかしそれがザックの建前であることをアレクは知っていた。その建前に隠した本音を彼は気付かれたくはないのだ。他ならぬ妹分にだ。

「年だからって着込み過ぎたんじゃないのか」

「うるせぇよ」

ザックの隠し事に付き合うつもりで敢えて揶揄《からか》ってやると、彼は苦々しげに言い返す。

恋人と兄貴分のどうしようもないやり取りに微苦笑したシオリの手をそっと除けたザックは、「心配すんな」と言ってその手を軽く握った。

「確かに疲れもあるが、お前のお陰で言うほどでもねぇよ。お前の助けがなけりゃ、こんなもんじゃなかったはずだ。冬の遠征で皆がお前を頼る訳ってやつを再確認させてもらった。お前の努力の結果──しかとこの目で確かめさせてもらったぜ。よくやったな、シオリ。お前は俺の自慢の妹だ」

トリス支部を束ねるギルドマスターとして、そして兄としての賛辞にシオリは目を見開き、次の瞬間には泣き笑いのような顔で微笑んだ。

「……ありがとう、兄さん。嬉しい」

涙ぐむ彼女の頭を撫でながら、ザックのもう片方の手はシオリの華奢《きゃしゃ》な手を握り締めたままだ。アレクに横目を流してにやりと笑ってみせたのは、きっと「年発言」の意趣返しのつもりなのだろう。視線だけで「この野郎」と凄むアレクに再び不敵な笑みを見せてから、彼はシオリから手を離した。

ともかくザックの「隠し事」はこのまま隠し通せるようだ。二人と一匹を促したアレクは、彼らと連れ立ってギルドを出た。

取り留めもない会話をしながら穏やかな夜の街を歩く、この瞬間がひどく貴かった。幼い頃に、そして少年時代に一度は全て失ってしまった己にも今は再び大切なものがある。離れて暮らしている優しい弟、気の良い兄貴分や友人達、そしていずれは家族になるだろう愛しい女。そのどれもが得がたい、この上なく貴い宝だ。

シオリをアパルトメントまで送ると、彼女は二人を見上げて「ありがとう」と言った。

「おう、お疲れさん。ほどほどにして今日明日はゆっくり休めよ。アレクもちょっかい掛けにくんじゃねぇぞ。よく休んどけ」

「……あんた、さり気なく牽制してないか」

恐らくもうそろそろ「限界」なのだろうに、それでも妹分に妙な気遣いを──否、弟分を牽制して

みせたザックには苦笑するしかない。そちらがその気ならとアレクはにやりと笑った。シオリとの距離を詰めてその華奢な顎先を上向かせ、柔らかな唇を塞ぐ。

ルリィは嬉しそうにぷるんと震えただけだったが、背後の空気が明らかに凍ったのが分かる。それにも構わずシオリの唇を吸い上げ、軽く舌先を差し込んで口内を味わう。

「――おい。往来でそんくらいにしとけや」

とうとう耐え切れなくなったのか、ザックはアレクの肩を掴《つか》んだ。シオリは真っ赤になったまま立ち尽くしていたが、可笑しくなったアレクは笑い声を立てた。

「さあ、いい加減帰んぞ。じゃあな、シオリ。また今度な」

「うん、おやすみ兄さん。アレクもまたね。二人もゆっくり休んでね」

「ああ。おやすみシオリ。またな」

穏やかな管理人が出迎えるアパルトメントに入っていく彼女とスライムを二人で見送る。

温かな光が漏れるアパルトメントの扉が閉まるまで愛しい恋人を見つめていたアレクは、小さく息を吐くと隣の男に視線を向けた。その瞬間、彼の身体がぐらりと傾ぐ。支えようと慌てて手を出す前に、ザックは片足を踏み出してどうにか耐えた。しかしその顔色はすっかり蒼褪《あおざ》め、瞳からは完全に生気が消えていた。

「おい。大丈夫か」

「……アレクよぉ……」

半ば縋《すが》り付くような形でアレクの肩に手を置いた彼は、絞り出すように言った。

「俺ぁ……ちっともう、限界だわ」

見ればその膝は小刻みに震えていた。吐息は浅く、額にはじっとりと脂汗が滲んでいる。

これがただの体調不良によるものではないことを知っていたアレクは、溜息交じりに苦笑した。

この男は大の虫嫌いだが、仕事となれば苦手意識をほぼ完全に殺せる——ということになってはいるが、親しい間柄なら些細《ささい》な仕草で異変に気付いてしまう。今回の仕事でも何度か視線を泳がせたり口元を引き攣らせていたりと、どことなく不審な挙動が散見された。

「……よく耐えたな、ザック。毎回思うがあんたの精神力には恐れ入る」

今回の討伐対象、巨大芋虫は実は彼のトラウマにもなっている魔獣だ。幼少期から虫が苦手な質ではあったが、それを決定的にしたのが新人時代の失敗経験である。足元を取られて触手に捕まり、麻痺毒を注入された挙句に生きたまま丸呑みされそうになったという。それ以来完全な虫嫌いになってしまったザックだが、それを一切感じさせずに仕事に当たる彼の精神力はかなりのものだ。

そうはいっても、やはり精神に相当な負荷が掛かっているのだろう。虫系魔獣相手の仕事を終えた後は、ばったり倒れて一晩寝込むこともあるほどだった。しかも今回は大事な妹分にして一度は惚《ほ》れた女が同行していたのだ。見苦しい姿を見せまいと、いつも以上に気を張っていたに違いない。

「馬車を呼ぶか？」

「……おう、頼む……」

これは今夜寝込むかもしれない。もう一晩付き合うかと口の端に苦笑を浮かべながら、アレクは道端で客待ちしている辻《つじ》馬車に手を振った。

――数日後。ロヴネル領主アンネリエ・ロヴネルが居住する城館のとある一室。

秘書官にして婚約者のデニスが柔らかな表情で見守る中、アンネリエは真剣な面持ちでスケッチブックに向き合っていた。紙の上に色鉛筆を軽快に走らせて、脳裏に思い描く姿を描き出していく。

――トリス大聖堂が奉る、慈愛と癒しを司る聖女サンナ・グルンデンの祭壇画のラフ画だ。

トリス大聖堂に新たに就任した大司教からの依頼。持ち運びができる小型の祭壇画を若い感性で描いて欲しいということだった。

『安置されている歴史的に有名な画家の絵は勿論素晴らしいのだけれどね。今どきの子でも違和感なく受け入れられる祭壇画があっても良いと思うのだよ』

四十を過ぎたばかりだというその若々しい大司教は、気さくに笑いながらそう言った。

元々は著名な老齢の画家の名が候補として挙げられていたというが、若者に受け入れられる絵を望むのであれば、やはり若い画家に描かせるべきではという意見が出たという。そこで指名されたのがアンネリエだ。

『伝統を大切にしながらも新しい技術を積極的に取り入れる気鋭の女性画家と評判の貴女なら、きっとこの大聖堂に相応《ふさわ》しい祭壇画を描いてくれるのではないかと思ってね』

若い感性で、歴史あるトリス大聖堂に相応しい祭壇画を。

急な話ではあったがアンネリエは二つ返事で頷いた。画家としては初めてと言える大仕事なのだ。

（……十五年越しの恋を成就させてから、なんだか運が上向いてきている気がするわ）

そんなふうに思ってくすりと笑いながら、アンネリエは聖女の姿を描き進めていく。

聖女サンナの容姿について詳しい記録は残されていない。彼女と親しかったという修道女が遺《のこ》した日記に、滑らかな金の髪の、優しげだが芯《しん》の強い女性であったという記述があるのみだ。

それゆえに彼女の肖像画の全ては描いた画家の想像によるものだ。残されている肖像画は描かれた時代の女性観や流行が反映され、当時の世相を読み解く材料となっている。きっとこれから描く聖女もまた、時代が下ればいずれはそうして歴史家たちの研究材料になるのだろう。

さらさらと澱みなく手を動かして、自身の心の内にある聖女を描く。

乳にバターを溶かしこんだように柔らかな乳白色の肌、絹のように艶《つや》やかに流れる髪、濡れたように輝く瞳、そして芯の強さを感じさせながらもどこか儚《はかな》さを内包した微笑み。

「……これは……シオリ、ですか」

そばに控えていたデニスが呟く。

「ええ。聖女様の人物像を聞いたら、まるで彼女みたいって思ったのよ」

優しげで、芯の強い女性。そう聞いた瞬間脳裏に浮かんだのがシオリの姿だった。

「慈愛と癒しの聖女――でしたね。確かにイメージにぴったりです」

密かに慕う者は多いというシオリ。いつでも柔らかに微笑み、救いを求める者に手を差し伸べることを厭《いと》わず、優しく包み込むように癒す彼女は、どこか謎《なぞ》めいた一面もある存在だ。

元は巡礼者であり出自は一切不明というサンナ・グルンデンと重なる部分の多い女性。

「聖女のモデルに最も相応しいと思うのよ。シオリの姿をそのまま描く訳ではないけれど……一応許可を得ておいた方がいいわね」

色鉛筆で色付いていく聖女の肖像に新しく友人となったばかりの女の姿を重ね合わせ、アンネリエは薄っすらと微笑んだ。

と。そこへ小包を手にしたバルトが現れる。

「アンネリエ様。シオリ殿から小包です」

「まぁ。シオリから？」

親しい付き合いが始まって間もない彼女であったが、既に何度か手紙のやり取りをしていた。しかし小包は初めてだ。

「何かしら」

領主宛ての郵便物には時折怪しげなものが紛れている。既知の名を騙《かた》って送り付けられるものも多く、それゆえ既に開封され中身は検《あらた》められていた。内容物に問題なしと判断されたものだけがアンネリエの手元に届くのだ。

開封済みの包みを難なく開けたアンネリエは、小箱に収められていた小瓶を取り出した。月光のように淡くまろやかな輝きを放つ乳白色の粉末が、小瓶の中でさらさらと揺れる。

「まぁ……なんて綺麗なの。まるで月の光を削り出したみたい……」

小瓶に添えられた手紙には、体調を気遣う言葉や近況報告と共に小瓶の内容物の由来が記されていた。幻妖蝶、それも変異種から採取した鱗粉。通常種よりも遥かに美しい光沢のそれは、市場に出回ることも滅多にはない代物だ。顔料に混ぜるとそれは美しい光沢を放つのだ。

「……絵画展ではこういう混ぜ物の絵の具を使うのは禁じ手なのだけれど……」

公募に出すつもりがないのだから何の問題もない。

「絵具商を呼んでちょうだい。早速作ってもらいましょう」

創作意欲を大いに刺激されたアンネリエは、小瓶を片手ににっこりと微笑んだ。

――後日、アンネリエから贈り物の礼を認《したた》めた手紙がシオリの下に届き、さらにその数週間後には特別便で小包が届けられた。厳重に梱包された包みの中身は、優美で繊細な額装の絵画だった。

「……これは……」

シオリの部屋まで荷運びを手伝ったアレクが小さく感嘆の声を上げた。覗き込んでいたルリィも楽しげにぷるんと震える。

中に収められていたその絵には、月明かりの森に佇む黒髪の女の姿が描かれていた。真珠をまぶしたように淡い乳白色に輝く肌の、黒絹のように艶やかな髪の女が不思議な微笑を浮かべている。絵画全体が柔らかな光沢を帯びているのは、顔料に含まれる光沢材によるものだろう。アンネリエに贈った幻妖蝶の鱗粉を混ぜた顔料だ。

添えられた手紙には優美な筆致で「今の私にはこれが精一杯。でもきっといつか必ず本格的な肖像画を描かせてちょうだい」と記されていた。

「こ、これ……私なの……？」

「ああ。どこからどう見てもお前だ」

そう言ったアレクは、うっとりとした吐息を零《こぼ》す。

「――凄いな。まるで月の女神だ」

「う、わぁ……ど、どうしよう。美化し過ぎ……」

「そんなことはないさ」

頬を赤らめて慌てふためくシオリを、小さく笑いながらアレクは腕の中に抱き寄せた。

「さすがはアンネリエ殿だ。お前の姿そのものじゃないか」

包み込むような母性と溢れるような優しさを湛《たた》えた、そしてどこか謎めいた神秘的な微笑み。それはまるでトリス大聖堂が奉る、癒しと慈愛の聖女のようだ。

「ちょ……アレクっ。それ以上はやめて恥ずかしい」

惜しみない称賛にとうとう耳の先まで赤くなってしまったシオリは、そのまま己の胸に顔を埋めてしまった。そんな彼女を上向かせて、触れるだけの口付けを落として言い聞かせてやった。

「――お前は俺にとっての女神なんだ。俺だけの女神。癒しと慈愛の……俺だけの、聖女」

それは決して美辞麗句などではない、己の素直な気持ちだ。

真っ赤になったまま絶句してしまったシオリに再び口付ける。溢れんばかりの愛と、その想《おも》いの丈を伝えるような濃厚な口付け。小さな唇を貪《むさぼ》るごとにこの胸が満たされていく。

彼女の華奢な身体からくたりと力が抜けた。その身体をしっかりと腕に抱き止めて、ますます深く貪っていく。重なる唇の合間からあえかな吐息が漏れた。

（……愛してる）

吐息に紛れ込ませた愛の言葉にシオリの身体がふるりと震えた。

いつか。いつの日か、全ての事柄に決着を付けたそのときには。

――純白を身に纏って己に微笑みかける愛しい女の姿を思い描きながら、アレクは思うがままにシオリの唇を貪った。

あとがき

はじめまして、もしくはご無沙汰しております。文庫妖です。「家政魔導士の異世界生活」四巻をお手に取っていただきまして、誠にありがとうございます。落ち着かない日が続く中ではありますが、無事に四巻をお届けできたことを嬉しく思います。

今回のお話は三巻の続き、シルヴェリア編の復路を収録しております。縁があって出会ったロヴネル家のアンネリエとデニス。身分違い、移民四世という様々な問題を乗り越えて生涯を共にすると決めた二人に影響されて、アレクもまたシオリとの未来を真剣に考え始める……というお話でした。

旅の最中で会話の断片から互いの正体を薄々察したりもした二人ですが、複雑な事情を抱えながらも一緒にいたいという想いをより深めた彼らが、打ち明けることを先延ばしにしている秘密にどう向き合っていくか……今後も物語を続けていけたらなと思っております。

ところで四巻まで通してお読みいただいた方々の中には既にお気付きの方もいらっしゃるかと思いますが、私、大の魔獣好きでして、今回の幻獣雪男の登場シーンは大変気合を入れて書きました。女性向け恋愛小説にあるまじき描写もあったかもしれませんが、大層楽しく書かせていただきました。

　このシーンの挿絵を描いてくださったなま先生、本当にありがとうございました！　魔獣イケメン代表VS人間イケメン代表、最高でした！　この他にもシオリ達のドレスアップしたシーンの美麗なピンナップや、二人のラブシーン、妻問い予告（笑）に兄妹の仲を深めるシオリとザックを微妙な顔で眺めている残念なアレクなど、毎回どのシーンも思い描いていた通りに描いてくださって、感謝感激です。

　また、いつものように執筆を支え、素敵な感想をくださった担当編集様をはじめ、シオリとアレクの物語を緻密な描写でコミカライズしてくださっているおの秋人先生、そして現在世界規模の問題で難しい状況にある中刊行にご尽力くださった全ての方々に篤くお礼申し上げます。

「小説家になろう」にて連載中から応援してくださった読者の皆様には特に感謝の念に堪えません。皆さまのお陰でこうして四巻目まで出すことができました。本当にありがとうございました。これからも精進して参りますので、どうぞよろしくお願いいたします。

　それではまたお目にかかれることを祈って。

家《か》政《せい》魔《ま》導《どう》士《し》の異《い》世《せ》界《かい》生《せい》活《かつ》
～冒《ぼう》険《けん》中《ちゅう》の家《か》政《せい》婦《ふ》業《ぎょう》承《うけたまわ》ります！～ 4

2020年9月5日　初版発行

初出……「家政魔導士の異世界生活～冒険中の家政婦業承ります！～」
小説投稿サイト「小説家になろう」で掲載

著者　文庫 妖

イラスト　なま

発行者　野内雅宏

発行所　株式会社一迅社
〒160-0022 東京都新宿区新宿3-1-13 京王新宿追分ビル5F
電話　03-5312-7432（編集）
電話　03-5312-6150（販売）
発売元：株式会社講談社（講談社・一迅社）

印刷所・製本　大日本印刷株式会社
ＤＴＰ　株式会社三協美術

装幀　小沼早苗（Gibbon）

ISBN978-4-7580-9297-5

おたよりの宛て先

〒160-0022 東京都新宿区新宿3-1-13 京王新宿追分ビル5F
株式会社一迅社　ノベル編集部
文庫《ふぐるま》 妖《よう》 先生・なま 先生